阿川せんり

パライゾ

光文社

パライゾ

c o n t e n t s

装幀　坂野公一（welle design）
装画・挿画　みっちぇ

1　墓地　your grave

山手線《やまのて》の高架が道路に濃い影を落としていた。

十一月の末にしては高い気温の中、影の隣に沿うようにして、女は歩く。ダークグレーのキャスケット帽を載せた頭が、跳ねるような歩調に合わせて軽快に上下する。モスグリーンのモッズコートの裾が不規則に揺れる。その五歩ほど後ろを、彼はついていっている。

「そういえば、このアキバの高架下のどこかでしたかね？　あの俳優さんが行った店。映画の宣伝でバラエティ番組に出てた時なんスけど」

女は横を向きながら、のんびりとした声を上げた。彼が相槌《あいづち》も打たないことには構わず、「なんか、こじゃれた食べ物の店だったんスけどー」と続ける。

彼は、ずっと睨《にら》みつけていた女のコートから目を逸《そ》らし、頭の角度を上向けた。正午の陽射《ひざ》しに顔を顰《しか》める。スーツなど着てこなければよかった、と、たるんだ顎裏に滲《にじ》む汗を左手で拭った。

「そうそうあの映画、劇場で観《み》ようと思ってたのに、つい後回しにしてたら公開終わっちゃって。レンタル開始されたら観よっかなーって考えてたのに、それも今の今まで忘れてて。あれ、もうとっくにレンタル解禁されてますよね？　あとでビデオ屋行こっかな」

あとで、と彼は思わず漏らす。女は「まあ、あとで、覚えてたら」と、カラカラ笑った。

「まーでもやっぱ、映画は劇場で観ないと駄目っスよねー。一期一会《いちごいちえ》、っていうか？　この前まで公開されてたアレとかも、気になってたのに後回しにしてたら、もう観れなくなっちゃったわけですし」

彼は、巨大なスーツケースのキャリーバーを右手から左手に持ち替えた。いったんその場で引きやすい位置取りを調節していると、女の足音が止《や》む。彼は慌てて、ぼてぼてと女の五歩後ろに戻った。女は空を指差して「あの飛行機、ヤバくないっスか？」とつぶやいてから、歩くのを再開する。アスファルトにひび割れなどもなく平坦《へいたん》なおかげで、スーツケースのキャスターは滑らかに回った。その落ち着いた音と、女の声ばかりが、あたりには響く。

秋葉原《あきはばら》から御徒町《おかちまち》へと続く高架の下は、様々な店となっていた。そのわりには、人通りは少なかったようだ。道路の端にたまに無人の車が停《と》められていたり、ぽつんと黒い塊《かたまり》が落ちているのみ。平日だからだろうか？　理由はどうあれ、そのことに彼は心底安堵《あんど》する。

「あの俳優さん、番組でメイド喫茶とかも行ってたんスよねー。メイド喫茶、行ったことあります？ってか、アキバに、なにしに来てたんスか？」

女がくるりと振り返る。その拍子に、黒いタイツに包まれた脚が影の中に踏み込んだ。後ろ向きで歩きながら、首を傾《かし》げて彼を見つめる女。

彼は唾を飲み込む。返答を待たれている、なにか答えなければ。女はコートのポケットに両手を突っ込んでいる。しかし言葉は出てこない。そのさなか、女の踵《かかと》のすぐ先で、鳥のような形の黒い塊が、投げ出された衣類の上でびちびちと跳ねているのが目に入る。

後ろ向きで歩く女は、そのまま、影と日向《ひなた》の境目で、ぬめりのある黒い塊を踏んだ。

女は「あら」とだけ軽くつぶやいて、前に向き直る。

彼は口元に手をやった。女のすっかり真っ黒になったショートブーツの靴底、そして無造作に放り出された衣服になすりつけられ、小さく震える黒い塊から目を背《そむ》ける。自分の爪先だけを必死で見つめる。それから、塊を踏まないように、スーツケースで轢《ひ》いてしまわないように、精一杯蛇行して歩いた。

「あ！　そうだそうだ、まーた忘れてた。小腹が空《す》いたから牛串食べようと思ってアキバに来てたんスよ、あたし。外国人観光客にも人気の店だってテレビでやっててー」

まだましだ、と彼は思った。

秋葉原駅では、こんなものではなかった。あれに比べたら、まだ、この程度は。

そんな彼を裏切るように、次第に道路上の黒い塊の数は増えていった。びたり、びたりと、跳ねる音がいくつも重なって、大合唱の様相を呈していく。

「おー、ここが御徒町かー」

彼は顔を上げた。女の言葉の通り、御徒町駅の看板が見える。そして、御徒町駅から上野《うえの》駅へと続く道路の上に、黒い塊がごった返している光景が。道の向こうには「アメ横《よこ》」の文字が見える。それでか、と彼は項垂《うなだ》れた。

「確かアメ横って、ワンコインで食べられる海鮮丼の店とかあるって聞いたな。そこで腹ごしらえしよっかな」

女は再び振り向いて、笑いかけてみせる。「店の人も、こうなっちゃってるんでしょうけどー。海鮮丼なら、材料さえあれば自分で作れるでしょ」と、ポケットから右手を出して黒い塊を指す女に、彼はなにも返すことができない。「アキバの牛串もなー。電気街にいる時に思い出してればなー」などといかにも後悔した風につけ加える女の、右手に握られているものに、たじろいでしまっている。

しかしスーツケースが邪魔をして、後ろに下がることはかなわない。

「あの俳優さんも、こうなっちゃったんスかね」

女のあっけらかんとした声に、彼は唇を震わせた。

どうしてこんなことになったんだ、と心の内でつぶやきながら、どうにかしてその震えを抑え込もうとした。

それが起こった時、彼は秋葉原駅を降りてヨドバシカメラの昭《しょう》和《わ》通《どお》り口入口前に立ったところだった。

足を一歩踏み出そうとした瞬間、周囲を歩いていた人たちがぐずぐずになった。

彼はゆっくりと首を回してあたりを見た。主《あるじ》を失って床に落ちた服や靴の数々、そして、その上でぴちぴちと跳ねている鳥のような形の黒い塊——一瞬にして人間がぐちゃぐちゃに捻《ねじ》れ、圧縮され、奇妙に艶めく黒い塊となった姿。

は？　と思った。口に出してもいた。手に持っていた鞄《かばん》を取り落とす。鞄は軽くバウンドした。たっぷりとその場で棒立ちした後、彼はふらふらと歩き出す。秋葉原駅の昭和通り改札前まで戻る。その途中ではいくつもの黒い塊が跳ねていたし、改札前、そして改札の先ではさらにいくつもの黒い塊が、びたんびたんと衣服ごと床を打ちつけていた。外から激しい衝突音、ガラスが砕けるような音、爆音じみたなにかの音が立て続けにして、彼は身を竦《すく》ませる。

なんだこれは、と思った。声は出なかった。へなへなとくずおれる。すると、一つの黒い塊がびたびたと這《は》ってきて、左手の指先に触れる。彼はそれまでの人生で出したこともないような悲鳴を上げ、尻をつけたまま後ずさった。後ずさった場所のすぐ隣にも黒い塊があったが、これ以上動くことは、ましてや立ち上がって逃げ出すことはかなわなかった。

びちり、びたびた、と黒い塊が各々に跳ねる。タイルの床の上を、点字ブロックの上を。色とりどりの衣服を下敷きにして、ただ跳ねる。

彼は床にへたり込んだまま、その光景を眺める。目を開けたまま夢を見ているようだ、と心の隅で他人事《ひとごと》のように思う。しっかりと目を閉じて、もう一度見開いたら、こんな光景は綺麗《きれい》になくなっているのではないか。けれども脳が麻痺《まひ》してしまったかのように、軽い瞬《まばた》きを繰り返すことしかできない。耳もその機能を忘れてしまったようで、悪夢のような音を次第に受けつけなくなっていった。どのくらいそうしていたか——遠くでなにかが弾《はじ》けるような音がして、彼は我に返る。

一気に、黒い塊の跳ねる音が耳に押し寄せてくる。彼は慌てて立ち上がり、その場を駆け出した。昭和通り改札から再びヨドバシカメラの前へ、入口を横目に通路をさらに走る。洋菓子店などが脇に並ぶ通路には点々と黒い塊が落ちていた。通路を抜け外へ。外にも黒い塊と衣服の類《たぐい》が散らばっていた。ヨドバシカメラ中央改札口入口の前、横断歩道の途中、道路の向こうの東口交通広場、どこを向いてもまんべんなく。

なんだこれは、なんだこれは、なんなんだこれは。唱えながら、赤信号を渡る。視線の先の東口交通広場ではバスにタクシーが衝突している。横断途中に横を向いても、道路の向こうで軽自動車数台がトラックに追突され大破していた。おそらくは運転手がこうなったから。こうなったから? こう、ってなんだ。なんだこれは、なんなんだこれは。

駅前を見渡して、黒い塊だらけであることにもはや舌打ちをして、秋葉原駅中央改札口へと足を向ける。

中央改札前は、昭和通り改札前よりも広いせいか、まだまっさらなタイルの床を見ることができた。しかし、改札を今まさに通ろうとしていたのであろう黒い塊、その向こうで駅のホームに駆け出そうとしていたのであろう黒い塊——その数に、吐き気を催す。コインロッカーの前だけ奇跡のようになにもない状態だったので、彼はそこで呼吸を整えた。周囲を埋め尽くす、魚が跳ねるよりも重苦しい音がひたすらに邪魔だった。

何度息をしても、心臓の音が落ち着かない。胸を押さえて、彼は目に涙が溜《た》まっていくのを感じていた。自宅の祖母の顔を思い出す。ああ、ばあちゃんは今。

そんな中。彼がやって来たのとは反対の方から、なにかを擦《す》るような音が聞こえてくる。ごんごろ、ごんごろ、と、黒い塊たちが発するのとは明らかに別種の音だった。

彼はそちらに首を向ける。すぐに視線が合った、ような気がした。

外国人観光客が持っているような巨大なスーツケース、それとは対照的な細い脚のシルエット。頭は不自然な形に見え――帽子をかぶっているのだろう、とすぐに判断する――コートをはためかせるその人物は、逆光の中で立ち止まる。彼は声をかけようとするが、喉が詰まって上手《うま》くいかない。その間に、「あらまあ」という、どこか呑気《のんき》な声が空間に放《ほう》られた。

「あたし以外にもいたんだ、生きてる人」

彼は必死でうなずいた。人物が近づいてきて、その姿がはっきりしてくる。ダークグレーのキャスケット帽、そこから覗《のぞ》く陽に透けるような茶色の短い髪、モスグリーンのモッズコート。年齢は、パッと見で二十歳そこそこのようだが、なんとなく自分と同じ二十代半ばくらいではないかと彼は直感した。ようやく見つけた、自分以外の、歩いている人間。

駆け寄ろうとした。とにかく、一刻も早くこの感情を共有したかった。

しかし。彼が足を踏み出す前に、女は進路上にあった黒い塊を踏んで、さらにはスーツケースで轢いていった。骨が折れるような鈍い音が鳴る。黒い塊は靴と車輪の形で凹《へこ》み、しばらくの間、細かく痙攣《けいれん》した後、跳ねることはなくなった。彼が口を開ける中で、もう一つ、もう一つと、女はわざわざ蛇行してまで黒い塊を踏みつけていく。

「な、なにを、やって、」

彼がようやく出した声に、女はきょとんと首を傾げる。その仕草はひどく幼く映った。

「いやー、いったい、なにが起こってるんでしょうね」

女が放り出した疑問は、彼が抱くものと同じだった。なのに——びちびちと這い寄ってきた黒い塊を「えいや」と踵で踏み潰す女に——彼の瞳は濁っていく。

「びーっくりしたっスよー。アキバに着いたら、いきなりこれだもん。さっきまで電気街《でんきがい》の方にいたんスけど、のきなみこんな感じで」

女はぐりぐりと黒い塊を踵で抉《えぐ》る。黒い塊から、空気を吐き出すような音が漏れる。

「スマホ見ても、なんか、掲示板とかの書き込みは一切なくなってるみたいで。ツイッターも、だーれもつぶやかないし。政府からの呼びかけみたいなのもないし、これ、日本中、下手したら全世界でこうなってるってことっスよね？」

全世界でこうなっている。フレーズが脳を素通りした。そんなことよりも、女の踵から目が離せない。その茶色のショートブーツは泥遊びでもしてきたかのように黒く汚れていた。彼は、やっとのことで右手を動かす。指先を、黒い塊へと向ける。

女は彼の右手に気づいた様子もなく、サッカーの練習でもするかのように、黒い塊を蹴った。

「なんかよくわかんないけど、人類滅亡、みたいな」

蹴られた黒い塊が、彼の革靴の爪先に当たった。

「つ——な、にを——なにをやってるんだ！」

瞬間、怒鳴り声を上げていた。

「えー、なにキレてんスか？」

やっとの思いで出すことのできた声を、しかし、女は口の端を曲げて受け流す。彼は腕を振り上げて、何度も黒い塊を指差した。

「お前も見たんだろう、この塊は、人間が、」

「うん。だから、なんか知らんけど、突然そこら中の人間がこんなんなっちゃって、生存者はあたしらだけっぽいんでしょ？」

「お前は、人間を踏み潰したんだぞ！」

「いや、元・人間でしょ。死体みたいなもんでしょ」

女はスーツケースから手を放して腕組みして、「死体は人間じゃないでしょ」と言い放った。それからわずかに前傾して、「今のあなたの動き、なんだか、あの芸人さんみたい」と、くつくつ笑う。

彼は、耳の奥が揺らぐような、気の遠くなる感覚を抱いた。

「まったくもう。せーっかく、映画みたいに『人類が突如消えた世界で一人きり！』ってなったかと思ったのに、あなた、いるし。でもまあ、笑えたからいいや」

世界で一人きり。女の言葉の一部分だけが、彼の脳にはしっかりと届く。それは、彼が今まさに感じていることと、見事に重なり合っていた。

目の前にいるのは、言葉の通じない、得体の知れないなにか。

これ以上この女の声を聞いていたら頭がおかしくなる。彼は後ろに一歩下がった。すぐにでもここを去り、別の人間を探そう。きっとどこかには、まともな人間がいてくれるはずだ。そんなことを考えていた。

「せっかくのご縁ですし、ちょっと付き合ってもらおっかな」

だから、女のその言葉に、彼は軽く噴き出した。馬鹿なことを言うな、そう笑い飛ばしてやろうと、不思議と強気に思っていた。

　女がコートの右ポケットからそれを取り出すまでは。

「……さっき街ん中歩いてたら、警察官の制服っぽいのが落ちてて。あたしの好きな映画で、殺した警察官のポケット漁《あさ》るシーンがあんの。それ思い出して」

　彼はその場で硬直した。女の手に収まるそれはずいぶんとちっぽけに見え、オモチャじゃないか、とも思うが、口は動かない。女はそんな彼の反応を面白がるように目を細めて、ゆっくりと、それの引き金を引いた。

　それまでの人生で耳にしたことのないような音が弾けた。

「うっわ……やっぱ、うっっせえー！」

　女のひときわ楽しげな声が響く。銃弾は彼の革靴の十センチ先を撃ち抜いていた。タイルに穴が開いている。あと少しで黒い塊に当たるところだった。彼は目だけ動かしてそれを確認する。

　女は銃を構えたまま、「ねえ、アメリカの映画みたいに、両手上げてみて？　撃った後だけど」と囁《ささや》いた。彼は震えながら、ぎこちなく両の手を上げる。女はひとしきり、腹を抱えて笑って、満足げにうなずいた後スキップでもするように歩き出した。彼が呆然《ぼうぜん》としていると、いきなり振り返って「そのスーツケース、めっちゃ重いんでー。荷物持ちやってくれると助かるんスよー」と銃口を向けてくる。ついていくしかない、スーツケースを持って。

　女は左ポケットからスマホを取り出して「とりあえず、山手線の高架沿いに歩けばいいのかな。山手線っていうか、京浜東北《けいひんとうほく》線の高架でもあるのか」とふんふんうなずく。彼は長いこと、必死で足を動かし女についていくことばかりを考えていた。その中でふと、女の無防備な背中を、はっきりと目に映す。

逃げてしまえるのではないか。あるいは、銃さえ奪えれば。けれども一連のイメージを膨らませる途中、女の汚れた靴が目に入って、立ち竦んだ。もしも失敗したらと、最悪の想像が脳裏をよぎる。立ち竦んでいると、女もぴたりと足を止めた。彼はびくりと肩を跳ね上げる。女が振り返って銃口を突きつけてくる前に、足を動かさなければ。そんなことを、何度も何度も繰り返しながら歩いた。

女は宣言通りに海鮮丼の店で好き勝手に丼を食べたし、わざわざ他の店から飲み物を持ってきて飲んだ。彼は「いります?」といちいち訊《き》かれたが、そのたびに首をぶるぶると横に振った。女が箸を動かす中で、ポケットの中の銃を奪ったり、あるいは女の目の届かない範囲まで駆け出したりすることを考えたが、いずれも実行には踏み切れなかった。

アメ横の地面を埋め尽くすように散らばる黒い塊を避けることはもはや不可能で、彼は下を見ないで女について歩く。でき得る限り、なにも感じとらないようにした。スーツケースが際限なく引っかかる。幾度となく足をとられて転びそうになる。それでも堪《こら》える彼のことを気にかける素振りもなく、女はふらふらと、靴の店を見たり、帽子の店を見たり、自由気ままといった体《てい》で歩いていた。

「……アメ横が、目的地だったのか」

彼は絞り出すように言った。半ば、願望だった。女がここで満足して、自分を解放してくれれば。女は振り向いて首を捻《ひね》る。「いや、違いますけど。せっかくだから、色々見て回ろうかなーって」と当たり前のように返され、彼は唇を引き結んだ。

「あー、そういえば、どこに向かってるか話してませんでしたっけ。あのね、谷中霊園《やなかれいえん》に行きたいんです」

谷中霊園? 首を傾げることはなかったが、イメージが脳の中で結ばれない。女は「とりあえず上野駅まで行ってー、上野公園《うえのこうえん》突っ切ってしばらく行ったら着くみたいで。道はそこそこ簡単っぽいんスけど、こっからだと徒歩三十分って本当かな」とスマホをいじりながら説明するが、その情報が彼の中のぼんやりとした像を補完することはなかった。

「テレビでやってたんスけど、外国人観光客の間で谷中霊園がホットなんですって。個性的な墓石が多くてクールだって。あと、なんか、徳川《とくがわ》よしのぶ？　とかの墓もあるって」

「墓って、どうして、そんなところへ――」

問い詰めようとする視界で、なにかの影がちらついた、ような気がした。

目を見開く。ほんの十数メートル先の、右脇の店を凝視する。女もつられたようにそちらを見た。しばし、黒い塊の跳ねる音だけがあたりを満たす。やがて、地味な色合いの上着が並ぶ店の中から、その影は姿を現す。影の方が先に「あっ」と叫んだ。周囲を埋め尽くす音には混じらない、はっきりとした、声だった。

人間だった。こちらを驚いたように指差す、人間。中年と思《おぼ》しき小柄な男の姿に、彼は全身の力が抜ける感覚を味わう。

まともな人間とやっと出会えた。人間だ。自分以外の、本物の。これで、ようやく――

小柄な男が大きく右手を振ったので、もっと大きく振り返そうとした。

次の瞬間に、彼は耳を塞いだ。

小柄な男は間抜けに口を開く。手を上げたままの姿勢で、ぼんやりと立ち尽くしている。穴の開いた左の耳たぶから血がたらたらと流れて首を伝い、スウェットのような灰色の着衣の襟元まで到達した。また次の瞬間には、その頭が耳ごと真っ赤に弾けた。

彼の口から、は？　と漏れた。呼吸音と区別がつかないような音だった。

女はそんな彼に近寄って、肩をしきりに叩《たた》いてくる。

「ちょ、すごくね!?　一発目はちょっとズレちゃったけど、二発目でヘッドショット決めるとか、素人にしてはすごくね？　やっぱあたし、射撃の才能あんのかなー」

彼はしばらく、先ほどの小柄な男のように口を開いていたが、急速に我に返って女の手を振り払った。悲鳴とも怒声ともつかない声を上げていた。

「なんで！」

なんで人間を。あれは、人間だった。なんで撃った、なんで、せっかくの生存者だったのに、なんで、なんで、ようやくお前と二人きりから解放されると思ったのに。

無我夢中で捲《まく》し立てる彼に、女は「うーん」と頬を掻《か》く。

「だってー、これ以上人間出てきたら、さすがに雰囲気ぶち壊しっていうか？　荷物持ちは一人でいいですし」

彼は喚《わめ》いて女の声を遮り、そのままの勢いで殴りかかった。しかし、拳が届くより前に、女は彼の額に銃口を向ける。

にっこりと笑ってみせる女に、腰が砕けた。彼は膝をつく。体の下で黒い塊がひしゃげる音が鳴り、両頬には涙が伝っていたが、そのことに気づいてもいなかった。女は再び前を向いて歩き出して、十歩のところで「早く来てー」と声を張る。彼はスーツケースを支えにして立ち上がった。なにも思考してはいなかった。その体はもはや、女の声に自動的に反応するだけだった。小柄な中年男の死体の傍らを通り過ぎる時、その胴体の下敷きになって黒い塊がひゅーひゅーと音を立てていた。

上野駅では、数本の列車が衝突したり脱線したりして絡まり合うようにホームに乗り上げていた。

女は駅横の歩道橋からそれを眺め、「なんか蛇みたい」と簡単に述べる。

あれからずっと、まっすぐ歩いてきた。アメ横の上野側入口の近くで女は電器店に入り、「まー、いずれは電気とか電波とかも使えなくなっちゃうんでしょうけど」と言いながらモバイルバッテリーを勝手に持っていったりしたが、それ以外にコースを外れることはなかった。ふらふらと店を回って歩かないこともまた、一つの気まぐれのようだった。

「上野といえば、上野動物園《うえのどうぶつえん》っスよねー。あれ、でも、動物は生きてんのかな？　アメ横で売り物の魚とかは見たけど。生きてる動物がいないんなら行く意味ないっスよねー」

一人できゃらきゃら笑う女に、彼はただついていく。重苦しいスーツケースを引きずって、しばしば黒い塊を踏み潰して。ゴムのような感触とその奥の骨が砕けるような感触を無感情に受け止めて。

女が「うっわ、あそこめっちゃ燃えてる。急いで離れましょ」と述べるのに黙々と従う。

上野駅周辺は例に漏れず黒い塊の山だった。ガードパイプに大型トラックが突っ込み、そこにさらに乗用車が突っ込んで、歩道にまでガラスや車体の一部が飛び散っている。それらをがしゃがしゃと鳴らしながら、黒い塊は跳ねる。歩道橋は幾人もが歩いていたのだろう、衣類や靴が散らばる階段の、上から下へと次々と、黒い塊が落下していく。上野駅の公園口が見えてきて、左手の東京文化会館《とうきょうぶんかかいかん》を横目にする。文化会館に入ろうとしていた人、素通りして上野公園の他の施設を目指していたであろう人。それらを彼は淡々と瞳に映し、反響する音を耳に流した。

女は東京文化会館のところで曲がって公園内部に踏み入っていくのではなく、スマホをいじりながら直進を続けた。上野公園に沿う素っ気ない道路の、静かな歩道をひたすら行く。黄色い落ち葉が道に散らばっていた。あの瞬間に信号が赤だったおかげだろうか、道路上にはエンジンがかかったままの車が多数あったが、どれも原形はとどめていた。

もはやなんの意味もない青信号が見えてきたところで、ようやく女が左折する。広い道路と、黄緑と黄の入り交じった街路樹が見渡せた。秋に色づく歩道をまた直進していく。右手の道路は、広さのわりに車通りは少ないようだった。左手は柵となっており、彼が名前を知らない建物が奥にそびえる。道の先に真っ赤なポストが立っている。

久しぶりの静寂を彼は味わった。女の声を抜きにしての、ではあったが。

「ここの道を、おおよそまっすぐ行けばいいんスよね？」

女は後ろ向きで歩き始める。さっきまで眺めていたスマホをしまって、両の手をポケットに突っ込んでいた。気まぐれに問いかけてきたようだったが、彼は無視する。

「ねえ、実は谷中霊園におばあちゃんのお墓があったりとかしません？」

無視を続けようとしたが、「おばあちゃん」という語に眉がぴくりと反応してしまう。女はそれを目ざとく発見したようだった。

「え、本当にあるの？　なになに、あなた実は、由緒ある一族のお坊ちゃまだったり？」

女と目を合わせないようにして彼はスーツケースを引く。女が前を向く気配はなかった。

「……墓は、ない。谷中なんか、行ったこともない」

この女に、自分に関することは一つも話したくなかった。けれども、その質問に嘘《うそ》をつくことは憚《はばか》られた。

乾いた落ち葉を踏んだ。小気味いい音がした。

「てゆーか、あなた、どこの人？　ろくに荷物も持ってないし、東京の人っスよねえ？」

そういえば鞄を放り出してきた、と彼はぼんやり考える。このスーツと同じ店で買った鞄。ばあちゃんに買ってもらった。

女の「ねえ、ねえってば」という声が耳に届く。一人で喋《しゃべ》るのに飽きたのだろうか、やけにしつこかった。それでも無視するつもりでいると、心なしか「ねえ」と呼びかけてくる声が低くなった気がした。

わずかに視線を上げる。気のせい、なのかもしれない。しかし。女はコートのポケットに手を突っ込んでいる。自分に関することは一つも話したくない、という意思はいともあっさり瓦解する。

「東京、に、住んでいる」

「ですよねー。東京の、どこらへん？」

適当な嘘をつけばいいじゃないか、と脳の片隅が提案していた。しかし、嘘の内容を考えようにも頭が回らない。正直に市の名前を告げると、女は「あら、あたしの住んでるとこと、わりと近いっスねー」と興味を惹《ひ》かれたような声を上げた。

「アパートに一人暮らし？　ってか、ずっと東京住み？」

「……ずっと。ばあちゃんの、家で」

「へえー。あ、おばあちゃん生きてたんスね？　ごめんなさい」

女がへらへらと頭を下げてみせるのに、彼はそっぽを向いた。

「両親とおばあちゃんと、四人暮らしって感じ？」

「両親は、いない」

女は歩調を落として質問を重ねた。彼は、絞り出すように自らの生い立ちを語った。女の機嫌を損ねないように注意深く、かつ、でき得る限り最低限に。

両親の顔は見たこともない。ずっと、祖母の手一つで育てられてきた。

「ふうん、おばあちゃん子なんだ。あたしと同じですねー」

彼が立ち止まったことを、女が気に留めた様子はなかった。歯ぎしりしたことには、気づいてもいないだろう。

「それで、大事に育てられて、立派な営業マンになった……ってとこっスか？」

女は左手をポケットから出して、彼のスーツの胸元を指差す。

キャリーバーを握っていない方の手のひらの肉に爪を食い込ませた。

と、女がふいに横を見上げる。いつの間にか柵はなくなり、代わりに植え込みが歩道との仕切りとなっていた。その植え込みの向こうに、巨大な尾っぽが見える。一瞬、彼はなにごとかと肩を震わせるが、よく見るとそれはクジラの像だった。

「うーわ、でっけえー！　クジラ、クジラ！」

女は駆け出し、左手に入っていく。はしゃぐ声が響く。彼もとりあえずついていく。博物館らしき建物と、その隣にそびえ立つ巨大なクジラのオブジェ。オブジェの前には、黒い塊が数体と衣服や靴が落ちていた。おそらくは女と同じように、間近でクジラを見ようとはしゃいでいたのであろう。博物館なら、子供もよく来るはず――そんなことを考えてしまって、彼は胃の奥から込み上げるものを感じた。

口元を押さえる彼の横で、女はあどけない声を上げる。

「最後にクジラのオブジェを見て死ぬとか、ちょっと、ロマンチックっスよねー」

女はオブジェの前の黒い塊をすべて、ぴょんぴょんと跳ねて踏んでみせた。彼が口に手をやったまま思わず睨みつけると、「落ち葉って、踏みたくなるでしょ？」とさらに無邪気に飛び跳ね、足元のものに体重をかける。

こんな奴《やつ》とは、自分は違う。彼は胸の内で、そう、断固としてつぶやいた。

女はクジラの像をスマホで何枚も撮影してから、その場を後にした。またしばし、一直線の道を行く。先ほどの建物以降、道の上には黒い塊がぽつぽつと現れるようになっていた。途中、上野公園の巨大な噴水を横目にした時などは、案の定、大量の黒い塊も視界に入った。上野公園の敷地を抜け、なおもまっすぐに道を行く。

彼の中では、なんとかして銃を奪いたい、もしくは今すぐ踵《きびす》を返して逃げ出したいという、アメ横で蹴散らされた意思が再燃していた。なのにアメ横以前と同じく、足はその通りに動いてくれない。女のコートがちらちらと視界をよぎる。女は先ほどの話題の続きをするでもなく、好き勝手に映画がどうとか食べ物がどうとか喋り続けていた。

まっすぐの道が途切れる手前で、地図を見つける。谷中霊園まで三七〇メートルと記されていた。女が「お、ゴールが見えてきたっスね」と嬉《うれ》しげに言う。

ゴール、という言葉を彼は口の中で反芻《はんすう》する。甘い響きを感じることはできなかった。

おそらく、こんな言葉に意味はない。あとでビデオ屋に行くと発言していたことはすっかり忘れているような口調であるが、それでも、霊園に着いた後、女はまたどこかへ行きたいと思いつきで言い出して彼を従わせる。容易にできる想像だった。

赤信号を渡って、途切れた道の斜め先にある道路に入る。車一台しか通れないような狭い道路だった。スピードを出せるような環境ではないおかげだろう、横の民家に突っ込んでいるような車は見当たらなかった。エンジンがかかりっぱなしの車が道を塞いでいたり、その近くに黒い塊と衣服が落ちていたりする。

道の両脇に建つのは、年季の入った住宅が多かった。中から出てくる人はいない。住人は、留守でなければ黒い塊となってこの中にいるのだろう。彼は自宅を思い出す。築年数の経《た》った、二階の自室にいても祖母が煮物を作るにおいの嗅ぎとれた家。二人で食事をとる狭いリビング。手の中に汗を感じる。

やや広い道に出る。少し行ったところの左手に、小規模な墓地があった。女は「おー、こんなところにもお墓が。ここでもいっかなー……いやいや、初志貫徹」と、微笑《ほほえ》みながら彼を向く。すぐに前に直る女に、彼は足を止めた。

こいつは霊園でなにをするつもりなのだろう。アメ横では回答を得ることのなかった問いを思い出す。どうせ、テレビに映っていた徳川の墓を生で見たいだとか、そんなことに違いない。手前勝手な女のことだから、大した理由などないはずだ。いや。でも。

霊園。墓。

死人。死体。

世界で一人きり。

——まさか。

すでに蒸れていた背中を新しい汗が伝った。それに合わせて、体が小さく震える。

それは、嫌だ。それならばまだ、どこへでもついていった方がましだ。でもこの勝手気ままな女がいつまでも自分をそばに置いておくだろうか？　黒い塊を踏みつけた踵。コートのポケット。アメ横で弾けた頭。まさか。まさか。それだけは嫌だ。

「おーい、どうしたんスかー？」

女の声が、耳元でした。顔を上げて、すぐさまその場で後ずさる。女は立ち止まった彼のところにわざわざ戻ってきたようだった。きょとんとした表情で、コートのポケットに手を突っ込んでいる。

彼は慌てて首を振る。少しの間だけ不思議そうにしてから、女はくるんとターンして歩き出した。彼がついてくることを、もはや当たり前とした歩調だった。

ついていかなければ殺される。しかし。このままついていったら。

——それくらいなら。

しばらくすると、分かれ道が現れる。女はスマホを見ながら、一つの道を選んだ。「谷中墓地」という立札が見えてくる。「霊園、じゃないんだー」と女がつぶやく。

女の声を耳に流しながら、彼は、よりいっそう、モスグリーンのポケットへと向ける視線を強くした。

霊園内部では、膨大な数の墓が見渡せるだけでなく、まるで自然に生えてきたかのような木の姿もよく見受けられた。平日だからか、あるいは休日であっても変わらないのか彼にはわからないが、黒い塊は見当たらない。びちびちと跳ねる音もしてこないように思われる。墓地特有の空気感も相まって、外界から隔絶されたような静寂を感じた。

通路は整備されており、スーツケースのキャスターも静寂を邪魔するような音は立てなかった。墓を横目に、彼は女についていく。スタンダードな長方形の墓石の他、十字架のついた墓石、まんまるに磨き上げられた墓石、岩を切り出したような形の墓石など、様々なものがあり、確かに個性豊かだった。

女はポケットに手を突っ込みながらあちこち見渡して、「このお墓、かっこよくないっスか？」などとしきりにはしゃいでいる。その足は一応、「徳川慶喜《よしのぶ》　墓」と矢印のついた看板に従っているようだった。

目的地がそこだとして、目的はなにか。女のポケットから拳銃を取り上げる隙はないか。限界まで気を張り詰め、彼は歩いていた。女が左手で向こうの通路を指差す。自転車が転がっていた。サドルに衣服が引っかかり、そばで黒い塊が跳ねていた。

まもなく、「徳川慶喜公墓所」と書かれた案内石が見えてくる。他の区画と切り離すように、その一帯が柵と石塀で囲まれていた。入口は反対側のようだ。四角く取り囲む塀の横を歩いていく。右に石塀、左に墓。そんな道を行く中、ふいに、墓石の陰から小さな影が現れて女の前に躍り出る。黒い塊とちょうど同じくらいの大きさと色だったが、それとは違い、機敏に動く。猫だった。

女は「あらま、にゃんこ」と言いながら、コートから銃を取り出す。耳をつんざくような音が弾けた。が、その前に猫はするりと墓石の陰に戻っていた。「さすがに、動物しとめるのは無理っスねー」と女はポケットに銃をしまう。彼はもはや呆《あき》れるほかなかった。人間でも猫でもお構いなしか。

「そういえば、猫はいるんスね。動物は無事ってことかなー」

のほほんとつぶやきながら、女は元気よく腕を振って角を曲がる。

そして女と彼は、「徳川慶喜公墓所」と示される敷地へと入っていった。彼は、広い空間の中にぽつんと一つだけ徳川慶喜の墓があるのを想像していたのだが、区画の中はこれまでと同じような墓石の連なりとなっていた。女も似たような想像をしていたようで、「えー、この中の一つが徳川よしのぶ？　の墓ってこと？」と大儀そうな声を上げる。とりあえず「徳川」と書かれた石を探すことになる。その中で彼はふと横を向く。そこには徳川の家紋のついた柵があり、どうやらその向こうが徳川慶喜の墓となっているようだった。すぐに気づきそうなものだったが、特に教えずにいると、女は「どれもフツーの墓じゃないっスか……あーもう、いいや」とあっさり諦め「徳川慶喜公墓所」に背を向けるのだった。

女はずんずん進んで別の区画に出る。しばらくの間、通路を歩いていった。彼は、女がなにを目指しているのか、いよいよ一つもわからなくなる。徳川慶喜の墓を諦めてなお、なにかを探すようにきょろきょろしている女。途中、軽トラックが道を塞いでおり、脇をすり抜ける。トラックから少し行ったところで、墓石と墓石の間にぽっかりと空いた広めのスペースを見つける。長い間そこに墓を立てようとする人間がいなかったのか、伸び放題の芝と雑草が埋め尽くす地面。無造作に、芝刈り機が置かれている。長い棒の先に丸鋸《まるのこ》がついているタイプのものだった。新しい墓でも建てる途中だったのだろうか。作業中の人間は休憩にでも行っていたのか、黒い塊は周りに落ちていなかった。

彼が丸鋸に焦点を定めると、女がふいに振り向いて口を開く。

「そーいえば、知ってます？　ジェイソンって、実はチェーンソー使ったことないんスよ。丸鋸なら一回だけあるんスけど」

得意げに話しながら、女は「ここでいっか」と腕組みしてうなずいた。彼は、丸鋸から目を離して首を傾げる。空地になんの用があるというのだろう。

女は彼の疑念に構わず、芝刈り機を拾い上げてスペースの端に追いやって、「スーツケース開けてー」と指差してきた。彼は釈然としないながら、言われた通り、空地の真ん中にしゃがみ込んでスーツケースのチャックを上から下に引く。

勢いよく、中から無数の黒い棒——備長炭《びんちょうたん》だ、と彼はすぐに気づく——が溢《あふ》れ出してきた。それと同時に、一つの大きな物体が横に倒れる。目が合った。目が、合った。

備長炭と一緒にスーツケースに収められていたのは人間だった。寝間着のような服を身に着けた、青ざめた肌の男。体育座りの姿勢で硬直し、目を見開いた。その目は濁りきっていた。よく見ると関節が無理な方向に捻《ね》じ曲がっていた。

彼は悲鳴を上げた。その場に尻もちをつき、何度も、何度も、意味をなさない叫びを上げた。

「いやー、ようやっと、この人を捨てられる」

体育座りで横たわる男を軽く爪先でつついてから、女は「埋めてやりたいけど、掘るのめんどいっスよねー。ま、置いといたら、いつかは土に還《かえ》るでしょ」と、しゃがんで備長炭を拾い集め始めた。それから彼の目の前で、男を覆うように、備長炭をかぶせていく。

彼は自分でも知らぬうちに口を閉じて、尻もちをついたままだった。少しも動くことはできなかった。女が一人でべらべらと喋る内容がただ頭を流れていく。この人があまりに最低だったため、つい殺してしまった。死体処理に困り、とりあえずスーツケースに入れた。少しは臭いを誤魔化せるかと、備長炭をありったけ詰めた。どこに捨てようかと電車に乗っている最中に小腹が減ったので秋葉原に立ち寄った。そしたら世界がこうなった。せっかくの機会だし、由緒ある霊園にでも埋葬してやろうかなと思った。有名人の墓に埋めてやったら面白いのではないか。まあ、でも、こんな奴にそれは贅《ぜい》沢《たく》過ぎるか。

「あれ、そういえば、この人の死体はそのままなんスね。生意気ー」

死体はそのまま。女の言葉のその部分だけが、鼓膜を明確に震わせた。

女は手の甲で額を拭う。手のひらは真っ黒だった。死体はまだ備長炭で覆いきれていない。死体は、黒い塊と化していない。

「……じゃあ、ばあちゃんも」

つい、そう漏らしてしまった。そこに含まれるのが安堵なのか落胆なのかは自分でもわかっていなかった。

女が死体から彼へと首を曲げる。立ち上がって、彼を見下ろす。

「え、どういうことっスか？　おばあちゃんもって？　え、なになに」

子供のように輝かせた瞳を、女は強く向けてくる。彼は慌てて口を塞いだが、もはや手遅れだった。女の目からコートのポケットへと視線を移してから、うつむき、ぼそぼそと自白を始める。

自分は営業マンでもなんでもない。祖母が大学まで行かせてくれたが、その後はひたすら就職活動をしているふりをした。スーツを着て、電車に乗って面接会場へ行くと告げ、適当な駅で降りて書店に入ったりファストフード店で時間を潰したりした。祖母はそんな自分を信じていた。これだけ必死に活動している孫が就職できないなんて社会が悪いのだ、と食卓で激しく憤ってみせた。

しかし。昨日の夜、「前に、お孫さんをあそこで見かけたわよ」と近所の人間が言っていたと、食卓で祖母は話した。それは、この前面接に行くと告げた場所とはまるで違う駅名だった。

終わった、と思った。

「えー、それで殺しちゃったんスか？　誤魔化せそうなもんなのに」

彼は地面に拳を打ちつける。そんなことは、昨日から何度も何度も考えてきた。

終わった、ばれた、失望される。そんな思考に頭は埋め尽くされて、気がつけば祖母の首を絞めていた。なぜあの瞬間、あんなことをしたのだろう。何千回も考えている。考えたところで時間は戻らなかった。すべて夢かもしれない、と一晩待ったが、朝日が昇っても祖母の死体はリビングに転がったままだった。

ああ。ばあちゃんは今、人の姿のまま、自宅で身を横たえているのか。彼が殺したそのままの姿で。

「ふーん。それでなんで、アキバに来たの？」

女の問いに、彼は口ごもる。それから、か細い声で「最後に、あの本が読みたくて」と答えた。

最愛の祖母を殺してしまった。自分も死のうと思った。死ぬ前に、あの作者の新刊を読みたかった。

秋葉原の書店はお気に入りだった。最後に、綺麗に本の並ぶフロアを目に焼きつけておきたかった。

「えー、めっちゃ自己中じゃん」

女は口元に手を当てて、小さく噴き出すように笑う。彼は顔を上げて女を睨む。女は「怖い顔しないでくださいよー」とへらへら言ってから、唐突に手を叩いた。

「あ！　そっかそっか、人間だけがこうなったのか！」

彼は首を傾げることすらなく、女をまっすぐに睨んだままだった。女は一人で、何度もうなずいてみせる。

「たぶん、人間だけが、ぐずぐずになっちゃったんスよ。だから動物は無事、死体も無事」

彼は、は？　と口に出す。女が秋葉原で言った「死体は人間じゃないでしょ」という言葉が脳によみがえっていたが、それ以上に引っかかるものがあった。

「じゃあなんで」

「じゃあなんで、あたしらは無事かって、そりゃ、人殺しは人じゃないからでしょ」

呼吸を止め、目を見開いた。そんな彼を置いてけぼりに、女は「あーでも、どうだろ。それだったらさすがに、もうちょっと生存者と遭遇してんのかな？　東京都に人殺しって、どんくらいいるんスかね」などと、小さく円を描くようにその場をうろついてみせる。

「――違う！　俺は人間だ！」

気がつけば、これまでで一番大きな声を上げていた。ほとんど必死の叫びに女は足を止め、簡単に笑ってみせる。

「いや、人でなしでしょ」

自分の心臓の音が聞こえてくる。胸が痛いくらいだった。人でなし。認めたくないのに、反論の言葉は喉を抜けてこない。

「ま、よかったじゃないっスか。なにがどうあれ、とりあえず、無罪放免になったわけですし」

女の顔を眺めた。いつの間にか女は彼の真正面で腰を折り、手を差し伸べていた。

「そうだ。動物が生きてるんなら、上野動物園に戻りましょっか。今なら最前列でパンダが観れますよ」

女のたおやかで真っ黒な手が彼の眼前にある。

「あたしらを罪に問う人間はもういないわけです。心置きなく、好き勝手しましょ？」

——お前と一緒にするな。

口にしたかどうか、自分でもわからない。思うと同時に、立ち上がって、女を突き飛ばしていた。キャスケット帽が宙を舞う。女の体が備長炭の山を崩す。彼は倒れた女に馬乗りになって、その顔を殴りつけた。それから、コートのポケットをまさぐる。女の体温ですっかりぬるくなった銃把を強く握り締める。腰を浮かせて、銃口を、女の顔に突きつける。

もっと早くこうしていればよかった。こんなにも簡単なことだった。今まで怯《おび》えて躊躇《ちゅうちょ》していた自分を心の底から悔いる。こんなおぞましい存在は、とっとと葬り去ってやればよかったのだ。

自分は、こんな奴とは違う。

こんな奴が、これ以上好き勝手に生きていく世界を許さない。

「死ね」

引き金を引いた。

カチッと、乾いた音だけが響いた。再度、引き金を引く。カチッ、カチッと、空虚な音ばかりが響く。

「――見りゃわかるでしょ。弾が残ってないことぐらい」

あんぐりと口を開けていると、股間に鈍い衝撃が走った。女の膝に思い切り蹴り上げられた。彼は空っぽの銃を摑《つか》んだままひっくり返って仰向《あおむ》けになる。たっぷりと悶絶した後、どうにか上体を起こす。

女はすでに立ち上がっていて、彼と、すっかり露《あら》わになった死体とを交互に見下ろしていた。「あーもう、痛いなあ。この人と同じ殴り方して」と帽子を拾ってぽんぽん掃《はら》うその仕草は、とりたてて非難がましいものではなかった。

女は、笑っていた。笑いながら、空地の隅でしゃがみ込む。女が再び立ち上がるのと同時に、低い音が轟《とどろ》いた。エンジンをふかすような音。

女が持ち上げた芝刈り機の丸鋸が勢いよく回転していた。

「見て見て、ジェイソン・ボーヒーズ」

そうして、女は丸鋸を振り下ろした。

彼は、冷たい地面についていた左手が燃え上がるような感覚を覚えた。人差し指と中指と薬指が第一関節と第二関節の間で切断されている。遅れて、ひぃっと、空気が漏れるような声を上げた。どこか場違いに、ズボンが湿っていることに気づく。「うわ、恐怖のあまり漏らすって、現実でもあるんですねー」と、女のさらに場違いな声が響く。その声はエンジン音にまぎれる。彼の血をつけた丸鋸は依然として回転している。

彼は女を見上げていた。その笑い声と芝刈り機の音がふいに遠くなる。ぴんと耳鳴りがする。視界がぼやける。右手は意味もなく銃を握り締めたままで、五感を閉ざしていく体の中で、唯一、手の中の感覚だけが生々しくそこにあった。彼の中に、ただただ後悔が渦を巻く。

あの日、あの街で暇潰しなんかしなければよかった。昨日、もっと遅くに帰宅して、食事はいらないと部屋に戻ればよかった。就職活動をしていないと、自分から祖母に打ち明ければよかった。大学時代、もっと真面目に就職活動をしていればよかった。

そうすれば、祖母を殺さずに済んだのに。

そうすれば、祖母と隣り合って黒い塊となれたのに。

「せっかくのご縁でしたけど、ここでお別れっスね。それではどうぞ、お元気で」

意識の隙間に、女の声が割り込んだ。その瞬間に、エンジン音が耳元で炸裂《さくれつ》する。そして彼は、自分が涙を流しているのをはっきりと認識した。

ああ、神様。人殺しは人でなし？　冗談じゃない。こんな女と自分が一緒のはずがない。なぜなら、自分はこの女に踏みつけられる存在なのだから。

自分は人間だ。

だから、なにも知らずに鳥のような黒い塊となって、ぴちぴち跳ねる権利があるはずだ。

お願いします、今すぐにでも、他の人間と同じにしてください。

お願いだから。

名も知らぬ神に捧《ささ》げる祈りは、頭上で丸鋸の刃が回転する音と、女の無邪気な笑い声に、いともあっさりと掻き消された。

2 夢 your reality

なぜそんなことをするに至ったかはどうしても思い出せないが、水城《ミズキ》は、盆のさなかに品川《しながわ》駅から
ほど近い運河沿いを歩いたことがあった。

おそらくは、まだ日記をつける習慣のなかった中学時代かそれ以前のことだ。記憶の中の自分は制服を着ているので、中学時代で合っているはず。また、坊主の背中と、泣きじゃくって棺《ひつぎ》に縋《すが》ろうとする母親、それを押しとどめる腕などの映像の断片だけはどうにか頭に浮かんできた。東京に住む前の中学時代、親戚の葬式かなにかで母親に連れられ上京してきたらしい。葬儀の合間にどうして川になど行ったのか、母親がなぜ隣を歩いていなかったのかについては、どれだけ頭を捻《ひね》ってもわからないのだが。

たぶん品川駅から運河まで歩いていったはずだが、その道程についてもやはり記憶がなかった。ふいに脳裏に閃《ひらめ》いたのは、自分がただ河川敷を歩いている映像。ひとたび思い起こせば、その情景は頭の中で鮮明に再生され、その場にいるような感覚を味わうことができた。

盆などという時期だからか、綺麗《きれい》にタイルの敷き詰められた河川敷には誰の姿もなく、広大な川が音もなく流れていた。当時の水城が初めて体験するような気温の高い日で、雲に遮られることのない陽射《ひざ》しが容赦なく髪や肌を焼いた。大きな橋の下をくぐるが、その影の中で涼んでいたり、寝転がっていたりする輩《やから》に遭遇することはない。河川敷の脇にはマンションやオフィスビルと思《おぼ》しき建物が並んでいたが、内側に人間がいることはおおよそ想像できないほどの静けさがあたりを満たしていた。熱がまとわりつくような世界を、履きなれない靴で、ただ歩く。不思議と汗の感触はそこにない。

乾いたタイル、つるつるとした欄干、流れる川。向こう岸に泊まっている誰も乗せていないボート、光を反射するビルの壁面、青い空。聞こえるのは自分の足音だけ。ふと立ち止まってみる。誰もいないし、誰も自分がここにいることを知らない。静寂の中にこの身はある。

もし今この瞬間、ふいに背後から誰かが現れて刺されたりしたら、自分は死ぬのだろうな、と思った。

誰も犯人を見ていない。誰もここに倒れている人間を知らない。干からびて青ざめていく自分の顔、流れ出ていく血が静寂に呑《の》まれる様を水城は思い描いた。

耳の奥で血潮の流れる音がした。

心臓が脈を打っていた。


どうして今になってこんなことを思い出すのだろう、と水城は小さくつぶやく。運河に歩いていける範囲である北品川《きたしながわ》に越してきてもう何年にもなるというのに、ずっと忘れていたのだ。しかも、つい先日にも赴いたというのに、盆の凪《な》いだ川の記憶は脳の奥底で息を潜めたままだった。

すべての人間がぐずぐずになってしまったらしい、そんな日からしばらく経《た》った今になって、ふいに、思い出した。

思い出してしまった。

†

それが起こった時、水城はパソコンのファンが回る音を聞きながら、自室で絵を描いていた。二つあるうちの一つの液晶を睨《にら》み、長いことしきりに古いペンタブをなぞっていた。

集中力が切れてきたタイミングで、もう一つの液晶に目を向ける。メールをチェックする。午前中に送ったゲームのキャラクターデザインに対する返信は、やはりまだ来ていないようだった。普通はすぐになにかしらの反応があるはずなのだが、と思いながら、続けてツイッターを開く。仕事用のアカウントに通知が来ていないかだけ軽く確認した後、日記用のアカウントにログインする。いつも通り、自分が見ていない間のタイムラインを読み込んでいくべく、スクロールする。そこでやっと違和感を覚えた。

四時間もの間、誰もツイートを投稿していない。山のように溜《た》まっているはずのタイムラインには一時間ごとに自動的に投稿されるbotが並ぶのみであり、すぐに既読のツイートに辿《たど》り着いてしまう。首を傾《かし》げながら、検索窓に「ツイッター」「不具合」と打ち込む。しかし出てくるのは昨日の不具合に憤る昨日の投稿ばかり。「投稿できない」等で再検索してみるも、結果は似たようなものだった。

いくつもの検索ワードを試していく中、「誰かいませんか」と打ち込んだら、四時間前の投稿が見つかった。犬のアイコンを使用しているそのアカウントの名前は「人類最後の女（笑）」というふざけたもので、投稿内容も同じく「やっほーい、誰かいませんかー（笑）」とふざけた調子だった。

そのアカウントを詳細に見てみることにする。プロフィールには「人類滅亡（爆笑）」とこれまたふざけた文言が載せられていた。最新の投稿は「とりあえず動物画像載せとけばイイネもらえるんでしょ？　お墓のにゃんこ（笑）」というどうでもいいものであり、画像が添付されていた。白茶の猫がカラスの死骸のような物体を鼻先でつついている、スマホで撮ったと思われる写真。投稿時間はほんの数分前であり、その下にも数十分おきのツイートが連なっている。このアカウントはこの数時間の間、ずっと生きていたようだ。

ツイートを遡っていく。「忘れるとこだった。お墓で一枚（笑）」と、どこかの墓地の写真が添えられている。その下の「大発見！　人殺しだけが生き残ってるっぽい⁉　人殺しの皆、集まれー（笑）」という投稿が目に留まった。血の付いた丸鋸《まるのこ》の写真が一緒に上げられている。軽く眉を顰《ひそ》めてから、スクロールを続ける。「ロマンチックな死に方（笑）」という意味のわからない文章と、さっき猫がついていたのと似たような黒い塊《かたまり》がいくつかクジラの像の前で転がっている画像。薄っぺらい味の感想とともに投稿された、さして美味《うま》そうに撮れていない海鮮丼の画像。「一人じゃなかった（笑）」「アカウント名変えてみた（笑）」と他愛《たわい》のない内容が下へ下へと続いていき、やがて「やっほーい、誰かいませんかー（笑）」の直前に投稿されたツイートまで行き着く。「なんかいきなり、周りの人たちが皆こんなんなっちゃったんですけど（笑）」という文に、黒い塊がアップで写された画像が添付されていた。

ぬめるような質感を思わせる、鳥のごとき形状の真っ黒ななにか。遠目ではカラスの死骸のように映るが、近くで撮った写真からはあきらかにそれと違う奇妙な光沢が見てとれる。鳥のごとき形状の、鳥ではないぐずぐずぐず。

周りの人たちが、こんなんなった？

わけがわからなかった。いくら首を捻っても解が出ることはなく、水城は「誰もつぶやいていない。変な女しかいない。黒いぐずぐず」とだけ記録として打ち込む。そして、タイムラインがおかしいことと女の投稿の文言の一部、「あまり好みの写真ではなかった」ということを机の隅に置いていた日記にメモしてから、ツイッターを閉じた。もう一つの液晶に向き直る。

それからまた数時間、かなり無茶な納期を要求されている小説誌の扉絵仕事に努めたのだが、ふいに画面が両方ともブツッと切れた。しばらく作業を保存していなかったため、これは困ったな、と思う。電源ボタンを押すが、なにも反応しない。何回も何回も、長押ししたり色々と試してみたが画面は暗いまま。仕方がないので、すっかり暗くなっていた部屋の電気を点《つ》けようとする。しかしこちらも、何度スイッチを押しても反応しない。なんなんだこれは。そういえば家電の音が消えている。代わりに、隣室の方からなにか、しきりに打つような音が聞こえてくる？　とりあえず玄関に向かってみることにする。

　そうしてようやく外に出た水城は、隣室の扉の前で、びちびちと跳ねている黒いぐずぐずを発見した。

　女物の衣服の上で跳ねているそれは、数時間前に画面上で目にしたものと同じに見える。しばらく見下ろす。やはり鳥ではない。鳥のような形をした塊が、魚のように跳ねている。陸に上がった魚のように力尽きることなく、見つめる間、しきりに跳ね続ける。その場で耳を澄ませば、そこかしこから、鯉《こい》でも打ち上げられたのかと思うような音が聞こえてきた。視線を動かし、目を凝らす。いつもより暗いアパート前の道路に、ぽつぽつと鳥の死骸のようなものが落ちて跳ねている。

　周りの人間が、こんなんなった。

　ああなるほど、こういうことか。

　水城はつぶやいた。喉は渇ききっていて掠れた声が引っかかったが、それが自分のものだという実感はあまりなかった。

夢を見て起きた時に、一日中、その夢と現実の境目がわからなくなることが水城にはしばしばあった。

†

夢の中でよくわからない会社員になってよくわからない製品の営業をしていたならば、その日はずっと、画面の前で手を動かしながら、自分は本当はイラストレーターではなくよくわからない会社員なのだから、いい加減会社に向かわなければならないのでは、と疑わなければならなかった。夢の中で会社の内部しか映っていなかった場合には席を立つことはない。しかし、会社の外に出ている映像があり、そこが新宿だとか神保町《じんぼうちょう》だとかよく行く場所に中途半端に似ていたりすると、椅子から立ち上がって財布を手にするところまでいってしまう。実際に電車に乗るところまでいくことは、幸いにしてほとんどない。自分が会社員や大学生、その他とにかくイラストレーター以外の身分なのではと思った時には、紙のスケジュール帳とスマホのスケジュールアプリに書かれた内容を音読することに決めている。両方に打ち合わせの予定や〆切《しめきり》、作業の努力目標などが書き込まれており、水城はそちらを信じて生活することにしていた。おかげで納期に遅れたことはない。

スマホのアラームに目蓋を開いた水城は、大きめに設定している電子音を止めつつ、日付時刻を確認した。十一月二十八日の午前七時半。スケジュール帳を開く。今日は午前中のうちに整体に行くことになっている。しかし昨日終わらせるはずだった作業が終わっていない。仕事の依頼を終わらせた時には印をつけることにしているのだが、それが見当たらないのだ。作業をどうにかしないことには整体に行けない。パソコンを起動させようとするが、ボタンを押してもなんの音もしてこない。スマホで先方に連絡だけでもしようかと思ったが、ネット接続が一切できなくなっていた。そうするうち、スマホのバッテリー残量が少なくなってきたので充電しようとコードを差す。が、いつまで経っても充電が始まらない。

そこで水城は日記帳を確認する。高校時代から、でき得る限り欠かさず毎日つけているものだ。スケジュール帳やスケジュールアプリと同等に水城が信頼を置いているもの。仕事の〆切などとは別の、日々の他愛ない事実を逐一記録するためのノートは、もう何十冊目にもなっていた。鉛筆で書き込んできた証《あかし》として膨らんでいる前半部と、まだぺしゃんこの後半部の境目を開く。

最新のページを見て、水城はようやく、ああ、と理解した。昨日あったと思っていることは夢なのではないかと疑っていたのだが、どうも現実だったらしい。

ツイッターの書き込みが途絶えたこと。妙な女が、人間が黒い塊と化したと投稿していたこと——人類滅亡？　人殺しだけが生き残っている？　などとも言っていた。電気が消えた。外には黒いぐずぐずが散らばっていた。大雨が降ってきたため、家にいることにした。懐中電灯を押し入れから引っ張り出して、湯を沸かしてカップラーメンを食べた。雨粒がアパートの屋根を叩《たた》く中、床に就くことにした。

ああ、そうだった、そうだった。

そうだったとして——さて、今日はどうしたものか。

首を傾げてから、水城はひとまず腹ごしらえをすることにする。ところが、蛇口を捻っても水が出てこない。ヤカンの中に残った水を再加熱しようとするも、ガスコンロの青い火がつく気配は一向にない。昨日の夜は使えたはずなのだが。仕方がないので、残り二枚の食パンをそのまま食べて、牛乳を飲むことにした。冷蔵庫内部は灯《あか》りが消えて真っ暗だった。牛乳パックを取り出しながら、中にある鶏肉《とりにく》を今日中に使い切らなければ、と考える。なにを作るために買ったのだったか。加熱はどうやってしよう。そういえば、以前にイラストを担当した小説で、地震で電気やガスが使えなくなりカセットコンロを用いて調理するシーンがあった。カセットコンロはどこで手に入るだろう。食パンに口をつける前にスケジュール帳にメモしておいた。それから鞄《かばん》を背負って、とりあえずは整体に行くことにする。アパートの最寄り駅は北品川駅だが、いつも通り、品川駅まで歩いていくつもりだった。ドアを開ける。やけに陽射しが強く、知らず細目になっていた。十一月の末であるのに、初夏並みの温度を感じる。水城は部屋に鍵をかけてアパートの階段を下りかけたものの、踵《きびす》を返した。鍵を開けて自室に戻り、上着を置いてから、再度鍵をかけて繰り出す。もう一度階段を下りる中、切りそびれていた髪が熱を吸収していくのを感じた。近々、散髪に行かねばと思い、階段の下で立ち止まってスケジュール帳に書きつけておいた。

　外を歩くと、まだ乾ききっていない歩道に鳥のような塊がぽつぽつと散らばっていた。アスファルトの上、水滴を周囲に散らしながら跳ねる黒いぐずぐず。下に落ちている濡《ぬ》れた服が邪魔をして、跳ねるのに手こずっているものもある。カラスにつつかれているものもあった。カラスと黒い塊は似たようなものと一瞬思うも、カラスの羽はすっかり乾いて陽の光で艶めいて見える一方、黒い塊はずっと濡れたままで表面のぬめりが太陽光を反射している。ところどころで車が電柱や建物にぶつかってひしゃげており、派手に炎上したらしき黒焦げのフレームだけが残る車体もあった。歩道橋の階段でぐずぐずが鈍く跳ね、その拍子に、てん、てん、てん、と下まで転がり落ちていく。バイクが広い道路の真ん中で転がっている。その下では黒い塊が凍えてでもいるかのように痙攣《けいれん》していた。雨の後の街はいつも少しだけ静かだが、今日は黒い塊がびしゃびしゃと水溜まりを跳ね、普段とは違う音の響きがあたりを満たしている。踏切の信号は消灯していた。電車が来る音はしないのに、遮断機は下りたままだった。踏切の真ん中に黒い塊がいて、しきりに跳ねては線路に当たっている。踏切近くの白いガードレールには、何年も前から消されていない、いくつかの色で書かれたよくわからない文字の落書きが連なっていた。歩道脇の銀杏《いちょう》から落ちた黄色の葉が雨で薄汚れていた。

いつもと同じくらいの所要時間で品川駅に着いた水城であるが、駅の中は黒い塊で埋め尽くされており、北品川の街中とは比にならない反響音で満たされていた。踏みつけて足を滑らせぬよう慎重に構内を歩く。自然光を取り入れる設計になっているため構内は明るかったが、電気はほとんど消えていた。そうして辿り着いた改札ではパスモが一切反応しなくなっていた。ぐずぐずの下の服に足を滑らせそうになりながら改札を抜け、止まっているエスカレーターを横目にしながら階段でホームまで降りてみる。もちろん電車は来ないし、それどころか向こうの線路で車体が横倒しになっていた。その中で跳ねているのであろう、黒い塊。それ以前に、ホームに響き渡る黒い塊の音が先ほどからずっと鼓膜を震わせていた。電車を待つために一列になって並んでいる黒いぐずぐずたちが、ホームの端まで連なっている。跳ね回って持ち場を移動し、隊列を乱すようなものもいる。

周囲の人間は皆、黒いぐずぐず。アパートの隣人も。駅にいる人間も。

昨日画面上で見た、そして日記に書き写した言葉が蘇《よみがえ》る。

——人殺しだけが生き残ってるっぽい⁉

だとするならば、おそらく整体師もこうなってしまったのだろう。殺人を犯していないのならば。犯していないのだろうか？

どうしようもないので、アパートに戻ることにする。

なるほど、アパートの周辺だけでなく、どこもかしこもこの状態であるらしい。

人類滅亡（爆笑）。

水城は昨日よりもこの事態を理解した。相変わらず、夢の中にいるような気分ではあったが。

†

黒いぐずぐずに取り囲まれ、徐々に押し潰されていく。びちびちと跳ねる塊が全身を埋め尽くす。振り払おうとしても、それの表面はつるつると滑り、手が空回りするだけ。次第に体全体が黒いぬめりと混じり合っていく。びちびちびちびち、跳ねる音の大合唱が鼓膜を溶かしていく。自室のベッドから起き上がった水城は、あたりが真っ暗であることに混乱した。心なしか体が湿っている気がする。自分は黒いぬめりと同化してしまったのか。外耳道に膜ができているような感覚があった。懐中電灯を取ることすらなく、手探りで部屋を出た。

どこからも光の感じられない、真っ暗闇のアパートの廊下で目を凝らす。黒い塊を発見する。振り払わねば。水城は思いきり黒い塊を蹴り飛ばした。それは隣室のドアに派手にぶつかり、ぶしっ、と息を吐くような音を立てて廊下に転がった。

片手を伸ばして、首のような部分を摑《つか》む。ぬちゃぬちゃとした感触が手のひらを満たすが、夢の中で感じたような、ウナギに触ろうとするようなものとは違った。ぬめりの奥は、チューブかなにかをぐるぐると巻きつけたような感じの、ビニールじみた触り心地をしている。わりあいしっかりと握り締めることができた。力を強くしていくとゴムのような弾力で押し返され、それでもなお握り締めていくと中心部にある硬い骨のようなものに行き着く。その間、黒いぐずぐずは空気を吐き出すような奇妙な音を上げながら、びくびくと水城の手の中で脈打っていた。

ふいに、目の前に白い肌が現れる。白い肌の上の顔はのっぺらぼうだった。水城は白い首を絞めている。片手では絞めきれない。両手で力を込めないと声を潰すことはできない。ひゅーひゅーと息が漏れる。両手の下で人間が激しく痙攣する。やがて動きが止まる。

一つ瞬《まばた》きすると、人間が黒いぐずぐずになっていた。

はて、これは現実だろうか？　自分を取り囲んでいたぐずぐずはどこへ行った？　自分が絞めていたのは黒い塊の首だったか、人の首だったか。

動かなくなった黒い塊を元の場所に置いてから、自分の部屋に戻る。懐中電灯を当てながら日記を確認する。自分の部屋には黒いぐずぐずはいない。それは昨日、念のため確認してから寝た。ゆえに、囲まれて取り込まれることはないだろう。体が湿っているように感じるのは、部屋の中が暑いせいだ。夜になっても気温が下がらない中、エアコンが使えずそのまま寝るしかなかった。それでぐっしょりと汗をかき、夜中に目を覚ましたのだろう。

人の首を絞めた方は、と何冊も遡っていく。こちらも夢だったのだろうか、と考え始めたところで、およそ一年前の記述が見つかる。飯田橋《いいだばし》と神楽坂《かぐらざか》の間の路地裏で人の首を絞める夢を見たので、自分が人を殺していないか確認しに行った。その前の日は日記をつけていなくて、おそらくはイラストの納期の関係でノートをとる暇がなかったのだろうが、描く合間に本当に外に出ていなかったか自信が持てなかった。死体が転がっていないか丹念に路地裏を探っていたところで、人に見られた。声を出されないように首を絞めた。次の日の日記には「ニュースになっていたので人を殺したのは現実」と書かれている。人を殺したのは現実。

日記を閉じたところで、自分の手についたぬめりが表紙を汚していることに気づいた。台所に行き、手洗い用に置いておいた五〇〇ミリリットルのペットボトルの蓋を開ける。ついでに水分補給もすることにした。手を洗った後、そのままペットボトルに口をつける。五〇〇ミリリットルのペットボトルを握るうち、首を絞めていた感覚はすべて消えていた。それから水城はもう一度寝た。

朝陽を目蓋に感じて起きたところで、スケジュール帳に上書きした今日の予定を確認する。スマホの電池は切れてしまったので、今後は紙のスケジュール帳のみに頼らねばならない。二つ備わっている臓器は片方がなくなってもなんとかなる、そんなような感覚だった。

予定一つ目。朝に髪の毛を切る。

机の上の文房具立てに入っているハサミを取り出し、洗面所に向かう。もはや美容師はいないらしい。昨日切ろうとしたが、すでに暗くなっており、懐中電灯片手にハサミを操るのは難しかった。

「起きてすぐやるべし」と書いてあった。

見様見真似《みまね》で、前髪にハサミを当てる。それなりに軽快な速度で鬱陶しくない長さまで切ることができたが、しかし、髪が短い時の自分はこんなだったろうか。鏡に映る首を傾げた自分の姿が、どこかしっくりこなかった。

まあいいか、とつぶやきながら、水城は次の行動について考える。今日から行うべきこと、それは、この世界について研究すること。

昨日は日が暮れてカラスの鳴き声が聞こえてくるまで日記を漁《あさ》って、これからすべきことを考えた。絵の仕事はすべて消えたらしい。取引先は機能していないだろう。ならばどうしたらいいか。

水城はひとまず、これまでに携わった仕事の中で人類が滅亡した設定の作品、編集者や作家から紹介されたそれ系の映画などからヒントを得ることにした。特に映画の印象的な場面、感想については事細かにメモを残している。映画で観《み》た光景が夢の中に出てくることがあり、起きて混乱した覚えが何度かあるためだ。役に立ちそうな作品のメモをピックアップして、スケジュール帳にぐしゃぐしゃと、新しい予定を書き込んでいく。

人類が滅亡する作品の中でも、人がゾンビと化し街が壊滅する物語に特に注目した。黒いぐずぐずは、まあ、ゾンビと似たようなものであろう。ゾンビから身を守るために、作中の人間たちはゾンビの生態を把握している。人殺しでも感染の恐れは本当にないのか、奴《やつ》らの弱点はなにか。

人類が滅亡したらしき世界で、今日から本格的に動き出す。しかしその前に、エネルギーを補給しておかねばならないだろう。昨夜作ったパエリアを消費することにする。もさもさとした、くすんだ赤色の米を口に運びながら、昨日の日記を再読して記憶と照らし合わせる。

昨日は最低限の行動をしておいた。まず室内を調べる。いつの間にか黒い塊が侵入していないかなど確認した。室内に入り込まれたところで危害を加えられそうにもないが、油断していると大抵の作品では面倒な目に遭う。自分の部屋が安全な寝床か十分にチェックした。

それから食料と水の確保。闇夜を懐中電灯で照らしながら、普段利用しているスーパーマーケットへと向かった。そこまで大きい店ではないが、品揃《しなぞろ》えがよく、夜遅くまで営業しているところだった。半開きになっている自動ドアをこじ開け、真っ暗な店内に光を当てていくと、カートの前に黒い塊があり、野菜コーナー、生活雑貨コーナー、レジ、まんべんなくぽつぽつと跳ねているのが確認できた。懐中電灯で照らせる範囲は限られているため、たびたび黒い塊を引っかけながら、カートを押して店内を回っていく。

人類が滅亡した世界でスーパーマーケットに辿り着いて買い出しを満喫する、というシーンはいくつかの作品にあった。それまで食事も満足にとれず、精神をすり減らしていた登場人物たちにとっては砂漠でようやく発見したオアシスのような空間。ウイスキーを選《え》り好みしている作品もあった。水城は酒が飲めないので真似することはできない。映画と違って夜に来てしまったので、売り場全体をじっくり見る余裕もなかった。時折手元のメモに光を当てながら、必要なものを淡々とカゴに突っ込んでいく。

まずはカセットコンロ。ホームセンターのような場所に行かないと手に入らないだろうかと懸念したものの、調理器具の置いてあるコーナーの片隅で無事に発見する。そしてペットボトルの水を数本確保する。飲み水、洗い物用の水、体を洗う水など、できる限りたくさん欲しいところだった。使いやすいように、二リットルのものだけでなく五〇〇ミリリットルペットも持っていくことにする。

それから、パエリアの具を調達していく。美味《うま》いものを食べたいという願望があるわけでもなく、正直なところ乾パンでもかじっていればよかった。それでなぜパエリアかというと、例のカセットコンロで調理を行う小説に細かい作り方が載っていたのだ。しかも、サフランなどの馴染《なじ》みない調味料はいらず、そこらへんのスーパーで手に入るもので、フライパン一つで作れるとあった。止まった冷蔵庫の中の鶏肉も消費できる。

しかし、出汁《だし》として必要だというアサリでまず躓《つまず》く。生鮮食品コーナーを見て回ったが、値引きシールが貼られているものしかなかったのだ。一日以上電気が消えた状態で消費期限が切れているのではさすがに手に取るのを躊躇《ちゅうちょ》する。一匹まるまるで売っている魚の目玉を懐中電灯で照らして、しばし見つめ合った後、海鮮系は諦めて、消費期限が今日となっている砂肝を持っていくことにした。まあ、肉類の中では出汁が出る部類だろう。

そんな調子で必要なものをカートの上下に載せたカゴに取り揃えたのだが、考えてみればこの重さのものを輸送する手段がない。水城は数回首を捻った末、カートをそのまま自宅まで押していくことにした。目立った坂や段差はないし、おそらくは大丈夫だろう。ごろごろとアスファルトを擦《す》りながら、無事、アパートに到着する。今後もこの方法で物資の輸送をしよう、と家からスーパーまでの出来事を綴《つづ》った日記の末尾にメモしておく。

しかし台所に食材を広げたところで問題が発生する。小説に載っているのと同じ分量でパエリアをこしらえられるほどのフライパンが水城の家にはないのだ。スーパーで取ってこなかったことを後悔する。また頭を回転させようとすると、隣室からびたびたと跳ねる音が耳に届いた。その音により水城は一つ思いつく。

部屋を出ると、隣室の前で跳ねている黒い塊を確認できる。それを服ごと足でどけて、水城は隣室の扉に懐中電灯を当てる。そのドアノブには、鍵が差し込まれたままだった。予想通り、この黒い塊は中にいるものの恋人かなにかで、毎晩のように甲高い声を水城の部屋まで響かせていた張本人らしい。合鍵で部屋に入ろうとしたところでこうなったのだろう。おかげで隣室に入ることができる。

隣人とその恋人らしき女は声が大きく、水城の部屋まで会話が聞こえてくることがしばしばだった。会話の内容をたまにメモしており、その中で「本格的な料理を作りたいから鍋や包丁を買いに行こう」と話しているものがあった。その通りに、隣室の台所には圧力鍋や出刃包丁、そして水城が探していた大きめのフライパンがあった。フライパンのついでに出刃包丁も拝借することにする。

ようやく食材と道具が揃い、懐中電灯を頼りに自室のキッチンで調理をする水城だったが、小説の通りにしているつもりがカセットコンロの火加減が上手《うま》く調節できず、フライパンと接する米がすべて黒焦げになった。さらに、サフランの代わりにトマト缶で色づけするレシピであり、加えて海鮮系をまるで使わなかったせいで、ただのチキンライスと化してしまった。これでは小説でキャラクターたちが絶賛していた味には遠く及ばない。以前に同業者と一緒に本物を食べたことがあったはずだが、その記憶を思い起こさせるようなこともない。しかも、米を四合も使ったため、数日間は食べ続けねばならない。水城は一日に二回、場合によっては一回しか食事をとらないため、この分量を消化できるのはいつになるか見当もつかなかった。

　昨日の日記を読み終える。料理一つするにもやけに手間取った記憶は、確かに現実のものであると判断できる。まあなによりも、失敗作のパエリアもどきを今、朝飯として食べているわけなのだが。おこげという表現は到底できない、炭化した米を咀嚼《そしやく》する。焦げを食べてもガンにはならない、とテレビで言っていた気がするが、それは現実のテレビの話だったか、それとも夢の中で観たテレビの話だったたか。

　朝食を終え、水城は昨日のメモの最後の部分をなぞった。できるだけ日中に行動すること。懐中電灯を持ちながら行動するのは億劫《おつくう》である。

　メモに従い、早速行動に移る。スケジュール帳と日記、水などを詰めた鞄を背負い、昨晩に隣室から拝借した出刃包丁を手に持って、水城は玄関へと向かった。鍵をかけながら首を回して太陽を見上げ、それから隣人の扉の前に転がる黒い塊へと目を向ける。夜中に蹴り飛ばしたり首を絞めたりした時にはすっかり動きを止めていたが、弱々しくも跳ねるのを再開している。わずかに指の形の凹《へこ》みが残る首を摑んで持ち上げる。そのまま、昨夜お邪魔した隣室へと靴のまま入っていく。万が一なにか異変があった際に、裸足《はだし》ではすぐに逃げられないためである。

　室内で拾った隣人と思しき黒い塊と、隣人の恋人かなにかと思しき黒い塊。二体のぐずぐずを隣人の台所に並べた。シンクでぴったんぴったん跳ねる方と、ぴくぴく震えるように跳ねる方。シンクに置くと、鳥より魚の印象が濃くなる気がした。

　とりあえずは、現時点で判明している黒い塊についての項目を日記に書きとめていく。黒い。跳ねる。かすかに息遣いのようなものが聞こえてくる。おそらくは触ることにより黒いぐずぐずの仲間と化すことはない。もしも時間差で変化が訪れる場合、自分はすでに手遅れである。

触った感触を再度確かめるべく、元気のない方を持ち上げる。ぬめる、ゴムのような皮膚、骨。肺の空気を放出するかのような音。痙攣する。熱がこもっている。片手でメモを取りながら、黒い塊の首を締め上げ続ける。記入が終わったところでシンクに落としてみるが、黒い塊はしばらく静止した後、また弱々しくも跳ねる動作を再開した。首を絞めても死なない。そもそも首なのか。

鳥のような形状をしているが、空を飛ぶ個体と出会ったことはない。魚のように跳ねているが、泳ぐことはできるのだろうか。いったん塊をどかして、そこらへんにあるものでシンクの排水口を塞いでいく。そうして、鞄に詰めていた二リットルペットボトルの中身を注いでいった。黒い塊がぎりぎりつかるくらいの水位になったところで、二体を投入する。両方とも、シンクの底をびたびたと鳴らしながら、しきりにくちばしのような先端を水中から出そうとする。泳いでいる、というよりは溺れているようだった。泳ぐこともできないらしい。

映画の中では科学的な設備が整っており、なにより登場人物に科学の素養があった。しかし生憎《あいにく》と、水城にはそれがない。思い返そうとすると、教師から向けられる呆《あき》れの目、怒りの表情などが断片的に立ち現れる。そういえば、あまりにも忘れ物の多い水城の顔に明日持ってくるプリントのことをマジックで書き込んだ高校一年の時の担任教師は、生物が専門だったたか。

とにかくそんな調子なので、水城が次にできることと言えば出刃包丁で解体してみるくらいしかなかった。シンクの水を抜いて、置きっぱなしになっていたまな板の上に黒い塊を載せる。水の中に放り込んでからは両方ともぶるぶる震えるばかりになっており、どちらか区別はつかなかった。

軽く片手を添えて、勢いよく出刃包丁を振り下ろす。しかし、ゴムのような皮膚に刃の跡がつくばかりで、真っ二つにすることはかなわない。中華包丁に持ち替えたりして何回か試行するも、空回りが続き、しまいには滑った塊がシンクの方に飛んでいった。それではと、まな板の上に戻した黒い塊を、昨日鶏肉を一口大にカットした時の要領で切り分けていくことにする。出刃包丁を前に後ろに引いていく。表皮が削り取られてめりめりと刃が食い込んでいくものの、いっこうにちぎれていく気配はなかった。包丁では切れない。包丁についた皮膚片のようなものに触ってみる。ホースの表面から剝がれたビニールのような感触。粘液のようなものをまとっている。粘液を指先で弄んでみる。親指と人差し指の間で一センチくらい糸を引いて、切れる。

首を傾けて思案したところで、前に見た写真が頭に浮かんだ。血のついた丸鋸の写真。あんな種類の、もっと強力な切断機具が必要そうである。チェーンソーだとか、そういったもの。

それから水城は外に出て、民家の軒先やスーパーマーケットを覗《のぞ》いて鋸《のこぎり》やチェーンソーを探したのだが、望むものはどこにも見当たらなかった。北品川の商店街を歩く中、黒い塊の跳ねる音ばかりが響く道路からは熱気が立ち上り、ぼんやりとして見える。映画で人を殺すために使われるような機具が眠っている気配は感じられない。

あるいは、もっとよく探せばどこかでなにかしらは見つかったのかもしれないが、日が暮れてしまったのでアパートの自室に戻ることにした。懐中電灯がぼうっと照らす中、パエリアをもそもそと食べながら、日記とスケジュール帳を睨んで明日以降の計画を練り直していく。途中、蛇口をきちんと締めなかった時のようなぽつぽつとした音に気づき、台所へ向かった。しかし考えてみれば、水道は使えなくなっているのである。よくよく耳を澄ませてみれば、隣室の黒い塊がシンクで跳ね続けている音のようだった。

†

次の日は、黒い塊を飼育してみることにした。なにを食べるのか、どんな生態なのか。ゾンビ映画で、ゾンビに首輪をつけて庭で飼うシーンがあった。人間が近づいてくるので襲いかかろうとするも、鎖に引っ張られて前に進めないゾンビの姿をうっすらと脳に浮かべる。

スーパーマーケットに赴いて、目についたものを手に取っていく。ペットフード、解けた冷凍肉、ミックスベジタブル、缶詰など。ぐずぐずの好物はなにか。とりあえず、映画のように人間が主食ではないらしいが。カートを押して、アパートの入口まで戻る。

餌《えさ》の入ったカゴを携えて、隣室のシンクに放置していた二体の黒い塊を確かめる。未《いま》だ動いていた。跳ね方も回復してきているように見える。飲み食いしていないのに、どうして衰弱しないのだろうか。

片方を持ち上げ、くちばしのようになっている部分を触ってみる。こじ開けようとするが、継ぎ目の感覚は一切なく、上下に開くことはないようだった。餌は食べないらしい。くちばしをいじくっていると、先端に穴が開いていることに気づく。そこから息のようなものが漏れている。そういえば昨日も、水面から必死にくちばしだけは出そうとしていた。改めて頭部を観察してみると、目玉はない。耳や鼻の穴のようなものもない。鳥の羽のような部分はただ羽の形になっているだけであり、空へ羽ばたくことはない。鳥の足のような形をしている部分も足のような形であるだけで、歩くこともできない。魚のように跳ねるが、泳げない。

餌を食べられない、なにも見えず嗅げず聞こえず、満足に動けない。ただ呼吸のようなものを延々と繰り返し、跳ねている。鎖に繋《つな》ぐ必要はなく、飼育しようにも世話の必要がない。

水城はノートに「経過観察」と書き込んでみる。件《くだん》の映画でゾンビが餓死するくだりがあった。何日で黒い塊が動かなくなるのか、様子を見ていこうと思った。

その日の夜、パエリアが乾燥しきっていたので、試しに猫用の湿ったタイプの餌を上に載せて食べてみた。ペットフードは存外、人間が食べられる味になっているらしい、と日記帳にメモしておいた。

†

また次の日は、生存者を探してみることにした。水城一人ではなにも摑めない。映画などでは、自分よりも科学的知識のあるキャラクターが現れて状況が前進することが多い。生き残る条件が本当に人殺しであることなのかも、他の生存者に会えば確認できるだろう。

もしも生存者と出会った時、相手が危害を加えてくることを想定して、なにか武器を持っていくことにする。生存者同士での諍《いさか》いもまた、ゾンビ映画では定番だ。包丁が目につくも、持ち運び用のケースがない。部屋の中を漁って、釘《くぎ》抜き付きのハンマーを持っていくことにした。前にイラストに描く際、光の当たり方など細かい部分を確かめたくて購入したものだ。スケジュール帳、日記、飲み水などに加えてハンマーを入れた鞄を背負い、アパートを出て品川駅へと向かう。道中は曇っていたが、じんめりとした蒸し暑さを肌に感じた。黒い塊が跳ねる音が相変わらずそこかしこからして、人間と出会うことはない。

品川駅に到着する。当初は付近の大きなホテル、水族館、商業施設などを回ってみようと考えていたが、まず駅前交差点を黒い塊と衣服が覆い尽くしており、これを越えて行くのは難しく感じられた。生き残りがいたとして、黒い塊の群れに押し潰されているのではないかとさえ思う。水城は駅の中に入って、普段使う京急《けいきゅう》線や山手線の改札を横目にし、黒い塊で埋め尽くされたアーケード状の広い通路を歩いた。港南《こうなん》口から出て探索することにした。

港南口にも黒い塊はぽつぽつといたが、西口前の交差点と比べれば遥《はる》かに数は少なかった。駅を離れ、居酒屋や喫茶店の建ち並ぶ通りを行く。停止している車、横転している車、乾いた道路の上のぬめった黒い塊。街並みは違えど、基本的には北品川と変わらないような光景だった。水色の歩道橋の上を歩く。歩道橋から見渡すと、道路で車が一列になって停止していた。日記を取り出して、立ったまま記入を行う。

歩道橋を下り、灰色のアスファルトの先を行く。道の横手に、凝ったデザインのオブジェを入口前に備えた高層ビルがあった。なぜ企業ビルの前にオブジェがあるのだろう、と腕組みして考えてみる。しかしすぐに、考えてもわかるはずはないか、と腕組みを解く。企業に所属した経験のない自分には計り知れない色々があるのだろう。

――あんたみたいなのが、東京なんかに行ってまともに働けるのかしら。

ビルを見上げるうち、記憶の中から母親の声が呼び起こされた。かくいう母親も、このようなビルとは無縁の人間だった。母親の連れてくる男たちも。そういえば母親は黒いぐずぐずになったのだろうか。あの人は、人を殺したことは――まあ、ないか。連れてくる男たちの中には、一人くらい生き残っている者がいるかもしれない。ビルとオブジェから視線を逸《そ》らし、前を向く。

目の前に橋が見えてくる。「みたてばし」と書かれてあった。運河に辿り着いたらしい。橋の近くの通路から川の方へ下りてみる。少し濁って見える広い川の横には欄干が巡らされ、遊歩道には色とりどりの服が散らばり、黒い塊が点々とあった。欄干に鳩《はと》がとまっており、こちらを見ている。しばらく見つめ合っていると、鳩はぱたぱたと飛び去っていった。飛び去っていった方向、川向こうのマンションでは多くの部屋で布団が干しっぱなしになっている。立ち止まる。そこらへんのマンションやオフィスビルの中で黒い塊がびたびたと跳ねている様を思い描く。

　遊歩道のタイルを踏みしめながら、灰色の雲の向こうで太陽がくすぶっているのを見上げる。茶灰色に光る川を見下ろす。足先を見つめる。地味な色合いの服と、その上で跳ねる黒い塊。ベンチの上で並んで跳ねている黒い塊。しばらくまっすぐ歩いていくと、さっきとは違う色の橋が見えてきた。向こう岸に渡ることにする。

　反対側の遊歩道はより憩いの場として整備されているようで、しゃれたベンチが設置されていたり、街路樹が植えられていたりした。黄色味をまとった葉の向こうに、なにかの門が見える。近づいていくと、大学の名前が書いてあった。大学。研究施設。敷地内に入ってみることにする。

　自転車置き場とバイク置き場を通り過ぎながら、この大学名には覚えがあるな、と脳裏に映像が浮かんできた。ああそうだ、先ほど思い出した、声の記憶と近いところにある。母親が昔この大学の近くに住んでいたと、やけに早口で話したのだ。そういえば、それがきっかけとなり品川周辺で一人暮らしをすることになったのだったか。

　イラストレーターとしてそれなりに食べていけるようになった時期、水城は上京を考えた。しかしネットで東京都の地図を眺め、途方に暮れる。一体どこに住めばいいのか。そんな中、母親がかつて品川のあたりに住んでいたと昔話を始めた。川が見えて、大学が近くにあると言っていた。そこで水城の父親と出会っただのなんだのと捲《まく》し立てていたが詳しくは覚えていない。ただ、母親が住めていたくらいなのだから、おそらくは治安もよくのんびりとした場所なのだろうと思った。家賃も安いはずだと踏んだのだが、相場は驚くほど高かった。どうにか北品川に手頃なアパートを見つけ、即決する。画材の店も近くになく、仕事場としての具合は正直あまり良くなかったが、なんとなく落ち着くものを感じた。引っ越そうと考えたことは一度もない。

いくつもの講義棟、サークルの根城となっているらしきプレハブ小屋などを目にしていく。大きな船のオブジェがあった。道端には黒い塊が落ちていて、建物の中でも跳ねている光景が目に浮かんだ。

あちこちを見回ってきたが、人間の声や息遣いは感じとれない。気がつけば空が晴れていて、夏休みの大学構内を歩いているようだった。びちびち、足元で黒い塊が鳴る。ふと横の建物の窓を見ると、巨大な骨がそこにあって思わず肩を跳ね上げる。建物の入口まで行くと、「鯨《くじら》ギャラリー」と書かれていた。クジラの骨をまるごと展示しているらしい。中には入らず、窓ガラス越しに巨大な骨格を見物する。そういえば、あの妙な女がクジラの像の写真を投稿していた。あちらはまがい物だが、こちらはおそらく本物の、かつて生きていたクジラの骨なのだろう。

これはどの種類のクジラなのだろうか。水城は日記にメモをとりながら、生前の姿を思い浮かべてみようとする。しかし上手くいかない。目の前の骨格と、テレビなどで観る海を泳ぐ生き物の姿が結びつかない。

――骨だけでもください。せめてあの人の。

ふいに、脳裏にそんな言葉が浮かぶ。これはなんだろう。自分ではない。ああ、そうか、母親の声か。でも、どこでそんなことを言っていたのだったか。どうして骨なんか欲しいのか。複数人の怒鳴り声がする。骨。死体。

――顔を見せてください。せめてこの子に、さいごに顔を見せて。ほら、顔を見なさい。

顔。死に顔。

頭の奥で、ぴしりと亀裂の入るような音がした。

気がつけば水城は、自宅アパートのフローリングの上で転がっていた。あたりは真っ暗で、きょろきょろして首を傾げる。今日はなにをしていたのだったか。手探りで懐中電灯を探し当て、時計を確認する。まだ夜の八時くらいだ。

何時頃に帰ったのだったか。日記を探すが机の上や枕元にはない。玄関に鞄が置きっぱなしにしてあるのを発見する。中を開くと、そこに入っていた。

しかし、歩きながらでもつけていたはずの日記には、いつもよりも少ない記述しかなかった。一列になっている車。飛び立つ鳩。クジラの骨。ああそうだ、運河近くの大学まで行ったのだったか。それからどうしたのだったっけ？　首を捻る。答えは出てこない。

とりあえず、朝からなにも食べていないはずなので、軽く胃に入れておくことにした。パエリアはにおいが若干怪しくなってきたので捨てることにする。シリアルを水でふやかして食べて、他にすべきことも思いつかないので、ベッドに入って寝た。

†

翌日は朝からしとしとと雨が降っていた。そんな中、水城はレインコートと同時に、押し入れからクロッキーセットを引っ張り出していた。

記憶が途切れるような時は、気分転換をした方がよい。これまで生きてきて、何回か日記に書いている経験則だった。そろそろ絵を描きたくてうずうずしてくる時期でもある。久しぶりに外で絵を描こう。

大きめのスケッチブック、スケッチ用の鉛筆とともに、昔描いた絵が数点見つかる。しばし眺めてみた。まだデジタル環境に手が届かないくらいの時代のものであり、拙い部分は大いにあるが、この頃から自分の色は出ていたのだな、と感じる。と同時に、これは本当に自分が描いたものだったか？といまいち実感が持てないでもいた。

過去の絵はしまい直して、鞄にスケッチブック等を入れていく。傘を携え、レインコート姿で外に出る。相変わらず気温は高く、袖の隙間がビニールハウス内部のようになった。

目指す場所は徒歩数分の品川神社《しながわじんじゃ》。その境内にある富士塚《ふじづか》に登って、上からの風景を描くのだ。できるだけ高いところから描きたかった。電気が使えないのでビルの高層階には上れないため、考えつく限りで一番高いのがそこだった。

龍が巻きついたデザインの大きな鳥居が見えてくる。境内に続く階段を上っていく途中、左手に少しサイズダウンした鳥居があり、富士塚へと繋がる道が開けている。祠《ほこら》などを横目にしながら、街の中に堂々とそびえる岩肌を登っていく。山と言うには小さい富士塚だが、「二合目」「四合目」とわざわざ表示する石があって、登山道的な雰囲気を演出している。「五合目」のところでいったん平坦《へいたん》な道に出る。見上げると、小さな山の全貌が明らかになった。街中にそびえる岩の山。道を少し行くと、また上り坂が見えてくる。四合目までと違い、綺麗な階段ではなくごつごつとした自然味の強い石段が上へと続いていた。しかも、傾斜も急である。何回か来たことがあるが、毎回、ここからは足を滑らせぬよう特別に注意していたことを思い出す。今日は雨であり、傘を握り締めながら、足を置く位置に気をつけながら登っていった。

そうして辿り着いた頂上は、広めの平らなスペースとなっており、なんの目的かは知らないがポールが立ててあった。視線の向こうには高架となっている線路、マンションなどが見える。

と、スペースの縁のあたりに布の塊と、黒いぐずぐずが一つだけあるのを発見する。その個体は小雨の中でひときわ元気に跳ねており、見つめているうち、ついには縁を飛び越えて下に転がり落ちてしまった。

転落の光景を見せられては、縁に近づくのは憚《はばか》られる。しかし、できる限り風景がよく見える場所で描きたい欲求が勝った。人間用の転落防止の鎖を確認しながら、水城は縁のぎりぎりで折り畳みの椅子を開く。レインコートを着ているので自分が濡れるのは気にしなくていいのだが、スケッチブックに雨が当たらぬよう傘を調節するのが難儀だった。片手でスケッチブックと傘を支えながら、もう片方の手で鉛筆を走らせていく。

傘が雨粒を弾《はじ》く音と、鉛筆が紙の上を滑る音。あまりない取り合わせを鼓膜に感じながら、目に見える風景を描写していく。富士塚から突き出した岩、遥か下の幅のある横断歩道、高架の下の道路、チェーン店、街路樹。ひときわ高いマンションに、それよりは背の低い集合住宅、一軒家。二台正面衝突した車、路側帯に車体を横たわらせるトラック、暗い信号機。散らばる衣服と、米粒のような黒い塊。

夢中で鉛筆を走らせ、おおよその輪郭から、細部を書き込んでいく。そうして街の姿がはっきりとしてきたところで、いったん手を止め——水城は、耳の奥がピンと張るのを感じた。

気づいた時、あれ？　と口にせず思った。中耳から伝わる、鼓膜が張る感覚。

鼓膜が張っているということは、震えていない。

そういえばいつの間にか雨が止《や》んでいる。陽が射して、雨の後に木々から水滴が落ちる音すらも一段落している。手を止めたので、紙を擦る鉛筆の音もしない。

近くにいる黒い塊は、落下していったもので最後だったらしい。遠くの米粒の跳ねる音は、さすがにここまでは届いてこない。

道路を走る車はない。鳥の鳴き声も聞こえてこない。雨の後の街は、いつも少し静かなのだ。視線の先の高架の線路にも、今は電車が通ることはない。

線路が、川の欄干と重なった。

川。

誰もいない盆の川。

静寂が全身を包み込む。耳の奥深くから、自らの血液が流れていく音がする。体は、血液の流れる運河。

自分の心臓の音が、聞こえてきた。


今ここで誰かに殺されたとしても、誰も気づきはしないだろう。

今ここで自分は殺される可能性がある。

殺されることができるということは、生きているということで。


今、自分は生きている。

普段は忘れていたけれど、自分の心臓は動いていて、自分は、生きていて。

気づいた瞬間、河川敷を駆け出していた。生きている。生きている。生きているということは死ぬということで。今、自分は生きていて。走っても走っても、自分が生きているということを振り払えない。それどころか走ることで心臓が揺らされて、音がどんどん大きくなっていって、体を巡る血潮を感じて。ああ、生きていて、生きていて。

葬式で見た死に顔が脳裏を掠める。

想像した自分の死に顔がそこに重なる。

生きているから死ぬ。


知らず、折り畳み椅子から立ち上がっていた。傘が放り出される音は耳に届かない。自らの内が奏でる音がうるさくて、それどころではなかった。

記憶の中の走る自分と同化して、水城の心臓は激しく脈動していた。

胸を押さえる。余計に心臓の音を感じる。

息を吐く。息をしていることを思い出してしまう。

鼓動がさらに速くなる。

静寂の中で、自分の体は、確かに生きている。

ずっと忘れていた。なのにどうして思い出してしまったのだろう。ずっと、夢と現実の境をさまよっていたのに。そうしていれば、忘れていられたのに。ずっと忘れていたかったのに。

これは夢でもなんでもなくて。

自分は、生きていて、死ぬんだ。


いつの間にか、水城はその場にへたり込んでいた。そのうちに再び小雨が降ってきて、鼓膜にはレインコートを打つ雨粒の音が届いているのに、ぴくりとも動くことはできなかった。

長らく呆《ほう》けていたところ、すっかりあたりは暗くなっていた。電気のない街は、より一層の暗闇を作り出す。その段になって水城は、とにかく帰ろう、とひとりごちた。よろよろと立ち上がり、その場に傘もリュックも折り畳み椅子も忘れて、富士塚を下りようとした。

もしかしたらすべて夢なんじゃないかとふわふわする体で一歩踏み出した瞬間に、水城の右足は濡れた石段を滑った。凄《すさ》まじい勢いで急な階段を転げ落ちていく。平坦な道に体を叩きつけられて、やっと停止した。身を起こして歩こうとする。しかし、体は言うことを聞かない。這《は》って帰ろうとするも、真っ暗で前がよく見えない。気がつけば平坦な道から岩肌へと水城は身を乗り出しており、そのまま階段もなにもない富士塚の岩肌に幾度も体を打ちつけながら、下の道路まで落ちていった。

暗闇の中で、おそらくは数時間に及んで気を失っていた。その間に小雨は止んでいた。意識を取り戻すきっかけは、右脚の違和感だった。

目蓋を開く。恐る恐る、目を凝らしていく。首を少し動かすだけで、めちゃくちゃな角度に折れ曲がった自らの右脚を直視することができた。闇の中、血で濡れた白い骨が光っている。折れている、などというレベルではない。目で事態を把握した瞬間に、脳の中で激痛の信号が弾けた。

燃えるように、燃やされでもしているように、右脚から熱が噴き出す。身をよじると、体の下の水溜まりから飛沫《ひまつ》が跳ねる。冷たい飛沫は右脚の熱を和らげるどころか、倍加させる。声にならない悲鳴を上げる。痛い。痛い、痛い、痛い。右脚が痛い。血液を送り出す心臓が痛い。

生きているから痛いんだ。

生きているから死ぬんだ。

喉の奥を振り絞って声を上げる。誰か助けて。誰か。声を出すたび脚に痛みが走る。心臓が鳴る。

お願いだから、誰か。

このままだと死んでしまう。

「——嫌だっ！」

渾身《こんしん》の叫びに応えるように、耳元でびしゃりと音がした。

首を曲げる。目と耳を凝らす。よく見ると自分の顔の真横には闇夜に艶めく黒い塊があって、水溜まりを散らしながら跳ねていた。富士塚に到着した時に落下していったものだろうか。

黒い塊は元気に跳ねていた。落下のダメージなどものともせず、びたびたと跳ねていた。

いつまでも元気に跳ねて、空気穴から息のようなものを噴き出していた。

こいつらは生きているのだろうか。飲まず食わず、痛めつけられても、永遠に跳ねていられるのだろうか。

生きているのに死なないのだろうか。

だとしたら——

次第に切れ切れになる水城の息とは対照的に、規則的に、ぶしゅっ、ぶしゅっ、と、黒い塊は呼吸をしていた。

絶えない息が、水城の鼓膜をいつまでも揺らし続けた。

3　弁護士／妻　You are here. 1

その弁護士を初めて見たタエダが抱いた印象は、「小さなじいさんだな」というものだった。白髪の目立つ七三分けの頭だけ見ると、ずいぶんと老けた人物に映る。しかし肌に目を移すと、その皺《しわ》は目立ったものでなく、暗いグレーのスーツを着込んだ背も姿勢よくまっすぐである。じいさんというほどではない、五、六十代くらいだろうか。

次にタエダが思ったのは、「なんだか、ガラス玉みたいな、でかい目だな」ということだった。弁護士は、じっと見ているとまた年齢がよくわからなくなるような、透き通った大きな目をしている。その目尻が形作る笑みは年寄りのそれに近いような気もする。こうもすべての要素がちぐはぐな人間を、タエダは見たことがない。こんな奴《やつ》が本当に弁護士なのだろうかと訝《いぶか》しむ。弁護士どころか、拘置所に面会に来ること自体がまるではまらない風体だ。

パイプ椅子に腰掛けて相対すると、弁護士の目にタエダの姿が映り込んでいるのがわかる。アクリル板越しであっても、はっきりと。

タエダは弁護士から視線を外してそっぽを向きながら、口を開いた。

「もう、弁護士なんて、くそくらえだ」

声は掠《かす》れて、パイプ椅子の鳴る音に負けるような響きとなってしまった。そんなタエダに弁護士は、どこかとぼけたような高めの声で訊《たず》ねてくる。年寄り臭いのか青臭いのか判断に困るその声でなされた質問は、タエダがなんと言ったのか確認するためのもの、ではなく。

「タエダさんは、前任の方に、不満があったのですか？」

とぼけた調子でありながら、不思議がるような響きはあまり感じられない。問い質《ただ》しているのでもない、捉えどころのない声に、タエダは奥歯を嚙《か》み潰す。

同棲《どうせい》相手――もう逮捕されてから一年以上になるので、同棲もくそもないが――の淳子《じゅんこ》は、タエダに涙ながらに語った。前の弁護士さんは若手ながらよくやってくれた。法廷ではタエダの境遇について、裁判員の同情を引く見事な語り口を披露してくれた。被害者の遺族のところにも足繁《しげ》く通って、タエダに対する同情を引き出すまでしてくれた。おかげで無期懲役の求刑に対して、一審で下ったのは懲役二十五年の判決。現在四十歳のタエダが、かろうじて元気で出てこられる年数であろう。

それなのに。

『あなたが、あんなことをするから』

「……無期のところを有期にしてくれたんだから、感謝こそすれ、不満なんてあるはずがないよな」

一審の、最後の最後で失敗を犯してしまったタエダに対し、被害者遺族は激怒した。検察側は控訴し、裁判は二審にもつれ込むこととなった。前任の弁護士は「私はもう降りますから、好きにしてください」と呆《あき》れ顔で去っていった。面会に来た淳子は「一生、出てこられなくなっちゃうよお……」と、感情を堪《こら》えきれないといった様子で漏らした。当初の淳子は無期懲役でも十五年や二十年程度で出てこられるという俗説を信じていたらしいが、前任弁護士の懇切丁寧な説明により無期刑の現状を理解したそうだ。最低でも三十年は出てこられない。三十年経《た》っても、刑務所内での態度が著しく悪い場合――なにより、被害者遺族の感情によっては、外の世界に出ることは非常に難しい。「こんなことになったら、あの奥さんは、仮釈放なんて絶対に許してくれない」などと、さんざんに罵られた次の日、タエダは「もう面会に来なくていい。お前は、もう、いらん」と淳子に手紙を出した。それ以来、淳子は顔を出さなくなった。しかしたびたび差し入れがある上、後任弁護士の手配までしてくれたらしい。

そうしてタエダの担当をすることになった、この弁護士こそ不満たらたらなのではないか。タエダは正面の顔を睨《にら》みつける。このまま行くと、二審では無期が濃厚。やっかいな案件を押し付けやがって、とでも思っているのではないのか。

しかし、いくら睨んでみても、弁護士は表情を変えなかった。その瞳の色はずっと穏やかで、髪と違って白いものの少ない眉も緩やかなカーブを描いている。

「感謝すべき、と思っているということは、実際には感謝できていないということですよね」

「そんなことは人として許されない、ってんだろ。こっちは、無期だろうと、なんなら死刑だろうと知ったこっちゃない、とっとと殺してほしいくらいだってのに」

「人として許すだとか、許さないだとかは、おいておきましょう。とにかくタエダさんの中には、量刑とは関係ない部分で、不満があるんですよね？」

ここには刑務官もいない。淳子も前の弁護士も、被害者遺族だって、誰も聞いていない。だからどうぞ、正直に、と。

弁護士は無言でタエダの言葉を促した。タエダはさらにきつく弁護士を睨む。本音を言おうものなら、それがいかに間違ったことであるのか、理路整然と諭されるに違いない。他の人間がいようといまいと、素直になど話せるものか。

弁護士はなにも言わない。ただ待っている。ガラスの瞳に、タエダの姿がくっきりと映っている。長いこと見つめ合い、根負けしたのはタエダだった。

「……手紙」

「手紙、ですか」

「何回も、書かせやがって。いちいちいちいち、この言葉は駄目だの、言い方を変えろだの、添削しやがって。何度も、しつこく直させて」

被害者遺族へのお詫《わ》びの手紙と、裁判官に提出する上申書。どちらも「絶対に書くべきだ」と、前の弁護士は徹底的にタエダを指導した。亡くなった被害者や、遺族の気持ちをよく考えて。なにかのせいにせず、自分と向き合って書くように。

「裁判でも、何回も言わされた。自分のことを真剣に案じて温かく接してくれていた上司に対して、とんでもない裏切りを働いてしまった。もしも許されるのなら、これからの人生は上司への感謝を第一に誠実に歩んでいきたい。かつて上司が願ってくれたように、生まれ変わった自分になりたい……なにが、生まれ変わる、だ。あんな、くそ野郎のために、なんで、おれが変わらにゃならん」

確かにあなたは悲惨な境遇だった。けれども、支えてくれる人はいた。変われるチャンスは、いくらでもあったのだ。それに気づかなかったことこそが、あなたの罪なのだ。だからあなたの償いとは、今度こそ生まれ変わることなのだ、と。前の弁護士は若い瞳に情熱のようなものを滾《たぎ》らせて、タエダに語ったものだった。

「くそ野郎、ですか」

「わかってるよ。おれこそが本物のくそ野郎で、誰かを罵る資格なんてないんだろう？」

先回りして、タエダは自嘲してみせる。

殺した上司へのちょっとした不満を口にするたび、前の弁護士には厳しく戒められていた。そんなことでは真の反省などできない。裁判のためのパフォーマンスではなく、本当に反省しないと意味がない。人への不満は心の奥にしまって、自分がしてしまったことについて考えろ。

しかし目の前の弁護士は、言う。

「資格がどうとかも、おいておきましょう。タエダさんにとっては、上司は、くそ野郎だった。そして、そんな上司のために生まれ変わる、などという言葉を言わせる前任の弁護士が、タエダさんは不満でならなかった」

非難する調子はまったくなく。目尻に自然な皺を寄せて、弁護士はタエダを見つめていた。大きな目は細められて線のようになっている。

その笑みに向け、タエダは思わず、小さくうなずいてしまっていた。

弁護士は笑みを深める。

「ありがとうございます」

「なにが」

「話を、してくれて」

微笑《ほほえ》まれて、タエダはパイプ椅子の上でたじろぐ。なんなんだ、このジジィは。睨むというには少し弱い視線を弁護士に送る。弁護士の笑みは崩れない。

「……なにが、『話をしてくれてありがとう』だ。偉そうに。心にもないことを」

「いいえ、心から思っていますよ」

「っ！　だいたい、今さらおれがなにを言ったところで、なにも変わらないだろう。もう、おれが法廷で喋《しゃべ》ることもないんだから」

「確かに控訴審では被告人弁論の時間はありません。ですがこの調子で、もっと、本当のところを聞かせてはくれませんか。タエダさんの本音に触れられると、私は嬉《うれ》しいです。一審の時のように『暴力的な父の影響を受けて犯行に及んだ』と単純な図式を示すのでは、意味がないですからね」

「——っ、もう帰れ！」

ついには目を逸《そ》らして、タエダは吐き捨てていた。

パイプ椅子を押す音が響き、それに対してどこか安堵《あんど》すら覚える。そんな自分に対し「なにを、びびってやがる」と苛立《いらだ》つ。タエダの胸中が落ち着かない鼓動を刻む、そんなさなかだった。

「タエダさんが望むのであれば、今日は帰ります。ですが一つ、提案です。上司にどのような不満を抱いていたのか、もっと教えてほしいのです。そうですね……紙にでも書いてみてくださいませんか？」

弁護士の、少しばかり笑みを抑えて開かれた目の中には、ぎょっとしたようなタエダの姿が映っていた。


小机の上に弁護士が差し入れしてきた便箋を広げてみるも、「アホらしい」とタエダはすぐにペンを置いた。

自分が殺した上司への不満を書いてみろ？

書いて、どうしろという。そんなものを書いて公表しようものなら、一審の最後で地に落ちたタエダの印象はさらなる悪化を遂げ、「永遠に反省するつもりがないのだな」と消えない判を押されるだろう。書いたところで、なんの益にもならない。

就寝時間には早いが、畳に布団を敷いて、とっとと寝てしまおうと思った。頭だけ出して横たわりながら、思考は自らの罪について、ぐるぐると行ったり来たりを繰り返した。

淳子のすすめで勤めることになった工場は、わけありの人間ばかりを集めた準刑務所のようなところだった。その中でもタエダの上司となった工場長の甥《おい》っ子――タエダよりも五つ年下だった――は、とりわけ刑務官きどりの人間に見えた。なにかにつけて「過去の罪に対する意識を常に持て」だの、少しでも怠けようものなら「被害者の分まで懸命に生きて償え」だの。勤務後に食事を奢《おご》るからと誘われた店でも、涙ながらに上司はタエダの背中を叩《たた》いた。

そのうち上司のマンションにまで連れていかれるようになる。そこではタエダよりも年上である上司の妻が、愛想よくもてなしてくれた。タエダの過去について上司から説明され、「頑張って」と何度も励ましてみせる。色とりどりのつまみをこしらえながら、夫と同じ調子で「生まれ変わろう」と謳《うた》い、ついには夫婦揃《そろ》っての大合唱が始まって夜は更けていく。

ある日、招かれたマンションでついカッとなったタエダは、上司、次いで上司の妻を殴りつけ、その場にあったビニールテープで二人を拘束した。上司の妻の目の前で、上司を数日にわたり殴り続ける。最後には洗面器に顔を沈めることを何回も繰り返した。気がつけば上司の息は絶えていた。上司の息がないと気づいた時のタエダの表情について、上司の妻は「ニヤッと笑っていた」と証言する。

一審で担当となった若い弁護士は、「相当厳しい裁判になるだろう」と最初に説明した。なぜならタエダは窃盗の常習犯であり、刑務所に入っていない時は女性のヒモとして生活しているような男だったのだ。そんなタエダを見捨てることなく熱心に指導していた人物を、命乞いも無視して執拗《しつよう》に痛めつけた罪は重い。しかも、夫同様に温かくタエダを迎えてくれた上司の妻の目の前で、だ。さらにタエダは二十五年前、交際していた相手の弟に別れるよう言われてカッとなり、暴行を繰り返したあげくに溺殺《できさつ》するという事件を起こしている。その時は十五歳だったため、逮捕・審判の後、少年院に収容された。少年院や幾度とない刑務所生活を経てもなお、まともに働いて生きていく意思を持たず、犯罪にもたびたび手を染める。その上、かつての事件とまったく同じ残忍な方法で、自分を助けてくれる人を殺《あや》めた。逮捕直後の態度も非常に悪かった。もはや更生の余地なし、外に出せば同じことを繰り返す可能性があると見なされてしまうであろう。

無期懲役を回避するためには、タエダの育った家庭の問題に焦点を当てるほかない。前任弁護士はタエダに詳しく過去のことを訊ねるだけでなく、タエダの出身地方にまで出向いて近隣住民から証言を集めた。結果浮かび上がる、悲惨な成育歴。

タエダの父親はリストラされて以来どうしようもない酒浸りとなり、必死で家計を支える妻に対して暴力を振るっていた。タエダの二人の姉は母親を庇《かば》おうとするものの、そのたびに殴り飛ばされていた。まだ小さなタエダは、自らも暴力にさらされながら、止めることもできずに見ているしかなかった。そんな日々についには限界を感じ、母親は娘二人を連れて家を出る。タエダが起きると、「ごめんなさい。後で迎えに行くから」という書き置きが残されていた。その書き置きを読んだ父親は「どうせすぐ帰ってくるだろう」と呑気《のんき》に構え、タエダに暴力を振るいながら妻の帰りを待っていた。半年が過ぎた頃には二度と妻が戻ってこないことを悟り、他の女の家を転々とするようになった。取り残されたタエダが生きていくには、周囲から金を盗んだり、あるいは金を持っていて同情してくれそうな女性に取り入ったりするほかなかった。結局、タエダが事件を起こしてなお――十五歳の時も、今も――母親は消息不明。父親は、タエダが初めての殺人を犯した頃に酒で体を壊して死んでいる。

悲惨としか言いようのない環境でタエダは育った。父親の暴力の影響が、タエダが起こした事件には大きく影を落としている。タエダのような人間に救いの手を差し伸べられなかった我々にも責任があるのではないか。もちろん、少年院や刑務所、そして最後に勤めた工場において、タエダには自分を見つめ直すチャンスが与えられていた。そのチャンスを棒に振った罪は重い。それでも。どうか、今一度チャンスを与えてはくれないか。生まれ育った場所がどうであろうと、人は変われる。その可能性を、摘み取らないでほしい。

前任弁護士の大演説は、傍聴席の人々の涙すら誘った。夫が殺されるところを目の当たりにした妻でさえ、前任弁護士が時間をかけて説得を繰り返した結果、法廷でその残酷な殺害シーンについて声を詰まらせながら語りつつも最後には「塀の外で、夫への償いをしながら生きていく道もあるのではないか」と目を潤ませていたのだ。

しかし。

それらの涙は、一審判決で「懲役二十五年」と告げられ退廷する直前、傍聴席に向けてタエダが見せた笑みにより一気に乾いたものとなる。

もはや、可能性などない。タエダは父親同様のどうしようもないクズなのだ。

「……んなこた、初めからわかってんだよ」

眠りに就くことができず、タエダは天井に向かってつぶやいた。

悲惨な生い立ちではあったが、自分はまだ周りの人間に恵まれていたのだろう。淳子も、前の弁護士も、そして上司夫妻も。自分を励まし、立ち直らせようとしていた。そのことは理解できる。理解している。だけれども、理解しながら、常になにかに苛々している。そんな自分が人間として大いに間違っていることはわかっている。

殺人を犯したことについても、正直なところ「とんでもないことをしてしまった」という感覚はあまりない。今もなお、正論を述べる上司や――かつての交際相手の弟に言われたことを思い出すたび、胃の腑《ふ》で渦巻くものがある。

それをひた隠しにして反省したふりをし、命を繋《つな》ぐことになんの意味があるのか。

もう、すべてがどうでもいい。今度は胸の内でつぶやいて、タエダは目を閉じた。

「淳子さんから、言づてを預かっています」

面会室の空気はいつも沈んでいる。そんな空間にはおおよそ似つかわしくない、ひょうきんさすら感じさせる声色で弁護士は告げた。

「『どうか、希望を捨てないで。投げやりにならないで、生きて。私はいつまでも待っているから』……とのことです」

「捨てた女のことなんか、もう知らん」

タエダは間髪入れずに吐き捨てる。弁護士は首を曲げずに、淡々と疑問を呈した。

「嬉しそうですね？」

「少しも嬉しくなんてない。女から『待っている』と言われたくらいで、今さら喜ぶか」

「いえ、そうではなく。『捨てた女〜』と言う時のタエダさんの顔が、妙に嬉しそうに見えたものですから」

弁護士の瞳には、タエダの輪郭が映し出されている。それを見て、口の端を吊《つ》り上げている自分を自覚する。

タエダは慌てて目を逸らす。

「馬鹿な女を捨てる時が、一番楽しいんだ」

思えば、転がり込んで養ってもらいながら、別れを告げるのはいつもタエダの方だった。女たちは一方的に捨てられる時、「なんで笑うの」とタエダを詰《なじ》った。

頬を押さえるタエダに対し、弁護士は責め立てるトーンは一切なしに問いを放った。

「淳子さんにも、不満があるのですか？」

「……また、『不満』か」

前回言われた「上司への不満」について書いたか否かの確認もなく、今度は「淳子への不満」ときた。そんなものを吐き出してなんになる。淳子のことこそ、掘り下げても控訴審ではなんの役にも立たないだろうに。

タエダは弁護士を睨《ね》めつけながら、苛々と貧乏揺すりをした。自分のせいで鳴るパイプ椅子に煩わしさを覚える、そんな頭の片隅に、淳子の顔が浮かんでいる。

淳子。タエダより七つも上の年増女。とりたてて美しい顔をしているのでもない、年相応にだらしない肉体の女だった。しかし、芯の強い女だった。タエダがなにを言っても、疑問を持ったのならすぐに反論してきた。実家が裕福であるが、若い頃から元気に働きに出ている。同棲相手がこんなことをしでかし、周囲から非難の視線や言葉を浴びせられてなお、同じ職場に出勤し続けているという。

「タエダさんは少年院を出た後からずっと、正規の労働はせずに、盗みを働くか、あるいは年上の女性のところに転がり込んで生活していましたね。むしろ、女性がいない時期に窃盗で生計を立てていたと言った方がよろしいでしょうか。少年院を経験する前にも——交際していた裕福な家庭の女子大生から、お金をせびっていた」

弁護士は手元の紙をぱらぱらとめくりながら、変わらぬ声の調子で話す。

「それがなんだってんだ」

「どうして、年上女性のヒモを？」

「知らん。おれみたいな奴に引っかかる馬鹿な女が世の中には掃いて捨てるほどいるってことだろ」

「いえ、『どうしてヒモを続けられたのか』あるいは『どうやって』ということではなく。タエダさん自身は、なぜ、自分でお金を稼ごうとするのでなく、自分より年上の女性に世話をしてもらい守ってもらう生き方を選んだのでしょうか？」

「働くのが馬鹿らしいからだ。それ以外の理由があるか？」

「どうして働くのが馬鹿らしいのでしょうか」

タエダは貧乏揺すりを激しくする。質問の意図が理解できない。なんだってこの弁護士は、つまらぬことにいちいちこだわるのか。そして、どうして少しも目を逸らそうとしないのか。

「……父親と同じだからだろ」

「お父様、ですか」

「リストラされて酒浸りになって、職を探すのも馬鹿らしくなって嫁に働かせる男と、所詮は同じ人間だったたってことだろ」

言葉を吐きながら、タエダはわずかに顔を下げる。

三十を過ぎた頃、鏡に映った自分の顔が父親とそっくりであることに気づいた。鏡を見るたびに深刻な顔をするタエダに対し、その時々の同棲相手の女たちは怪訝《けげん》な表情をし、「こんなに父親とそっくりでは、母親に置いていかれるのも仕方がないだろう」とつぶやけば途端に同情的な視線を向けてきた。

そんな中で、淳子にはこんなことを言われたのだ。

『あなたはもう、大人なんだから。両親のことなんか関係なく、生きていかなくちゃならないのよ』

あの女は、なにかとそんな正論を突きつけてきた。知り合った直後、身の上についてタエダが打ち明けた時には涙を流して家に上げたというのに、そこでのんびりと暮らしていくことを許しはしなかった。他の女のように「私が養ってあげる」とどこか嬉しそうに世話を焼くのではなく、タエダを無理にでも外に出そうとした。上司や、上司の妻と、口にすることは変わらない。

『私たちは、私たちなんだから。お父さんもお母さんも関係ない』

「お父様がそういう人間だったから、タエダさんもそうなった、と考えるのですか？」

思い返す淳子の声が、目の前の弁護士の台詞《せりふ》と重なった。タエダは目を見開き、弁護士に向けて眉を吊り上げる。

「いい歳《とし》なんだから、親のせいにするなってか？」

「そういうことではありません。ただ、タエダさんのお父様はクビを切られたことにより労働意欲を失った。しかし、タエダさんの場合には、そもそも労働の経験自体が、あまりありませんでしたよね？」

背をまっすぐに伸ばし、奇妙に明るいながらも穏やかな声をタエダに向ける。そんな弁護士を前に、タエダは思わずパイプ椅子を立っていた。

「おれが、父親よりもさらに底辺の人間だってのか！」

「そうではありません。ただ――」

「もういい！　不愉快だ、帰れ！」

叫びながら、タエダはパイプ椅子を蹴飛ばす。弁護士に背を向けようとする。しかしその間にわずかに冷静になり、立ち去る前にどんな顔をしているのか拝んでやろうと思った。アクリル板へ首を回す。

さぞや狼狽《ろうばい》しているかと思いきや、弁護士の表情に動揺の色はなかった。「しまった」だとか、「どうやって取り繕おう」だとか、そういった一切の浮かんでいない、泰然とした姿勢を保っている。

その顔に大きく舌打ちすると、こんな言葉が返ってきた。

「タエダさん。タエダさんは父親と同じなのでしょうか。そして、親は関係ないのでしょうか」

静かな口調だった。細波《さざなみ》のように、激しさはなく、しかし、ぶれることなくタエダに向かってくる声だった。

　タエダは、ちぐはぐに響くその台詞の意味を飲み込むことができない。飲み込めず、しかし耳に残ってならず、どうにもすわりが悪い。自分の顔が今、どのように歪《ゆが》んでいるのかもわからない。それでも、弁護士の瞳に、タエダの姿がはっきりと映し出されていることだけはわかった。


　怒鳴られて追い返されたにもかかわらず、弁護士はすぐ面会にやって来た。変わらぬ笑みを湛《たた》えるその顔に向け、タエダは悪態をつく。

「あんたは、なにがしたいのかよくわからん。解任してやってもいいくらいだ」

　時間が経って、タエダも余裕を取り戻していた。なにを言ったところで、この弁護士が焦る姿は想像できない。ただ、少しくらいは傷ついた顔でもすればいい気味だと思ってつぶやいていた。

「タエダさん、また、笑っています」

「ああ？」

　穏やかな視線を崩さぬ弁護士の瞳に、またタエダの輪郭が見てとれた。タエダは目を逸らすのでなく、パイプ椅子にふんぞり返って正面の瞳の中の自らを睨みつけることにする。そんなタエダに、弁護士は明るく言う。

「そうですね。タエダさんには私を解任する権利があります。そうなった場合、私には大人しく引き下がることしかできません」

　なんだ、やっぱりこちらの弁護なんて嫌々だったんじゃないか。そう嘲ってやろうとする前に、弁護士は続けた。

「タエダさん。まだ笑っていますね」

「はん、根性なしを目の前にして笑わずにいられるか」

「いえ。よく見ると、タエダさんの笑顔は、楽しそうとか、嬉しそうというより――」

弁護士はそこで言葉を区切った。どれだけ待てど、その口が開かれることはない。タエダが何度「なんだ」と言っても、続きが継がれることはなかった。

代わりに弁護士は、おどけた風な声を出す。

「どうせ解任されるなら、最後にぜひ教えてほしいことがあります」

「なにを」

「上司の方を、どうして殺したのか」

こちらこそ「どうしてこの弁護士は」と様々な不審でいっぱいだというのに、なおもこいつは「どうして」と問うのか。

どうして上司を殺害した？　それこそ、もう一審でさんざん触れられてきた部分だ。タエダはいい加減、溜《た》め息の一つもつきたくなってしまった。

「どうしてもこうしてもあるか。いつものように長々と説教されて、カッとなったから殺した。もう何回も説明してきたことだ」

「いいえ。『ついカッとなって』とはよく言われますが、理由もなくカッとなることはまずありませんよね。なにかがあったから、カッとなるんです」

「だから、説教されたからだ」

「説教であれば、いつもされていましたよね。それでも耐え難いほどカッとなってしまったのは、その時だけだった」

「それまでの分が積もりに積もってカッときたんだ」

「裁判ではそのように証言していましたね。そしてそれらは、甚だ理不尽な怒りであったと、タエダさんは述べました……おそらく、前任の方がそう言うように指示したのでしょうが」

弁護士の口調は確認する風でもなかった。タエダは落ち着かない気分になってくる。ガラスの瞳に、なにか、得体の知れないものを見透かされているような気がする。

「確かに、積もり積もって爆発した、そういう場合もあるでしょう。しかし可能性でいうなら、上司の方が、なにかどうしてもタエダさんには耐え難い言葉を放ってしまって、カッとなった——ということも、考えられますよね？」

投げやりな体勢を続けるタエダに対し、弁護士はまっすぐ低い背を伸ばしている。ぱちぱちと、瞬《まばた》きをする大きな目。瞬きを終え、その目はタエダの顔をくっきりと映し出す。

「上司の方がなにを言ったのか、できるだけ詳細に教えてはいただけませんか？」

タエダは口をつぐむ。「そんなことを知って、どうなる」という言葉は喉元まで出かかっていた。その言葉が弁護士に対しては意味をなさないと理解しているから、口から外に出すことはできない。反射的な言葉を飲み込んで、考えた言葉を用意しなければならない。

考えるタエダを、弁護士は静かに見守っている。見守る視線に、タエダはむず痒《がゆ》いものを覚える。

「……別に、言ったところで、おれがカッとなったことにあんたが納得できるとは思えない」

「私が納得できるかどうかは、些末《さまつ》な問題です」

どれだけ黙り込んでみても、弁護士はそれ以上は言わなかった。ただタエダを待つ。タエダを一直線に見つめて。

「……『お前にはもう、父親も母親もいないんだから、一人で立てるようになれ』」

うつむきながら、タエダは小さく漏らした。言い終わった後も落ち着かず、すぐに口を開く。

「自分でも、なんでそんな言葉にあそこまで感情が振り切れたのか、わからないんだ。なあ、そうだろう？　わかってるんだよ、上司はまっとうなことしか言っていない。むかついて、くそ野郎だと思ってる、でも客観的に見たらあいつは、くそ野郎なんかじゃない。いや、おれだって、あいつがくそ野郎じゃないことなんか、わかってるんだよ。まとも過ぎるくらいにまともな人間だ。昔殺したあいつだって。間違ったことなんかしていなかった。くそ野郎はおれ一人だよ。だけど、あいつらがなにを言っても苛々するんだ。なんで苛々するのか、わからないんだ」

「『父親も母親もいない』、ですか」

顔を上げて弁護士を見る。捲《まく》し立てるタエダが息をついたところで、すかさず放《ほう》られた先ほどの言葉の反復。

「お父様は、亡くなっていますね」

「……ああ。最初に殺人事件を起こした時の取り調べの最中、死んだって聞いたよ」

「お母様は、亡くなっていますか？」

言われた瞬間、頭の頂点をなにかが突き破りそうになるのをタエダは感じた。自らの目に殺気とも言えるものが混じっていると、タエダは自覚する。タエダの姿をくっきりと映す、弁護士の瞳によって。

「母親は、どこにいるか、わからない」

胸を押さえながら一音一音ひり出すタエダに、弁護士はうなずく。

「そうですね。どこにいるのかわからない。わからないだけであって、亡くなったと断定するのは間違いです」

「でも事実、こんなことになっても、姿を見せなくて――」

「『後で迎えに行くから』」

心臓が跳ねる。

タエダは息を呑《の》んでいた。それから、目尻が熱を帯び始めた。そして、知らず、口にしていた。

「母ちゃん」

自分の声がいつもと違うことに、タエダは気づいていない。弱々しく、幼い声で、「母ちゃん」とまた口にしている。

「タエダさんは、待っているのですね」

一つ瞬きすると、タエダの目から一筋の雫《しずく》が垂れた。「母ちゃん」と、口にする。「母ちゃん」と、何回も何回も、タエダの口からはどれだけつぶやいても溢《あふ》れ出て、止《や》むことがない。

「――お母様が出ていってから、タエダさんの時間は止まってしまった。いえ、止めてしまわねばならなかった。まだ小さな自分を、母親は迎えに来てくれるはずなのだから」

「母ちゃん……」

「タエダさんは、変わりたくなかった。変わってはいけなかった」

何回も何回も「母ちゃん」と呼びながら、タエダの胸には、スッと弁護士の言葉が刺し込んでいた。

ああ、そうか。

自分はずっと、母親を待っていたのだ。

「タエダさん。一度目を閉じてみてください。それから、ここにお母様が座っていると思って、タエダさんの気持ちを話してみてくれませんか？」

弁護士はそう言って、席を立つ。脇に立ちながら、空席を指し示す。

タエダは穏やかな声に示されるがまま、目を閉じる。顎を伝う涙を無視し、目蓋の裏で、パイプ椅子に座るその姿を思い描く。

タエダが最後に見た時そのままの、本来の凜《りん》とした雰囲気も影を潜めた、やつれてみすぼらしい格好をした女。すらりとした背を、椅子の上で所在なげに縮こめる母。

タエダは目を開けた。

「母ちゃん」

呼びかける声が掠れてしまう。タエダは唾を飲み込んで、一度うつむいてから、正面を見据えた。

「母ちゃん。どうしておれも連れて行ってくれなかったの。父ちゃんと二人きりで、ずっと辛《つら》かったよ。殴られて殴られて、いつも体が痛かった。あいつはおれを痛めつけて、喜んでたよ。おれの頭を押さえつけて、洗面器に沈めて……苦しくてみじめだったのに、あいつは咳《せ》き込むおれを見て笑ってたよ。睨んだりしたら余計に痛めつけられたから、苦しくても笑わないといけなかった。笑ったら笑ったで『気持ち悪い』なんて言われて殴られたけどさ。でも、まだましだったよ、睨んだ時よりは。いつだって、とりあえず笑わなきゃいけなくて、辛かったし、寂しかった。寂しくて、女の人と付き合うようになったけど、辛いのは消えなかったよ。余計、みじめになった。それでいつも、女の人にひどいことばかりしてしまった。女の人だけじゃない、男にだって……ねえ、母ちゃんがおれを連れて行ってくれれば、おれ、人を殺すことなんてなかったよ。普通に働いて、頑張って生きていけるはずだったのに。ねえ、どうして置いていったの。ねえ」

一気に喋り、それでもまだタエダはやめたくなかった。しかし、上手《うま》く言葉が出てこない。思い描いた母は、困ったような笑みを浮かべてタエダを待っている。母の隣を見る。パイプ椅子の隣に、縋《すが》るような視線を向ける。

「ねえ……樹岡《きおか》さん。おれ、まだまだ母ちゃんに言いたいことがあるんだ。でも、言葉がまとまんなくて」

なっていた。

弁護士――樹岡は大きくうなずいた。その目に浮かぶ優しげな光は、よりいっそう柔らかなものと
「タエダさん、笑っていますね」

「え？」

言われて頬を押さえる。タエダは自分が泣いていることはわかっていた。しかし、口の端がいつの間に吊り上がっていたのかは、少しもわからなかった。困惑する。だって、今ここには少しも喜びなどないのに。困惑すると、余計に頬が持ち上がった。

「タエダさんは、どうしたらいいのかわからない時に、笑ってしまうんですね」

樹岡に言われて、ハッとする。その言葉は、タエダの胸へ、腹の底へ、ストンと落ちていった。

ああそうか。どうでもいいから自分は笑ってしまったのだと思った。けれども、そうだ、懲役二十五年の判決を受けた時――傍聴席に向けて一礼しなければ、と思いながら、タエダは、どうしたらいいのかわからなかった。無期刑にならず、いずれは外に出される未来を突きつけられて、生かされて、生きて、これからどうしたらいいというのか。

わからなくて、笑ってしまった。

「タエダさんの笑顔は、なんだか、困っているみたいなんです」

樹岡はタエダを見つめながら、ガラスの瞳をゆっくりと瞬《またた》く。そこに映るタエダの姿を、そっと、慈しむかのように。

「タエダさん。お母様に、手紙を書きましょう。そこですべてを吐き出してください。宛先はわからなくていい、そんなものはなくていい。ただ、お母様に言いたいことを、ゆっくりと綴《つづ》ってみてください」

子供のように泣きじゃくりながら、タエダは何度もうなずいた。

小机に向かって、樹岡からもらった便箋を広げた。何枚も差し入れてくれていたおかげで、上手く文章をまとめられなくても気にしないでいられた。

母親に、幼い頃からの出来事を一つ一つ報告するように綴っていく。悩みながら言葉を選んだ瞬間に「ああ、そうだったのか」と自分で理解できることがいくつもあった。

自分はヒモとして生きながら、女たちの中に母親を求めていた。そして決まって、愛想を尽かされる前に自分から別れを告げていた。捨てられる恐怖を味わいたくなかったから。そして「お前はいらない」と自分から告げる時、わけもわからずぞくぞくするような感覚を味わっていた。今ならばわかる。母親に見立てた女を捨てることで、タエダは復讐《ふくしゅう》をしたつもりになっていたのだ。けれども実際は、女を捨てて路頭に迷うのは自分だ。その不安が、無意識の笑みに表れていた。樹岡を切り捨てるようなことを言った時も、実際に樹岡がタエダの弁護を辞したらどうなるのか、未来が見えなくて笑っていたのだ。

樹岡にも指摘された「変わりたくない」気持ち。どうして淳子や前の弁護士、上司にあれほど苛立っていたのか、ようやくわかった。タエダは母親を待っているのに、周囲の人間は母親を忘れて自立しろと叫ぶ。自立できるくらいに成長などしてしまったら、母が自分を見つけられなくなってしまうではないか。タエダは生まれ変わりたくなどなかった。そのままの自分で、母に迎えられて甘えたかった。

最初に殺人を犯してしまった時も、どうしてあんな風に激昂《げきこう》したのか。交際相手の弟は、「お前と一緒にいたら姉さんは幸せになれない」と言ったのだ。大学生の姉が、ろくに学校にも行かない中学生と付き合っていたら、当然そんな言葉が出てくるだろう。むしろ、タエダよりも年下の少年がよくぞ堂々と姉の相手に意見できたものだと、今なら思える。しかし母親と交際相手を重ねていた当時のタエダからすれば、許しがたい言葉だった。母親は、タエダがいては幸せになれない。そんな言葉を、認められるはずがない。

最初の時も、上司の時も、何度も殴りつけて、最後には洗面器に突っ込んで殺してしまった。かつて父親にされたのと同じことをしてしまったのは、見せつけたかったからだ。幾度となく殴られることが、どれだけしんどいか。水の中で息ができないことが、どれだけ苦しくてみじめなのか。母親に、見せつけてやりたかった。母親に見立てた交際相手と、上司の年上の妻に――

「母ちゃんじゃない」

書き綴る中、タエダはふと手を止める。自分の口から出た言葉に、心臓が不穏な音を立てた。

自分は、自分よりも小さな相手を痛めつけることで、自分がいかに苦しかったのか母親に見せつけてやっているつもりだった。自分を迎えにこなかったことで、どんなに大変なことになっているのか、わからせてやっているつもりだった。けれど。

「母ちゃんはなにも見てない。知らない。おれがこんなことをしたって、母ちゃんは戻ってこない――」

いつだってそこに、母親の姿はなかった。

それならば、自分のこれまでの人生はなんだったのか？

たくさんの人を傷つけて、二人の命を奪った。自分はなんのためにそんなことをしていた？　母親に迎えにきてほしかったからだ。でも。自分がひどいことをしてきた人たちは、母親とはなんら関係がない。

自分の苦しみを他人にぶちまけたところで、母親は帰ってこない。だったら自分は、ただ人々に危害を加えてきただけじゃないか。

「おれは、なんてことを」


面会室に入るなり、タエダはアクリル板に身を乗り出した。

「樹岡さん。どうしよう。おれは、おれは」

取り乱すタエダに対し、樹岡はいつもの姿勢を崩すことなく、やんわりと「落ち着いて、話してください」と促した。

「自分が味わった苦しみを、理不尽に他人に味わわせてしまった。母親のことが根底にあったのは事実だけれど、母親となんの関係もない人たちに、とんでもないことをしてしまった。これじゃあ、父親と同じだ――」

「タエダさんは、お父様とは違います」

椅子にも座らず捲し立てるタエダと違って、まっすぐに腰を下ろした樹岡の口調はゆったりとして、しかし確固たるものを滲《にじ》ませていた。

「違わない。理不尽に暴力を振るって、他人に迷惑をかけて、」

「タエダさんは、女性には暴力を振るってきませんでした。二件の殺人の際に、それぞれ一回だけ手を出してしまいましたが」

冷静に指摘する樹岡に、タエダは口をつぐむ。一度視線を下げて、しかしまた慌てて目を戻す。

「確かに、そうかもしれないけれど。でも父親にされたのと同じことをしてしまったのは事実だ」

「そうですね。しかし、同じ部分はそこだけです。だからタエダさんは、自分の生き方を変えることができないまま亡くなってしまったお父様とは、違う道を歩けるはずなのです。いえ。今こそ、歩かねばならないんです」

よく見ると、樹岡は普段の、常に微笑んでいるような表情をしていなかった。ガラスの瞳に、今は硬い光が宿っている。

これまでタエダを包み込むようだった樹岡が、今や、力を込めてタエダの背を押そうとしているのを感じる。

「タエダさんは自らの傷と向き合うことで、自分が取り返しのつかないことをしてしまったと、真に学ぶことができた。反省も更生もここからです」

「更生ったって、どうしたら――」

「まずは自分の言葉で事件を見つめ直すことです。誰かに教えられた言葉ではない、タエダさんの言葉で、事件を語ってください。私はそれを控訴審で伝えます。タエダさんは、関わった人々――淳子さんや、被害者の奥様、思いつく限りのすべての人々に、手紙なりなんなりで、嘘《うそ》偽りなく自分の気持ちを伝えてください。どれだけ誠実に言葉を紡いでも、被害者遺族に受け入れられるとは限りません。受け入れられなかったら、そのことを背負って生きていってください。あるいは――弁護士として不適切な言い方にはなりますが――一生、塀の外に出られなくなったとしても、命が尽きるその瞬間まで、背負い続けてください」

自分の言葉で、真実を紡ぐ。それが受け入れられない事実をも、背負う。

樹岡の言う意味を、タエダはすぐには嚙み砕くことができない。だいたい、自分の言葉でどんな風に事件を述べたらいいのか、少しもビジョンが湧いてこない。母親のことを話したとて、被害者遺族からすれば関係のないことではないか。

「――タエダさん。どうしたらいいのかわからずに笑っていても、事態はどうにもならないのですよ」

タエダはびくりとして、アクリル板から顔を離した。樹岡はいつもの顔に戻って、「そろそろ、座ってくれませんか」と苦笑してみせた。タエダは言われるままパイプ椅子に腰掛ける。のろのろと着席したタエダを見届けてから、樹岡は大きな目を細めた。

「どうしたらいいか、一緒に考えていきましょう。時間はたくさんあるとは言い難いですが、全力でやれば、きっと間に合います」

「一緒に……考えて、くれますか」

「はい。タエダさんなりの更生の方法を、一緒に探っていきましょう。結末がどうなろうとも、歩き続けていきましょう」

自分なりに更生の道を模索する。樹岡の支えを受けながら、自分の足で歩き続ける。もう、とりあえず笑うのはやめにする。

今度こそ、本当に生まれ変わる。

それが、今の自分がしなければならないこと。

タエダは樹岡の瞳に映り込む自分に向けて、唇を真一文字に結び、力強くうなずいた。

†

テツキは自らの妻となった女のことをよく知らない。

わかっていることといえば、どうやら女性としても背が低い方であるらしいこと、肩くらいまでの長さの黒い髪にはふんわりとしたパーマがかかっていること、一重の目が細いこと。美人という感じではないが、おっとりとした雰囲気が人好きしそうではある。年齢はよくわからない。婚姻届には生年月日が書かれていたはずだが、そこまで見ていなかった。他人の見た目から年齢を推測するのは苦手だし、直接訊ねる機会もなんとなく失っている。あとわかることといえば、声が高い方ではないが、話し始めるとどんどんスピードが上がっていき、姦《かしま》しい印象が強くなること。感情を隠すのがとても下手であること。

「髪の毛、剃《そ》ってしまわれたんですね」

女はわかりやすく、上ずった声を出した。髪型は自由のはずなのに、どうしてわざわざ。剃り上げた頭が映り込む一重の目にも、そんな疑問がありありと浮かんでいた。

想像通りの反応をされて、テツキは内心ほくそ笑む。

「ええ。風呂が週に二回なので、どうしても頭が痒くなって」

ここに入る前には、週に一度すら風呂に入らなくとも気にも留めていなかった。そのことが我ながら不思議に思われる。しかし、頭を剃った一番の理由はそこではない。

「でも、その髪型もけっこうお似合いかも——」

「本当に、不自由なものです。好きな時に風呂にも入れない。夜ご飯の時間なんて夕方の四時二十分ですよ？　朝ご飯は七時四十分だから、寝ている時はもうお腹《なか》が減って減って。時計もないから、あと何時間でご飯なんだろうって、常に腹の虫と戦っているような状態で」

「……ごめんなさい。もっと、差し入れ増やしますね」

「いえいえ、そんな、催促したいんじゃないんですよ？　ただ、どうしても不自由だなあって、改めて思います」

テツキはすらすらと自らの境遇を述べていく。トイレも一緒の三畳半の空間で一日のおおよそを終えること。室内をむやみに動き回ってはならないこと。週二回、夏場は三回となる入浴の時間は十五分だけであること。朝七時に起床、就寝時間は夜の九時。ろくに体力を使わずたいして眠気もないまま、就寝時間になったら布団から頭だけは出して大人しくしていなければならないこと。眠れない夜の中で、うっすらと「明日もこうなのだろうか」と考えること。女もすでに知っている情報を、ことさらにひけらかしてみせる。

「『明日』は、ないかもしれないんですよねえ」

「テツキさん」

女はなにか言おうとしてから、口をつぐむことを繰り返した。テツキは、自分でもわざとらしいくらいに笑顔をつくってみせる。

いつもであれば女は、顔を見せるなり、とりとめのない話ばかりしようとした。最近読んだ本のこと、最近観《み》た映画のこと。好きな作家はいますかだとか、心に残った映画はありますかだとか。木々の色がどうだとか、このところの天気がどうだとか、好きな季節はなんですかだとか。部屋の隅をうかがうと立ち会いの刑務官が舟をこいでいるような、外の世界においては大したことがないのであろうやりとりだ。そうするうちに面会時間は終了し、女は「また来ます」と言ってパイプ椅子を立つ。アクリル板越しにテツキがその背を見送るのが、おおよそのパターンだった。

その出ばなをくじけたことが、愉快でたまらない。

「でも仕方ないですよね。それだけのことをしたんだから」

その台詞に、目の前でぐっと唾が飲み込まれたのがわかる。女は一瞬うつむいて、すぐに首の位置を戻して、言葉を選ぶようにゆっくりと口を開いた。

「……明日のない環境だと、罪について考えるのは、難しいですよね。だから、やっぱり、私は──」

「ぼくは、ぼくみたいな奴は死刑になって当然だと思いますけどね」

剃った頭を撫《な》でつけてみせると、女はあからさまに傷ついたような顔をした。

テツキが女について知っている一番確かなこと。

女が、死刑廃止論者であること。


テツキは比較的裕福な家庭に生まれた。一人っ子で、母からたっぷりと愛情を注がれて育った。父はワーカホリックで、家には寝に帰るような人だった。それでも顔を見せるたびにテツキの成績について口を出し、母は母でテツキを名門校に入れることが唯一の夢と言って憚《はばか》らなかった。その教育姿勢は、近所に住んでいる母の兄が呆れるほどのものだった。その息子、テツキにとっては四歳上の従兄《いとこ》は自由気ままに育てられており、母はたびたび従兄を貶《けな》していた。その度ごと、「ああなっては駄目よ」と教えられる。その甲斐《かい》あってか、敷かれたレールを逸脱することなく、高校まで順調に母の希望の進路を歩むことができた。自らの人生に疑問を抱いたことはなかったし、呑気な従兄のことを見下してすらいた。挫折したのは高校三年の頃。三流大学に通う従兄が、誰でも名前を知っているような一流企業の内定をもらったのだ。母は気にしていないようなポーズをとりながらそのことに大いに反応し、父は露骨に「お前も最低でもそのレベルの企業に就職できるようにならないと」などと発破をかけてきた。それがテツキにとっては大きなプレッシャーとなる。自分は本来、従兄よりも秀でているのだから、さらに上を行かなければ。そのためにはまず、名門大学に合格しなければ。センター試験、二次試験、どちらも当日の朝に嘔吐《おうと》した。浪人を許されたが、数ヶ月が経った頃、予備校に行く前に腹を下すようになる。家から出られなくなった。最初のうちは自室で予備校のテキストを開いていたものの、一度パソコンをいじり出してからは鉛筆を握ることからどんどん遠ざかっていく。そうするうちに数年が経つ。ますます家から遠ざかっていた父に「いい加減どうにかしろ」と言われ、せめてバイトを探すことにする。しかし採用されたバイト先では、イメージ通りに体を動かすことができなかった。そのことに大いに困惑し、さらには同僚とも上手くいかず、数ヶ月と経たないうちに辞めてしまう。再び家に引きこもる。次第にリビングに下りていくことすらしなくなり、母が食事を運んでくるようになった。毎日毎日、液晶とだけ向き合う日々。何年経った頃だろうか、テツキの話を聞きつけたらしい従兄が、引きこもり更生専門業者の人間を連れてやって来た。知らない人間の登場にテツキは混乱する。自分のことをろくに知らないような奴に連れ出されるくらいなら、自分から家を出ていってやる。テツキは家の金を持ち出し、ネットカフェを転々とした。ネットカフェのパソコンでどうしたらいいのかを検索する。引きこもり。追い出された。行くところがない。検索しながら、怒りを募らせる。なんで従兄がしゃしゃり出てくる。なんでこんなことになった。家に帰れない。自殺でもしてやれば、あいつらは後悔するだろうか。自殺。死。他人を大勢巻き込んで死んだ人間のニュース。同じネットカフェを使っていると誰かに指を差されそうで何ヶ所も移動した。その中で、通行人の誰かが「臭い」と言った、ような気がした。そういえば最後にシャワーを浴びたのはいつだったろう。手持ちの金を見る。このままでは風呂に入れなくなる。このまま臭かったら、より大勢に指を差される。誰からも拒否される。どこにも帰れない。どうして。なんで。なんで指を差される。自分は従兄よりも上の人間のはずだったのに。なんで大学にすら進学できていない。なんで一流企業に勤めていない。なんでどこにも帰れない。なんで指を差すこいつらには帰る場所がある。なんで。考えるうちに周囲の人間すべてが無神経に思えてきて、なけなしの金で出刃包丁を買った。無神経なすべての人間に復讐してやろうと思った。三人が死んで、数人が今でも後遺症に苦しんでいるらしい。

ここまでは裁判で検察や弁護側が述べたことであり、テツキ自身が記憶を探りながら証言したことでもある。

今にして思えば、なんで自分があんなことをしてしまったのか、まったくわからない。自分自身のことなのに、少しも共感できないくらいだ。

自分の中にある激しいものは、たくさんの人を傷つけたあの場所に置き去りにしてきたのかもしれない。怒り、焦り、妬み、そういった一切が、今や他人事《ひとごと》のようにしか感じられない。自らに「死」が突きつけられても、「ふうん、そうなんだ」くらいのものだった。引きこもっていた時など、なにもする気が起きないのに常に漠然としたなにかに焦っていたし、布団に入ると不安で胸がざわわして、けれども目を覚ますとなにもする気になれず、そんな自分を罵りながら布団にだらだらくるまっていたというのに。今や毎日、狭い房内でぼんやりと過ごしていても少しの焦燥感も覚えないし、暇を持て余して苛々することもない。眠れない夜の中で「明日もこうなのだろうか」と考えたことなど、実はここに来てから一度もなかったりする。

だから裁判中、弁護士の知り合いであるという死刑廃止団体の二人組が面会にやって来た時には、一つとしてピンとくるものがなかったのだ。

二人組のうち一人は（おそらく）五十歳は超えているであろう、ラフな格好をしていても知的な雰囲気を漂わせる男だった。丁寧に名乗ってくれたはずなのだが、名前は覚えていない。

「誰かが『臭い』と言った、ような気がした——そうですよね？」

知的な瞳によく似合う、穏やかで言い聞かせるような低い声だった。テツキは今と同じような、軽い調子で返した。

「はい。今となってはぼくに向けられた言葉だったのか、そもそもそんなことを言った人は存在したのか、わかりませんが」

「長年の引きこもり生活で精神に異常をきたしていたことは容易に想像できます。誰かに『臭い』と言われた、そう思い込んでからの思考回路もあきらかに常軌を逸している。犯行当時、あなたの精神状態は正常ではなかった」

「心神喪失……いや、心神耗弱、ですか？」

起訴前に簡易鑑定が行われ、テツキは完全責任能力ありとされていた。弁護側は公判鑑定をすべきと主張したが、裁判所により却下されている。

男はゆっくりとうなずく。

「司法は本来、国民感情とは別であらねばなりません。世論がどうであろうと、法に則《のっと》って、厳粛に判決は下されるべきです」

「なのに、ぼくの裁判には、国民感情の作用があると？」

「かの有名な事件では、被告人の精神鑑定は三度にわたって行われました。三回のうち、二回は心神耗弱を主張する内容だった。そして採用されたのは完全責任能力ありとした一回目の鑑定でした――その鑑定は、あきらかな事実誤認すらある、非常にずさんなものであったにもかかわらず」

かの有名な事件の概要はテツキも知っている。幼い子供が犠牲になった猟奇殺人事件だ。精神鑑定の部分に関しては初耳だったので、少しばかり興味を惹《ひ》かれる。かの事件がテツキの起こしたものとは少しの共通点もないことを知った上で、であるが。

「へえ。あの事件の犯人は、精神的に疑わしい状態だったんですね。確か、ずいぶんとひどい、計画的な殺人だったような気がしますが」

「拘禁反応を差し引いても、責任能力を問えるかはかなり疑わしい状態です。裁判時に依頼を受けていなかった多くの専門家もそう指摘しています。それでも、責任能力ありとされて死刑にされてしまう――ずいぶんとひどい事件だったから。無罪や減刑にしようものなら、世論が黙っていないから」

「そういうものなんですかね」

「そうです。事件の被害者遺族ですらない、無関係な人間が『あんなひどいことをした奴は死刑だ』と騒ぎ立てる。司法の場までもがそれに流されてしまう。これは、この国の病理です。どうして、無責任な感情論に司法の場が動かされてしまうのか。どうして、そんな法治国家として誤った状態を放置しているのか。そもそもどうして、知りもしない人間に『あんな奴は死刑にしろ』などと言ってしまうことができるのか」

男の口ぶりは冷静だったが、他人が言葉を差し挟むのを許さないような、奇妙な圧を伴っていた。

「あなたの公判鑑定が却下されたことは不当です。『死刑』以外の判決が出ることを恐れての小賢《こざか》しい工作としか思えない。『誰でもよかったなら、一人で死ね』と叫ぶ国民におもねるためだけの、法の精神から逸脱する判断です。あなたの犯行は、この社会の病理に根差している。そんな社会をつくり出した人間たちの感情によってあなたが裁かれることに、大きな違和感を覚えます」

「ぼくも、かの事件の犯人については死刑になっても仕方がないと思いますが」

もちろん、自分についても。テツキがわざと言外にそんなことを滲ませてみても、男が虚を衝《つ》かれたような表情を見せることはなかった。一審の判決が下ってからの控訴期間も、面会にやって来ては理路整然と控訴の正当性を訴えてきた。

そんな男の隣で、じっとテツキを見つめていた、死刑廃止団体のもう一人。

「……今日は、テツキさんに伝言があります」

前回の面会から一週間経ってやって来た女は、浮かない顔でパイプ椅子に腰掛けていた。テツキが妨害するまでもなく、今日はとりとめのない話をする暇が与えられていないらしい。そのことをさも残念がっているような女の瞳に、空々しいものを覚える。

「あの人からですか？」

テツキが「あの人」と言えば、女には通じる。女は浅くうなずいて、ためらいがちに「伝言」を復唱した。

「再審請求をする気はどうしてもないのか……とのことです」

しばしばある伝言の中でも最もオーソドックスな内容だったが、聞くたびテツキは声に出して笑ってしまう。

「公判で精神鑑定が行われなかったのは不当だから再審、ですか」

「あの人は、そう言っています」

判決が出る前は誰とでも面会することができる。死刑が確定してからも、申告すれば数名は面会者として認められる。しかし、テツキが男を面会者として指名することはなかった。だからこうして、女――親族は申請しなくても面会者として認められる――が男の口となることがよくある。

「あなたに死んでほしくない。また言葉を交わしたいと、個人として思う。どうか、諦めないでほしい、と。私自身も、もしもテツキさんが再審を考えてくださるなら――」

「『あなたの犯行は、この社会の病理に根差している。そんな社会をつくり出した人間たちの感情によってあなたが裁かれることに、大きな違和感を覚えます』……社会の病理、ですか。そんな大層なものを背負っているつもりは、ないんですがねえ」

　テツキが大げさに肩を竦《すく》めてみせる中、女は口元に手を当てて難しそうな顔をしている。なにごとかを反論したいようだが、第一声が浮かんでこないらしい。待つことはせず、テツキは喋り続けることにする。

「あの人は、なんだかとても、この社会を嫌っているみたいですよね。口を開けば『社会は病んでいる』『同調圧力がひどい』……同調圧力に反発したいから、死刑に反対なんですかね。国民の多くが死刑賛成派だから、その逆をいってやろう、みたいな」

「いえ、それは違います！　あの人は、きちんとした理念のもとに反対しているんです。そのことは、一緒に活動しているとよくわかります」

　刑が確定するまでの間、男と女は必ず二人で現れた。男ばかりがテツキとよく喋り、女は黙ってやりとりを聞いているだけ。同席しても、ろくに発言する機会も与えられない。同席させられていた、と捉える方が無難だとテツキは思っていた。

　溜め息をつく。

「きちんとした理念、ねえ」

「『人は、しっかりと人間扱いされて社会から受け入れられれば、穏やかな心を手に入れることができる。必ず、更生することができる。死刑とは、人間を人間と見なさず、社会から排斥する行いだ。更生の機会を奪うものだ』――あの人がよく口にすることです」

　女の声には、陶酔するような響きは含まれていない。一重の目がことさらに細められるようなこともなかった。ただ純粋にその言葉に賛同しているような、早口ながら確固とした話しぶりが、なんだか癪《しゃく》に障った。

　テツキはどんな顔をしてみようか少しだけ考えて、結局いつもの小馬鹿にしたような笑みを浮かべることにする。

「なるほど立派な理念ですね。その理念のために、ぼくを利用しているんですね」

女は細い目を見開いて口を半開きにする。あからさまな反応に、テツキは笑みを深めて言葉を続けた。

「正直、弁護士さんに対しても似たようなことを感じていたんですよね。結局、事件に対する正しい量刑だとか、ぼくの人権なんてものは副産物に過ぎない。あの人たちにとっては、ぼくが起こした事件は自分の理念を表現するための劇場なんだ」

あてつけだとか、いじけてみせているのでなく、実際テツキはそう思っていた。

利用価値があるからこそ、わざわざ拘置所に足を運んで、面会できなくなってもこうして伝言を寄越したりするのだ。男の冷静な瞳を思い出す。きっとあの目は、誰にでも向けられている。死刑になり得る人間であれば、誰でもいいのだ。

女は慌てた様子で、ところどころ躓《つまず》きながら反発を示した。

「そんなこと、ない……とは言い切れませんが。それでもあの人は、あなたと面会した帰りには、あなたに反論された内容について考えていて、『彼と会話するのは面白い。本来であればあんなことをする人間ではなかったと、話すほどに思うんだ。もっと、話ができたら』と言っていました。あなたを利用するためだけ、なんてことは――」

「たかだか何十分かの面会で、『本来であればあんなことをする人間ではなかった』なんて、わかるものなんですかねえ？」

首を傾《かし》げてみせる。にやにやと、女を見つめながら。女はまたわかりやすく、眉間《みけん》に皺を寄せてなにか言いたげにしている。鼻を鳴らして、テツキは捲し立てた。

「無関係な人間が死刑を叫ぶことに、ずいぶんと憤っているみたいですけど。じゃあ関係者も関係者、ぼく本人がぼくに死刑を叫んだらどうするんですか？　人間扱いされれば更生できる？　人間扱いしてくださるあなた方と触れ合ったところで、ぼくの心には反省なんて生まれていませんよ。きっと、外に出されたらまた同じことをすると思います」

最後の部分は嘘だ。もはや自分の中に、積極的に他人を害するような衝動は潜んでいないと断言できる。それでも女がついには目を赤くしてみせたのだから、結果は上々だった。

駄目押しでテツキは微笑む。

「再審請求なんてしません。ぼくには死刑がふさわしい。あの人には、そうお伝えください」

女は、うなずくことはしなかった。声を詰まらせた顔を眺めているうちに、面会時間が終わった。

去っていく背を見送りながら、テツキは「ふん」と、再度鼻を鳴らす。

控訴はしないと伝えた矢先、女は結婚を切り出した。真っ先に「男の指示なのだろうな」と思った。死刑反対の材料として、あの男はまだ自分に利用価値を見出《みいだ》している。そのために、女を身内とすることで通信をしやすくした。あるいは、死刑判決が出ることを見越して面会に女を同席させていたのだろう。

引きこもり時代、特に意味もなく獄中結婚について検索してみたことがある。殺人犯と結婚するような人間とはどんな奴なのだろうと思ったが、詳しく調べてみると、犯罪支援団体の差し金だったり、週刊誌の記者がネタをとるためだったりして、なるほどと納得したものだった。海外の連続殺人鬼と結婚した女の例では、その殺人鬼が相当に魅力的な人物だったらしいが——自分にそんなものはない。

ふと、結婚を提案された日のことを思い出す。あの日、初めて一人で面会に訪れた女は、テツキをまっすぐに見つめていた。

『裁判が終われば、もう、あなたのことを知ることができなくなってしまう。私は、これで終わりなんて嫌なんです』

テツキは頭を掻《か》き毟《むし》る。なにが「あなたのことを知りたい」だ。

その身を差し出してまで死刑廃止団体に尽くそうとする女に、吐き気がする。そのくせ毎週、刑の話をするのは嫌がってありきたりな世間話ばかりしようとする。テツキがわざと死刑の話に持っていけば、本意ではないような顔をしてみせる。殺人や裁判だとかとは無縁の小説を差し入れてきたりもする。

下手くそめ、見え見えだ。こちらに取り入って、懐柔しようとしているのだろう。そういう指示で動いているのだろう。本当の目的は、あの男が喜ぶ顔を見ることなのだろう。

刑務官に連れられて独居房への通路を歩きながら、テツキは唇の端を歪ませていた。「自分の温かさが彼の心を溶かした——死刑は必要ない。可能性を信じて見守ることが重要なのだ」と語る女の姿を想像する。そんなことはできないと、思い知らせてやる。そのために、婚姻届に署名してやったのだ。

目的を完全に挫《くじ》いてやった時、女はどんな顔をするのだろう。次は、なんと言ってやろうか。房内に入っても、そんなことばかり考えていた。女から差し入れられた小説を手に取ることはなかった。

また一週間後にやって来た女は、昨日観たテレビのことから話し始めた。ずっと使っていた言葉が実は誤用だとコメンテーターが言っていてショックを受けただとか、非常にどうでもいい話だった。その流れで女はテツキに「小さな頃に好きだった本はありますか？」と訊ねてきた。

「小さな頃、ですか。母が指定した本しか読めなかったから、あんまり好きと言えるものはありませんでしたね」

ふふっと笑いを漏らしながらテツキは言う。女は「しまった」とでも言いたげに口元を引きつらせた。女が話題を変えようとする前に、テツキは饒舌《じょうぜつ》に畳みかける。

「そういえば母は元気ですか？　父も。ぼくの代わりに見舞いに行ってくださっているんですよね。申し訳ないです」

剃った頭に手をやって、申し訳なさそうなポーズをとってみせる。女はためらいがちに口を開いた。

「まだ、お二人とも……変わらない状態です」

「ずっと変わらない状態の方が、幸せかもしれませんねえ」

テツキの両親は事件後、メディアから大バッシングを受けた。学歴至上主義で子供を操り人形にする親。そのくせ引きこもりの状態を長年にわたり放置する無責任な親。事件の原因は両親にあると、精神科医はおろか芸能人までこぞってコメントしたらしい。家をテレビクルーや新聞記者に取り囲まれ、近所の人間からは遠巻きにされ、匿名でかかってくる電話に糾弾される日々。両親の精神はついに限界に達した。家に火を放っての無理心中。幸いにして二人とも一命は取り留めたが、二人揃って意識が戻らなくなったらしい。息子に下された審判のことも知らず、今も眠り続けている。

「もし目が覚めることがあるなら、すべて忘れているといいですね。事件のことも、そもそも息子がいたことも」

半分程度は本音だった。

両親の無理心中を知らされた時、テツキの心は不思議なほど凪《な》いでいた。取り乱すことを想定していたらしい刑務官は、テツキの反応に困ったような顔すら浮かべた。犯行前には両親に対する不満を抱えていたような気がするが、今となっては影も形もない。自分のことで迷惑をかけてしまって申し訳ないなあ、と他人事のように感じている。

女は胸元で拳を握り締めながら、テツキの目を見つめていた。口は開かない。

「そういえば。裁判中の面会で、あの人、こんなこと言ってましたっけ」

テツキはやや上に視線をやって、死刑廃止団体の男の言葉を思い出すようにしてみせる。

「『犯罪加害者の家族までも、正義の名のもとに追い詰める。諸外国では加害者家族への支援がすすんでいるというのに、この国は本当に遅れている。そもそも、ご両親の学歴至上主義の考え方だって、この社会により育まれてきたものなのに』……やっぱり、社会に繋がるんですねえ」

「テツキさんは本当に、あの人のことが嫌いなんですねえ」

思わずテツキは視線を戻して真正面を見つめていた。

ふいに漏れた女の声は、困ったような響きを伴っていた。ただし、両親のことを告げた刑務官のものとはまた違う困惑だ。あちらが両親の窮状に対する子供の反応にそぐわなくて困っていたのに対し、こちらは――目が笑っている。まるで、小さな子供に手を焼く大人のような。

一瞬詰まってから、テツキは吐き捨てた。

「嫌いだとか、そういう問題ではないです。ただ、自分の正しさのために他人を利用しているくせに崇高ぶって、社会が駄目だとかこの国が遅れているだとかご高説を垂れるところが滑稽だなあって」

「ほら、そういうところが嫌いなんでしょう。あの人も、立派な人であることは間違いないんですが……そう思う気持ちも、わかりますよ」

目ばかりか、口元も、その声音すらも微笑みを湛えている。

テツキは知らず、眉を上げていた。「わかりますよ」だと？　男の指示で動いているような女に、よくもまあそんな白々しい台詞が言えたものだ。

「無理して同調していただかなくて結構ですよ。同調圧力、嫌いなんでしょう」

「あの人はまあ、そういうことをよく言いますが、私としては――」

「どうせ帰ったら、あの人にぼくのことを話しながら抱いてもらうんでしょう」

口端に笑みを浮かべるテツキを前に、女は呆《ほう》けたような顔をした。自然な様子で曲げられている首。

「え、今、なんて言いました？」などと、わざとらしいまでに混乱してみせるものだから、テツキは同じ言葉を丁寧に繰り返した。

「は？　テツキさん、なにを言っているんですか？　え、私の不貞を疑っているってことですか？」

「不貞ですって！　白々しいなあ。こっちは死刑囚で外のことなんかわからないんだから、そちらは最初からやりたい放題じゃないですか」

「いや、ちょっと待ってください。なんで私が、あの人との不貞を疑われないといけないいんですか。私、あの人のこと、別に好きでは」

「いいんですよ別に。ぼくとの結婚なんて、書類上の意味以外なにもないんだから」

女は眉根を寄せて口を半開きにしていた。

テツキは「ははは」と笑った。その直後、金切り声にも近いものが面会室をこだました。

「いい加減にしてください！　私をからかって、わざと傷つけるようなことを言って、そんなに楽しいですか！」

立ち会いの刑務官がびくりと椅子を鳴らした音が響く。

テツキは意地の悪い笑みを引っ込めていた。目は女をまじまじと見つめている。今にも立ち上がらん勢いで、凄まじい剣幕を放っている女。

「あなたがなんで、私に意地悪をするのか、全っ然わかりません。あなたが私を傷つけようとしていることは見え見えでしたが、理由が少しも見えてこないんですよ。ずっと我慢してきましたし、私がなにか無神経なことをしてしまったのかなって考えもしましたが、そこまでされるようなこと、私、しました？　死刑反対派だからですか？　死刑反対派がそんなに気に入らないんですか？　死刑反対派相手だったら、なにをしてもいいと思ってるんですか？」

泣き叫ぶような口調に、今度はテツキが呆けそうになる。心拍数を上げている胸に気づくことなく、そして冷静さを装おうとしている自分を自覚せず、上ずった声を出した。

「……は？　なにを、怒っているんですか？　そっちこそ、ぼくのことを自分の団体のために利用しているくせに。死刑囚相手だったら、なにをしてもいいと思ってるんですか？」

「私がいつ、あなたを利用したんですか。いつも、あなたのことが知りたくて、話をしようとしているのに」

「ぼくのことを知りたい？　笑わせないでくださいよ。あなたなんてどうせ、『私の献身により死刑囚が人間の心を取り戻した』とアピールすることしか考えていないくせに――」

言いながらテツキは証拠となる場面を思い浮かべようとする。テツキに世間話を邪魔されていかにも悲しげな瞳をする女。男からの伝言を、いかにも気まずそうに告げてくる女。いつも女の声や表情はわかりやすいのだ。いつもわかりやすくて、あれ？――いかにも作ったような顔を女が向けてきたことは、そういえば本当にあったか？　どれもわかりやすい顔で、女は顔に出やすくて――

「……テツキさんは、人間は常に他人を利用しようとしていると、目的がなければ近づいてきたりしないと、どうやらずいぶん強く信じていらっしゃるみたいですね。そんな目で見ていたら、そりゃあ、私のことなんか信用できませんよね」

女はトーンを下げてゆっくりと語りかけてきた。幾分落ち着きながらも、本気で怒っているような響きを含んだその声と、ひどく傷ついたような色を浮かべている瞳。とてもわかりやすい表情が、そこにはある。

脳が判断する目の前の光景を、しかしテツキは拒む。そんなはずはない、と上滑りする思考で口を開く。

「だって。無条件に受け入れてもらうことなんて不可能じゃないですか」

言ってから、口元に手を当てる。違うだろう、そんな言葉じゃなくて、もっと、女を挫いてやるような台詞を考えないと。あれ？　どうして自分は女を傷つけたがっていたのだろう？　どうして自分は——自分はなにに、苛立っているのだろう？　目的のために利用されることが、そんなに嫌だったのか？　怒りも焦りも、もはや自分にはなかったのではないのか？

「あなたがそう思うなら、そうなんじゃないですか」

面会時間はおそらくまだ少し残っているはずだった。しかし女はさっさと背を向けて去っていってしまう。

その背中に縋るように伸ばしていた自らの手を、テツキは信じられない思いで眺めた。

夕食は喉を通らなかった。布団を敷いて、早々に目をつぶっても眠ることができない。

頭の中は女のことでぐらぐらと揺れている。不規則な渦に呑まれそうだった。

それまで、信じて疑わなかったことを疑わねばならなくなった。

女を疑っていた自分を、再点検せねばならなくなった。しかし、仮説に基づいて女を見ていた記憶しかないために、正しく精査することができない。『裁判が終われば、もう、あなたのことを知ることができなくなってしまう。私は、これで終わりなんて嫌なんです』——確かに女はそう言っていた。

でも、どう判断したらいい？　だって、女が自分に、個人的に執着する理由など心当たりがない。あれもこれも、すべて、女に直接確かめるほかない。

だけれども。

女は来週、来るだろうか？　あれだけ怒らせてしまって、もう一度会いたいなどと思ってくれるだろうか？　もう二度と顔を見せなかったら、すべてがわからないまま終わってしまう？　誰とも会えないまま死んでしまう？

頭の中が不安で満たされて、テツキは眠れない夜を過ごした。


次の週どころか、次の日に女は現れた。面会申し込みの知らせを受け、テツキの心臓は高く跳ねる。アクリル板の向こうに、女は座っている。一重の目は険しく細められているが、しっかりと腰を下ろしてテツキを待っていた。

テツキが席に着くなり、女は口を開く。

「執行命令はそうそう出るものではないですが、もしも喧嘩《けんか》別れしたまま死刑が執行されてしまったら、後味が悪いなと思いまして」

わざとらしく、つんけんとした口調だった。テツキの反応を見るためにやっていることがよくわかる。

「それに——無条件に受け入れてもらえるはずがないという気持ちも、わからなくはありませんから」

棘《とげ》のある声を浴びながらもしっかりと見つめられて、テツキは引き結んだ口を解くことができない。女の次の言葉をうかがうように、背中は丸められている。

「よくよく考えてみれば、私はあなたについて報道なり裁判なりで少しは知っている状態でしたが、あなたは私のことをなにも知らなかったんですよね。あらぬ疑いをかけられても、まあ、仕方ないのかなって……とても腹が立ったのは事実ですが」

「腹が立ったんですか。それでもなお、どうしてぼくのところに来るんですか」

テツキが訝しげな視線を送ると、女は「いいから、聞いた上で判断してください」と了解も得ずに話し始めた。疑問を差し挟もうとすると、「きちんと話したいので、途中で意地悪しないでください」と制してきた。

そうしてようやく、テツキは、自らの妻となった女について、少しは知ることとなる。

生まれ育った環境、現在就いている職、死刑廃止団体と出会った経緯。女に言われたように、余計な茶々を入れることなく、一つ一つを飲み込んでいった。

「あなたの裁判中、あの人が面会に行くと言い出した時に、どうしてもついていきたいと申し出たんです。あの人は、なんで彼の事件に限って面会したがるんだって、あの落ち着き払った口調で問い質してきました。それに対して、反射的に『自分と似ているから』と答えて——でも言いながら、本当にそうなのかって、自分で疑問を覚えたんですよね。まだあなたに会ったこともないのに、なにがわかるんだろうって。あの人は、そんなこちらの気持ちも見抜いたみたいに、皮肉っぽく笑いながら許可してくれました。それで面会が始まって、やっぱりなんとなく似ているかな？　って思うことはありながらも、よくわからなくて。なかなか私が喋らせてもらう暇もありませんでしたしね。一方で、あの人と話しているあなたを見るうちに、少しずつわかってきたこともあって」

そこで初めて女は言葉を区切った。練習してきた言葉を、再度、確認するような仕草だった。

「あなたについてわかったこと、ではなく、私について、自分自身で理解したことっていうか。私はあの人の邪魔の入らないところで、あなたと話がしたかったんです。自分の言葉で、会話したかった。私はあなたと、無条件に付き合ってみたかったんです」

女はテツキを見つめて目元を緩めた。その瞳に、気がつけば首を縦に振っていた。

テツキは女の言葉を、すべて理解したわけではない。自分と結婚までした、女の心情を完璧に推し量ることはできない。

でも。完璧に理解できなくとも、胸の奥の違和感は薄れていた。「そうですか」と、自然と口から漏れていた。

女は「大体こんな感じなんですが、不満はありますか？」と、幾ばくか意地の悪い光を瞳に宿らせる。

それに対し、テツキはわざと、肩を竦めてみせた。

「……やっぱり、目的があって近づいてきたんじゃないですか。『無条件に付き合ってみたい』っていう、目的が」

女は一瞬、目をぱちくりとさせる。それから、ぷっと噴き出して、一重の目を細めた。

「立派な目的でしょう？」

それから二人は、また週に一度の面会を繰り返すようになった。

昨日観たテレビの話、好きな映画の話、今日の天気の話。話をしては質問して、質問に返してはまたなにか訊ねていく。

「ところで、あの人のことが嫌いな気持ちもわかるっていうのは、本当ですか？」

時にはこんな話もした。テツキの質問に、苦笑いのような返答がなされる。

「あの人、迫力っていうか、穏やかなわりに有無を言わさぬところがあるじゃないですか。それによく、死刑反対と絡めて社会批判をするんですけど、正直そこらへんはついていけない部分もあって」

「そうなんですか？　なんとなく、反対派の人たちってこう、欧米に倣うべきみたいなところがあって、だったらやっぱり日本社会にはおおよそ不満を感じているのかなって」

「確かに団体内部で話していると、最後には社会批判とか政治批判の話になることが多くて……でも、私が反対しているのはあくまで死刑についてだけなんです。なのに、それ以外の思想も同じだと勝手に思われて、疲れちゃうんですよねえ……」

「反対派も一枚岩ではないんですね」

「そう、そうなんですよ！　これ、死刑反対派の駄目なところだと思うんですけど、死刑廃止を述べる際に『日本は遅れてる』とか『日本人は人権意識が低い』とか、ものすごく攻撃的な物言いをするじゃないですか。でも、頭ごなしに自分の国を否定されたら、どこの国の人だって、まあ、ムッとすることが多いですよね。そんな風に上から目線を貫こうとするから、嫌われてしまうんですよ。それに現状、そこらへんの死刑廃止国より日本の殺人発生率が低いことは事実ですし……一概に『駄目な国』と断ずるべきではないのかなあ、と」

興奮気味に捲し立てる自分に気づいて口をつぐむ、そんな姿にテツキの方が苦笑することも多い。他愛《たわい》のない話も増えた。

「この前、差し入れてくださった小説ですが」

「あれ、私、大好きなんです！　主人公とヒロインのやりとりが最高ですよねえ……学校を抜け出すシーンとか、すごくなかったですか？」

「……ちょっと、合わなかったです」

「ええーっ」

「その、抜け出すシーンだけ作中で浮いているような気がして」

小説のどこがいいのか、悪いのか、短い面会時間の中で語り尽くした。次の週には、その小説の映画版についても解説を交えながら話した。

今さらな確認もしておいた。

「あの……とても聞きづらいのですが」

「なんですか、テツキさん。そんな、深刻そうな顔で」

「……おいくつですか？」

「えっ！　ちょっと待ってください、確認せずに結婚したんですか？　うわあ、そこまで私に興味なかったんですねえ……」

「申し訳ありません……」

「三十八ですよ」

「えっ」

「なんですかその顔は」

「思ったより、歳がいってたなって……」

「なんですかそれは」

じとっとした視線を浴びて、縮こまることもある。

からかったり自分の主張を押し付けるためでなく、死刑について話し合うことも増えた。

「この前、教誨《きょうかい》を受けてみたんです。キリスト教の」

「テツキさん、キリスト教徒ではないですよね？」

「なんとなく牧師さんの方が見てみたくて」

「なんですか、それ」

「それで思ったんですけど、日本で死刑賛成派が多数派なのって、宗教の影響も大きいのではないでしょうか。ほら、キリスト教だと、死後に神様が罪人を裁くのでしょう？　そういう概念がないから、どうしても人間の手で裁くべきという風になるんじゃないかって」

「うーん……どうでしょうねえ。たとえばフランスでは、世論調査で死刑賛成派が六割近かった時代に、時の政権が死刑廃止に強引に踏み切ったという背景があって。その後も死刑復活派がしばらくは多数だったんですよね。今ではもう、死刑復活を望む声の方が少数派になっているんですが」

「ああなるほど、キリスト教国でも賛成派が多かったのか……そもそもですが、今の時代、外国でもそんなに宗教って信じられているんですかね？」

「大学の宗教学の授業では、アメリカ人の九割は神様の存在を信じていると教授が言っていた……ような記憶があります」

「へえ……うーん、でも、いざ死刑が廃止されたとして、神様を信じているならいずれ受け入れられるけども、無宗教の人間が多い日本だと難しいということは……ないですかね？」

「難しい問題ですねえ……あ、今度、大学の授業で使った宗教学の本、差し入れましょうか」

「ぜひお願いします」

面会時間が終わりそうになって、慌てて話をまとめることもある。

たまにわざと、意地の悪い顔で質問したりもした。

「死刑反対派の人たちって、やっぱり、自分の家族が殺されたら賛成派に回るんでしょう？」

「前から思っていたんですが、テツキさんは賛成派なんですか？　自分が死刑になって、反対派に回らないんですか？」

「自分が死にたくないからって反対派に回るのは軟派かなあ、と」

「賛成派の人たちって、伝家の宝刀みたいに『自分の家族が殺されても同じことが言えるのか』って言いますけど、そもそも家族のことが大嫌いな反対派がいたらどうするつもりなんでしょうね」

「家族以外の大切な人が殺されたら？」

「テツキさんが嫌いなあの人もよく言うことですが、感情論と法制度は別であるべきですからね。『反対派だって大切な人が殺されたら、犯人を死刑にしたいと思うはずだ』と感情を煽《あお》ったところで、本来は議論として成立しないんですよ」

テツキは片方の口の端を上げながらも、純粋に問う。ただ知りたいという欲求に従って。

「そういえばあなたは、どうして死刑反対派なんでしたっけ？　あの人と同じ理念だという解釈で合っているのでしょうか」

「おおよそは同じですかね。あと私の場合は、殺人を犯した人間が反省することなく死んでしまったら、殺された人の命も無駄になってしまうのではないか……と考えている部分もあります」

自分の命とはなにか。自分が殺してしまった命とはなにか。

未《いま》だに他人事のように感じている部分がありながらも、ぼけっと過ごす夜は減った。

「ぼくに、反省して死んでほしいですか――あやかさん」

女――あやかは、意地の悪い笑みを引っ込めたテツキに、泣きそうな目をしてみせる。そうして、苦しげながら、微笑みを向けてうなずくのだ。

「反省して、死なないでほしいです」

†

刑務官が姿を見せなくなってもう何日になるか、タエダにはわからない。逮捕されて以来、時計のない房内でだいたいの時刻を摑《つか》めるようになっていたのだが、もはやすっかり時間の感覚は消え失《う》せていた。

もう何日前のことなのだろう？　あるいは昨日か、ほんの数時間前のことなのか？　いや、もう数ヶ月も前であるような気もする。昼飯の時間になっても独居房に食事が運ばれてこなかった。報知器で刑務官に合図を送って待っても誰も来ず、ついには声を張り上げても返ってくるものはなかった。遠くの方で、かすかに人の声がしたような気はする。しかし、その声と交信することはかなわない。耳を澄ませば、両隣の房から、なにかが跳ねているような音が聞こえてくる。

待っていれば、誰かが来るだろうと思った。夕食の時間になっても誰も来なかった。いつまで経っても朝飯が運ばれてこない。腹の虫を抑えるように房内に備え付けの洗面台で水を飲んだ。どうしても耐えられず、手紙やちり紙、歯磨き粉を口にした。しかし、どのくらい時間が経った頃だろうか、水すらも出なくなってしまった。

初めのうちはドアノブのない扉を激しく叩いて助けを呼んでいた。助けが来ないことに苛立ち、誰にともなく罵倒を繰り返していた。しかし喉がひりついて声を出すことすらできなくなってしまう。めまいがする。心臓が忙《せわ》しなく拍動して、立っていることすらままならなくなる。

畳の上に寝転がっても、手足が震えて眠ることができない。いつの間にか意識を失っていて、自分の心臓の音で起きる。小刻みに呼吸を繰り返す。舌が痺《しび》れているのを感じる。

なんで、どうして。なにが起きている？　なにかが跳ねている音だけが耳に届く。誰もいなくなったのか？　なぜ？　頭が痛い。体が動かない。

助けて。助けて。樹岡さん。淳子。

声にはならない。口が動かない。指先が萎《しな》びている。指を動かすことができない。

なんで。どうして。なんでなんで、こんな目に遭う？　なんで。反省を、更生をしなければならないのに。なんで。

涙は出ない。目を閉じることができない。目の前が暗くなる。常に一定のリズムで響いていた跳ねる音が遠くなっていく。

なにも見えない。聞こえない。

次第に「なんで」と頭の中に言葉を浮かべることすらできなくなった。暗い視界。音のない世界。なにもない。

体がぼうっと浮き上がるような感覚を覚えた。心臓も血液も置き去りにしたように、全身が重さから解き放たれる。

突然、視界が真っ白になった。

白い世界に、一本の腕が浮かび上がる。傷痕の痛々しい、細くて折れそうな女の腕。

幼い頃、縋っていた腕。

生涯にわたり、探し求めていた腕。

「母ちゃん」

落ち窪《くぼ》んだ目から、最後の一滴がつぅっと流れた。

母の腕に向け、タエダは手を伸ばした。

†

どこかで誰かの声がした、ような気がした。しかしテツキは、その声に反応を示すことができない。独居房に横たえた身は、すでに動かなくなって久しい。思考が澄んでいることが不思議なくらいだった。

知らないうちに法制度が変わったのだろうか？　死刑囚は放置して殺すことにでもなったのだろうか。さすがにそんなはずはないだろう、なにかが起きている、隣の房からはなにかが跳ねるような音が聞こえてくる――

なにが起こっているのかはわかりそうにない。ただ、自分は死ぬらしい。

死。自分は死ぬのか。こんな場所で。

あやかと最後に会ったのはいつだったか。あやかは無事なのだろうか。あやか。

会いたい、と思った。喉の奥でつぶやいた。干からびた口腔《こうくう》がひび割れるが、テツキは痛みを感じない。

こんな終わりを迎える前に、あやかに訊《き》いておきたいことがあった。質問を準備していたのだ。せめて、それだけでも――

そう考えてから数秒のことだった。突如、視界が明滅して、脳の奥でなにかが渦巻いた。

目の前に、フィルムのようになにかの光景が映し出される。なにか。ああこれは、昔見た光景だ。

幼い頃に見た景色。順番にスライドしていく。人生の最初の方から、現在に向けて流れていく。

机にかじりついて勉強していた頃。高校受験の時、母が用意してくれた夜食。父が珍しく勉強の息抜きを提案してくれた日。

引きこもる日々が再生される。毎日が単調だ。こうして見ていると、自分のことながら笑いたくなってしまう。

従兄の顔。よく見ると、ずいぶんと心配そうな顔をしている。小さい頃に見下すようなことを散々言ってしまったのに、こちらの将来を本気で心配するようなことを述べる。

知らない街。ネットカフェの黒いシート。出刃包丁。

振りかざす。誰かに向けて。

誰かの顔が歪む。喉の奥からなにごとかをひり出して崩れ落ちる。どこかに向けて手を伸ばして
――

この人は、なにを言いたかったのだろうか。

誰かを呼んでいたのだろうか。

誰かに会いたかったのだろうか。

ああ。

そうか、殺されるって、こういうことだ。

最後にあれを言いたかった。最後にあの人の声を聴きたかった。それらすべてが叶《かな》わないことだ。

最後に誰の顔を見るのか選ぶこともできない。

それが、殺されるってことなんだ。

それが、自分の犯した罪なんだ――

フィルムが終わりに近づく。あやかの顔ばかりが映るようになる。泣きそうな顔。困ったような顔。

怒った顔。笑った顔。こちらを見つめる顔。
あやか。
もっと話すことがあった。聞いてほしいことがあった。訊いてみたいことがあった。
それらが叶わないことを、テツキは受け入れる。
あやかの顔で人生を終えることができる、それだけできっと贅沢《ぜいたく》だ。

4 広い世界 your future

地元の空港は、朝早かったせいか最低限の弁当売り場しか開いていなかったし、通路もどこか薄暗く感じられた。その空港へ行くのに利用した電車内も、曇った夜明けの空をそのまま投影したかのような、疲れた空気に包まれていた。飛行機は初めてだった上に窓際の席をとれなかったので、他の乗客のように雲を眺めて気持ちを和ませることすらできず、離陸してからずっと慣れない感覚と戦っていなければならなかった。当然、買い込んだサンドイッチやペットボトル飲料を口にする気にはなれなかった。到着した羽田《はねだ》空港でも、長い長いエスカレーターに「ほええ」と口を開いたりはしたものの、閉じ込められているような嫌な感じが消えることはなく、手つかずのサンドイッチとペットボトルをゴミ箱に捨てていくことにした。

数時間に及んで少女にのしかかっていた、あるいは少女を覆うようにしていた感覚が一時的に晴れたのは、羽田空港から品川方面へと向かう電車に乗っている最中だった。

最初のうちは、地下を走っているため窓の外は真っ暗闇だった。もしかしてこんな窮屈さを東京ではずっと味わっていなければならないのだろうか、と少女はドア横でがっかりしかけていた。しかし、いったん地下から地上に出ると――まず目の前に現れたのはいくつもの窓がある高い高いマンションで、それを通り過ぎると――そこには、広い世界があった。

土地の面積という点ならば、少女の地元の田園風景の方がよほど広大なのだろう。しかし、東京の――また目の前に大きなマンションが現れて視界が塞がれる、けれどもその向こうにも建物があって、細長いビル、横にも縦にも大きなマンション、マンションなのだろうか？　とにかく巨大な建物、無数の窓！　ずっとずっと建物が広がっている！　クレーンが今まさになんらかの建物を造っていて、芸能人の写真が使われた巨大な看板が晴れた空の陽射《ひざ》しを反射していて、いくつものベランダには布団が干してあって——このスケール感はなんということなのだろう。唐突に少女のお腹《なか》が、きゅう、と鳴った。しかし、今さら押し寄せた空腹などに構っている場合ではなかったし、なにより、それは不快なものでもなかった。飛行機の中ですら目深にかぶったままだった、古ぼけた野球帽のつばを上げる。窓に手をついて、瞬《まばた》きもせず、流れゆく風景を瞳に映していく。

冗談みたいに建造物だらけで、そこにおそらく冗談みたいな数の人間が暮らしている。大きな駅が見える。冗談みたいな数の人間が使う駅が。

大きな駅を通り過ぎたところで、住宅地の横に墓地が見える。住宅地の横に！　およそ二年前、中学三年生の時に少女の曽祖父が埋葬された墓地は、人里離れた山のふもとにあった。車で一時間弱もかかる、家々や田園地帯から隔離されたような、裏手に木々が生い茂る場所だった。だというのに——なにこれ、笑える——ここではこんな、アパートみたいな建物の横に墓地があるなんて！　たくさんの墓石となにかの文字が書かれた細い板、たくさんの死んだ人。ここではたくさんの人間が、生きて、死んでいるらしい。

やっぱり、あの田舎町とは全然違う。来てみてよかった。

本物の、広い世界だ。

「ねえ幸《サチ》さん、すごいよ、東京だよ」

連れの女に話しかけるも、反応はなかった。少女は首を傾《かし》げ、女の瞳を上目に見る。そこに感情の色がなんら浮かんでいないのを見てとり、続けて暗い灰色のスーツへと視線をずらす。女が住んでいたところは、まあ、少女の地元よりかは発展していたところだし、仕方がないのかなあ、と思う。しかし、感動に水を差されたようで、少しばかりムッとした気分になった。

気をとり直して窓際に張りつきつつ、少女はこれからのことを考える。これから、新宿に行って、有名なフルーツパーラーで季節のパフェを食べて、大きな映画館の大きなスクリーンで最新の映画を観《み》るのだ。それから、ええと……そうそう、とにかくなにか服とかアクセサリーとかを買うのだ。ふと、現在の自分の服装——微妙にサイズの合っていない、地味な色合いのパーカーとジーンズを省みる。目立たない服装にすべきと考えたとはいえ、もう少し東京でも見栄えのするものを選べばよかったかもしれない。髪の毛も、計画に際し長いままだと邪魔そうだと判断して肩口で切り揃《そろ》えてしまったが、ロングの方が色々なヘアアクセサリーを試せただろうか。まあ、新宿で素敵な服を買ってそのまま外を歩けばチャラだろう、と割りきって、想像と期待感で胸を満たす作業に戻った少女は、しかし、乗り換えの品川駅でいったん感動と興奮を引っ込めねばならなくなった。

乗り換え改札を通過していく、この人間の多さよ。少女は幾度も誰かと肩をぶつけ、広い駅構内のどこへ向かったらいいのか、きょろきょろした。きょろきょろしながら、何度かスーツケースの車輪が足にぶつけられていくのを感じていた。人間だらけのせいか、肌に感じる温度も高い。パーカーを脱いでTシャツ一枚になってしまいたかったが、脱ぐために腕を伸ばすと誰かにぶつけそうだった。なるほど、以前に父が単身赴任で行った東京について「あれだけ人間がいるのなら、少し——いやかなり間引きした方が快適だろう」と独り言を漏らしたのも、うなずける。あの時は「なんか、田舎者っぽい感想だね」などと父に偉そうに言ってしまったが、自分も所詮は田舎者だったのだなあ、と反省せねばならなかった。

どうにか山手線ホームを見つけて、渋谷方面行きに乗り込む。先ほどの空港快特もそうだったが、イメージよりかは空《す》いているものだな、と思った。座席はほとんど埋まっているものの、通路に立つ人はまばらだ。ああそうか、もう会社も学校もとっくに始まっているからか、と少女は遅れて気づく。地元の電車とは違う、ぴかぴかの車内を見渡して、また窓の外に夢中になった。

ところが。五反田《ごたんだ》、目黒《めぐろ》あたりから人が続々と乗り込んできて、「うわあ、なになに？」と少女は悲鳴を上げることになった。そうして、降車側と反対のドアに半ば押し付けられるような状態になりながら、渋谷駅で大量の乗客が吐き出されるのを見届け、一息つきかける。が、吐き出されたのより遥《はる》かに多い人数が今度は乗り込んできて、少女は完全にドアに押し付けられた。背負っているリュックが後ろの人間の体でぺしゃんこにされる。隣を確認すると、女も似たような状態となっている。

原宿《はらじゅく》、代々木《よよぎ》。ちっとも減らない乗客者数。それどころかなおも乗り込んでくる人間。なんのためにこんなに乗ってくるんだろう？　これが東京の電車というものなのか。

「うああ……神様、真面目に間引きしてよ」

なんの気ないつぶやきだった。しかし、少女の声に呼応して、隣の女がわざとらしいまでに、びくっ、と肩を震わせる。そして口から細い悲鳴ともため息ともつかぬなにかを吐き出しながら、隣や後ろの乗客に構わず背を丸めて、肩を抱き始めた。狭い車内で、はひゅーはひゅーと荒い呼吸を繰り返す女。

後ろの乗客（背広を着ているからサラリーマンだろうか？　こんな時間に電車に乗るものなんだ？と少女は考えた）が女の様子に気づいたのか、「大丈夫ですか？」と声をかけてきた。迷惑そうな色のない、本当に心配しているらしき瞳を少女はしげしげと眺める。なんだ、東京の人間も案外と優しいじゃないか、と思う。これもまた田舎者みたいな感想かな？　と続けて軽めに笑いを漏らす。それから女の代わりに「たぶん、大丈夫だと思います」と答えておいた。

そんなこんなで新宿駅に着いた。車内の人間がいっせいに降車ドアから吐き出されていく、その波に乗って、というよりは、なおも押し潰されるようにしながら、改札へと向かう。品川駅よりもさらにひどい人の波だった。

しかも、新宿駅は迷宮だった。人波に押されるまま適当な改札から出てしまったものだから、目指す場所への最寄りの出口を探すのがまず難題だった。少女は隣の女の袖を「ねえねえ幸さん、ここ、わかる?」と引いてみるも、ぼんやりとした目はどこを見ているのか、あるいはどこも見ていないのかすら判然としない。

溜《た》め息をつきながら案内板を探し、矢印に従って駅構内を行こうとする。が、従う矢印を間違えていたことに途中で気づく。もしかして外に出た方が早いんじゃないか? と思い立ち、駅から離れてみることにする。が、いざ駅を出てみると広大な街のどこに自分が立っているのかわからなくなる。一度も使ったことはなかった、スマホの地図アプリの存在を思い出す。が、どうにか目的地への経路を検索しても、いつの間にか微妙に逸《そ》れた方向に行ってしまっている。いったん新宿駅に戻ろうと決意する。が、戻るにはどこを通ったらいいかわからない。きょろきょろする。が、誰かと肩をぶつけることになり、無暗《むやみ》にきょろきょろしづらくなり――

そんな風にして新宿駅に戻り、東口を見つけて出て、今度こそスマホアプリの示す正しい道を歩き出した頃には、太陽光を反射するビル群に瞳を輝かせている余裕は少女の中からすっかり消え失《う》せていた。羽田空港から品川へ向かう電車の中で感じていた、どこか幸福な空腹感も、とっくの昔に押し潰されている。お目当てのフルーツパーラーの看板を目の前にしても、「なんか、もう帰りたい……」などとつぶやく有様だった。「客引きは違法です」という無機質なアナウンスが、何回も何回も、延々と耳に届く。

駅の中も外も人だらけ。整備された広い歩道が狭苦しくなるような数の人。パーカーとジーンズの下の肌が蒸されたように感じられる。実際に気温は(少女の地元と比べずとも)十一月の末としてはめったにないほど高かったのだが、少女には人間のせいで暑苦しくなっているとしか思えなかった。

いくら世界が広くても、調子に乗って人間を増やし過ぎなのではないか。


そんなことを考えていたところだったから、フルーツパーラーの入口まであと数歩のところで、突如として周囲の人間が圧縮され、衣服や荷物があたりに散らばり、黒いぐずぐずが次々と地に落ちた瞬間――いや、さすがにその瞬間には呆《ほう》けているしかなかった。正確にはその瞬間から数拍置いたところで、連れの女があたりを見回して「え？」「え？」と漏らし、「ねえ、春《ハル》さん、どういうこと？」と見当違いにも袖を引いてきた時に――少女は、深く深く息を吸い込むことができた。

†

少女が生まれ育った町は稲作で有名なところで、しかし近年では住民全員が米農家などということはなく、農業従事者は全体のせいぜい五分の一程度だった。他の住民はいわゆるサラリーマンとして、近隣のなんらかの企業に属して働いている（「いわゆるサラリーマン」がなにをしているのか、少女はよくわかっていないのだが）。

そんな、一応は第一次産業より第三次産業に従事する人間が多い町、だけども商店が密集する駅前を二十分も歩けば否応《いやおう》なく田園が広がり、見た目にはどうしても「田舎」と表現せざるを得ない町。

そこで少女は生まれた時から退屈を持て余していた。

それでも都会――都会といえば一番に上がる場所・東京に行く計画を真面目に立てなかった理由の一つは（そもそも小遣いやお年玉をすぐに使いきってしまうため旅行費用がなかったのだが、それはおいておくとして）、東京という場所をリアルに感じていなかったことにある。

テレビなどでは毎日のように観る。単身赴任続きでともに過ごす時間もろくにない父が、一時期は確かに住んでいたはずの場所でもある。けれども東京が、この生まれ育った町と繋《つな》がっている実感が湧かない。テレビや伝聞の中にしか存在していないような、どこか、平行世界のような。進路希望調査票にふざけて東京の大学の名前を書いた時でさえ、その場所がこの世界に本当に存在しているとは思えていなかった（なお、担任教師は大学名を見て鼻で笑った）。

理由はもう一つ。あるいは、そちらの方が比重は大きいかもしれない。それは少女が漠然と、自分は世界のどこにいようと特別な存在だと思っていたことだ。本当に漠然とであり、ほぼ無意識的と言っていいかもしれない。

田舎町の田舎者たちと、自分はおそらく違っている。母や祖父母、曽祖父とも、実は血が繋がっていないとかそういうことではなく、母の腹から生まれてはきたけども、なんだか別種の存在であるような気が、なんとなくしているのだ。

自分は周りの人間とは、なんだか異なる存在である。生まれてこのかた田舎町にいながらにして、だ。そんな自分は今のままでも、きっと都会で生まれ育った普通の人間よりかは特別なはず。だからまあ、田舎にいたままでも、きっといつかは都会の人間でさえ経験しないような、それを思い出すだけで生涯を退屈せずにいられるような、大きななにかがこの身に降りかかるに違いない。

明確に意識するわけではなく、もちろん、深く考えているのでもなかった。ただ、無意識的な感覚は靄《もや》のように少女の中心を覆い、気ままに田舎で暮らすことに長らく疑問を抱かせないでいた。

積極的に事を起こしたのは、自分が他の人間とは違うということを証明せねばならない、と強く思ったからだ。

高校に入ってからの友人・日永《ひなが》と会話して、少女は目が覚めるような思いをした。雷が落ちて、瞬間、靄は晴らされた。

東京行きは、事を起こすついでだった。

†

目を覚ます。背中に当たる感触はあまり快適と言えなかったが、体を起こしながら、ああよく寝たな、と思った。

毛布代わりにしていたパーカーを脇に置く。袖を通さずともいいような気温だった。むしろ、やや暑いと感じられる。窓から射す陽をぼんやりと眺めながら、はて、ここはどこだったっけ？　と少女は首を傾げる。自分が横になっていたのはソファ。部屋をぐるりと囲うような長いソファで——ああそうだ、ここはカラオケボックス最上階の角部屋、他の部屋より広そうなパーティールームだったから入ったが、こうして見るとソファの革もなにやら高級そうでいい感じではないか——ああ、そうか、と少女は窓際に移動する。

窓の外を確かめる。周囲にはこのカラオケボックス同様、背の高いビルが連なっている。下を見る。交差点には斜め横断用の縞々《しましま》がある！　少女の地元には縦と横の横断歩道しかなかった。道路は濡《ぬ》れていた。カラオケの個室にいたから雨音は届かなかったが、どうやら一晩中降り続けていたようだ。道路脇には不法駐車っぽい車が何台か停《と》まったままになっている。そして、色とりどり、様々な形状の衣服や靴、鞄《かばん》、その他ゴミみたいなものがアスファルトの上で薄汚れているのが見える。横断歩道の途中や歩道には無数の黒い塊《かたまり》が落ちていて、しきりに跳ねている様子だった。

そうだそうだ、昨日は新宿に着いて、そして、なんだかよくわからないが、突如としてあたりの人間がいっせいに黒いぐずぐずと化したのだ。夢ではなかったらしい。

ソファの、自分が寝ていた時に頭を載せていたあたりを見ると、ちっぽけな懐中電灯が転がっている。そうそう、夕方過ぎくらいだったっけ？　街の電気が次々と消えてしまって、ぼんやりと心もとない光を灯《とも》している建物がたまにあるくらいになってしまった。ずっと鳴り続けていた「客引きは違法です」のアナウンスも消えている。駅前に向かってみると、フェンスの向こう、ホームにまったく届かないような線路の途中で止まった電車やら脱線した電車やらが見えて、そのさらに向こうでは黒煙が上がっていた。火の手を上げる建物がちらっと映る。駅の入口からはひたひたと跳ねる音が漏れ聞こえていて、その奥も非常口の緑の光や白っぽい小さな光がぼけっと点灯しているだけに見えた。改札まで行かずとも、まともに運行している様子ではないのがわかる。そうするうち夕日もあっという間に沈んでしまって、下手に身動きがとれなくなった。おまけにぽつぽつと雨まで降ってきたではないか。とりあえず目についたコンビニで懐中電灯を入手し、横になれそうな場所として近くのカラオケボックスを選んだのだった。

ああ、そうか。新宿なのだから、ホテルくらいはあっただろう。なにもカラオケボックスで眠ることはなかったのに。まあ過ぎたことだ、と少女は伸びをしてから、リュックに手を伸ばして中身を漁《あさ》る。教科書など、もう役に立ちそうもないものは置いていくことにした。筆記用具も……使う機会はなさそうだ。そうやって仕分けしていくと、ほとんどがいらないものに分類された。一応、財布は入れたままにしておくことにする。

髪の毛を手でとかしてから、軽くなったリュックを背負って、パーティールームを出ていく。廊下が暗く、「ああ、うん、電気が消えちゃったんだもんね」と独り言を漏らしながら、部屋に戻って懐中電灯を取ってきた。ちらりと、パーカーと、昨晩からソファに置きっぱなしの野球帽を見るが、「もう必要ないよね」とひとりごちる。

懐中電灯で照らしてみると、廊下は黒い塊の川のようになっていた。寝るのに邪魔だし跳ねる音が耳障りだったので、部屋から一四一四つまみ出したのだ。山のように積み重ねて、同じく室内に転がっていた衣服の類《たぐい》を上からかぶせてみたのだが、びちびち跳ねて崩れてしまったらしい。元々廊下に転がっていたものも合わさって、合唱じみた音を奏でている。足を滑らせると困るので、隙間を縫って歩くようにした。時々は面倒くさくなって、蹴り飛ばして道を開けた。

連れの女には別室で寝てもらうことにしていた。最初は同じ部屋でいいかと思ったのだが、少女が深い眠りに就き始める寸前、女が赤ん坊の夜泣きみたいな悲鳴を上げ始めたので追い出したのだ。

ああそうだ、とまた思い出す。人を殺したのも昨日だったか。いや、昨日ではなかったか？　ええと、そう、確か時計の針は回っていなかった。一昨日《おととい》の夜だ。

詳しく記憶を辿《たど》ろうとしてみる。まるで、「昨日の朝ご飯はなんだったっけ？」と考える時のようだった。ああ、昨日は朝ご飯を食べなかったんだったか。そういえばお腹が空いたな、と少女は思った。朝ご飯どころか、考えてみれば丸一日なにも食べていないのだった。

お腹をさするうち、廊下の端に辿り着く。念のため、パーティールームとは反対側の角部屋に女を入れていた。こちらは狭い部屋で、たぶん二人か三人用の個室なのだろう。利用者はいないようだったが。女はそんな部屋の隅で、肩を抱いてうずくまっていた。照らしてみると、女のすぐ隣にはごみ箱があった。

「幸さん、朝だよ。暗いけど」

懐中電灯の光を女の首のあたりに当てながら、少女は声をかける。女は上目に少女を見てから、サッと顔を伏せた。それ以降、少女がしきりに「少しは寝た？」「お腹空かない？」と話しかけても、一切の反応を示さなかった。

「ん、じゃあ、わたし、ちょっと街中を探検してくるんで、適当にやっててね」

少女はあっさりと女に手を振る。

それから、部屋の前にあるトイレに入った。そこで用を足すことはせず、洗面台に置いておいたペットボトルを回収する。昨日の時点でセンサーにいくら手を近づけても便器の水は流れず、洗面台の蛇口に手をかざしてもうんともすんとも言わなくなっていた。それで、コンビニからペットボトルを持ってきて手だけでも洗えるようにしておいたのだ。昨日使って流せなかったトイレに入るのは嫌だったので（別の個室を使うのもなんとなく嫌だった）、二つ下の階の女子トイレに行くことにする。エレベーターは動いていないため、昨日から階段のみを使用していた。着いたトイレ内はもちろん窓もないため暗く、懐中電灯で照らしながら行動せねばならないのが億劫《おっくう》だった。

とにもかくにもすっきりしたところで、一階まで下りる。カラオケボックスから出て、濡れた歩道をスニーカーで踏む。外は、思ったよりは蒸し暑くないかな？　と感じる。歩道は黒い塊で埋め尽くされていた。鳥の死骸のごときぐずぐずが連なる通りの先を見つめる。

昨日、人間たちが圧縮され衣服やらが散らばった直後、あのあたりで乗用車が乗用車に衝突したり、派手に歩道に突っ込んだりするのが視界に入った。たぶん一人か二人の悲鳴も聞こえたような気がする。あれは、あきらかに連れの女が発するのとは別のものだった。女は一時的に「春さん春さん」と喚《わめ》き、瞳にはっきりと動転の色を映していたのだが、遠くの方――もしかしたら二駅三駅、いや、もっとずっと先の方かもしれない――から爆弾でも落ちたみたいな音がしたところで、大きく体を震わせ、また空っぽになった。衝突事故を起こした車両は炎上しており、夕方になっても周囲を巻き込んで火の手を上げていたが、まあ、ここまでは届かないだろうと思ってカラオケボックスで寝泊まりすることにした。結果的に、雨で鎮火されたようなので間違ってはいなかったのだろう。

少女は晴れた朝の空を見上げ、背伸びをする。左腕にある昔からの引き攣《つ》れた痕と、右腕の絆創膏《ばんそうこう》が陽光にちらついた。そういえばずっと同じものを貼りっぱなしだった。前腕の内側から二枚を剥がしていく。一日以上貼ったままだったわりに接着力が衰えていないことに妙な感心を覚えつつ、丸めて路上に放る。絆創膏を貼っていた箇所の皮膚は真っ白く、しわしわになっていた。引っ掻《か》き傷の痕は生々しく赤っぽいものの、完全に塞がっており、新しい絆創膏は必要なさそうだった。

息を吐いてからまず、懐中電灯を入手したコンビニに向かうことにした。地元にはないコンビニチェーン（さすがにコンビニ自体は何軒かあった）。昨日立ち寄った時にはドアは半開きで止まり、黒い塊が挟まるような状態で転がっていた。人間が入るには少し狭い隙間だったので、近くにあった看板でドアを壊して侵入しようとした。しかし、看板を振り上げてもガラス戸に多少のヒビが入る程度。連れの女にバトンタッチしようとするも、女は看板を手に取りすらしなかった。結局、素手でこじ開けてみたら隙間が広がって事なきを得た。

朝になっても、もちろん、自動ドアはこじ開けた時と同じ開き具合で固まったままだった。ドア横によけた黒い塊もほとんど同じ位置で跳ね続けている。

あまり日光が届かない薄暗い店内で、ウェットティッシュを探し当てて手と顔を拭う。それから目についたおにぎりを手に取る。地元のコンビニでは見かけないタイプの、袋に入った、あらかじめ海《の》苔《り》の巻いてある高級っぽいおにぎり。その場でむさぼる。「ううん、米に旨《うま》み？　がある？」などとつぶやいてみる。もう一つ適当なおにぎりを食べて、冷気を感じない冷蔵ケースの中からミネラルウォーターを取り出す（トイレ用に使ったものとは別の種類にしておいた）。「東京の奴《やつ》らは、わざわざ金払って水を買うんだと。アホらしい」と祖父が言っていたことを思い出し、興味が湧いたのだ。しかし、一口含んでみると、微妙にぬるくて「うえ」と吐き出すことになる。温度の問題だけでなく、味も、なんだか水道水より甘みがないように感じられた。ウーロン茶を選び直し、少し飲んでからリュックに詰める。

飲み食いし終えたところで、せっかくなのだから、もっとなにかいいものを食べればよかったかも？　と少女は腕組みした。確かに地元にない種類のコンビニではあったが、もっと、東京らしいもの、新宿らしいものをお腹に詰めるべきだったのではないか。新宿らしいもの……軽く考えてみるが、特には思いつかない。昨日覗《のぞ》いてみたフルーツパーラーには、もはやパフェを作る人間はいないようだったし。席に残されたパフェの器からは溶けたソフトクリームが伝っていて、椅子に引っかかった上着や下着が今にも落ちそうになっていた。そして椅子の足元に転がる黒い塊の、くちばしみたいな部分にもクリームがついていて、それがびたびたと跳ねるたびあたりに飛び散っていた。パーラーのそこら中でそんな光景が繰り広げられていて、あれには思わず「うへぇ」とつぶやいてしまった。いやいや、それにしても、もっとなにかあるだろう。

手元の懐中電灯を、ふと、まじまじと見る。油性ペンみたいなサイズのちんけな懐中電灯。ああ、そういえば、駅前には大きな電器店だってあった。コンビニになら懐中電灯があるだろうと考えたが、CMソングでしか聴いたことのないヨドバシカメラやビックカメラだってあったのだ。なんだって自分はコンビニばかりに目を向けてしまうのだろう。カラオケボックスにしたって、規模こそ違えど田舎の隣町のものを利用したことがあったから、ここなら大丈夫そうと考えたのだ。なんだってこう、慣れたものばかりに手を出してしまうのか。

諸々《もろもろ》の後悔を振り払うように、コンビニを出てあたりを見回す。真っ先に目に入るのは書店だった。そこでまた後悔の波が押し寄せる。

少女の地元にある、スーパーのおまけみたいなちっぽけな書店とは根底から違う、様々なジャンルの本がぎっしりと並んだ何階建てにもなる書店。昨日はつい、フルーツパーラーを見るだけ見た後に映画館にもとりあえず入ってみようと思っていたのに、この書店に吸い寄せられてしまった。そして、深く考えずに時間を潰してしまった。

書店を見た瞬間に、少女は日永のことを思い出していた。日永が大切にしていた、半ばコレクションのような蔵書。同じものが東京の書店には存在しているのだろうか、と今にして思えば余計な閃《ひらめ》きをしてしまった。黒い塊が通路をびちびちと跳ねる書店、初めて使うタッチパネルの検索機で日永所有の書名を入力して、示された棚をるんるんと目指した。本の種類ごとにフロアが分かれている、それだけのことで大いに興奮した。

日永が「この本は手に入れるのに苦労したんだ」と話していた書物の大半は、東京の書店の棚には当たり前のように収められていた。それどころか、日永が「必読の書なのに、どうしても入手できないでいる」と騒いでいたものまであった。ああこれは日永から借りたな、これは途中で挫折して日永に解説してもらったな、これもそう、この本は知らないな――そんな風にあれこれと手に取って、ぱらぱらとめくっていると、ふいにあたりが真っ暗になった。

まったく、もう。照明が落ちた書店から脱出するのも一苦労だった。幸いにして非常口マークだけは機能していて道を示してくれたが、何度も足元の黒い塊や衣服に気づかずに転びそうになったものだった。あの黒い塊ときたら、妙にぬるっとして、足を滑らせやすいにも程がある。実際、連れの女は幾度となく踏んで滑って書店の床に倒れ込んでおり、いちいち助け起こすのにも骨が折れた。

書店での顚末《てんまつ》、さらには人間がぐずぐずになってからの一連の自分の行動を振り返って、少女は地団駄踏みたい気分を抑えねばならなかった。

昨日はあんな、地元でできることに毛が生えた程度のことしかできなかったなんて。

「……日永さんのせいだ」

八つ当たりとは少しも思わずに、少女はそうつぶやいた。それからジーンズのポケットに突っ込んだスマホを取り出し、日永宛てに『日永さんの趣味の影響で、せっかくの新宿でつまんないことしちゃったじゃん！』と抗議のメールをしたためる。が、送信ボタンを何度押しても、エラーの表示が出てしまう。

黒い塊が大合唱を奏でる無人の歩道で、少女はしばし、スマホをいじる。メールが送れない原因を検索しようとするも、なんだか各種サイトにアクセスできなくなっているようだった。「なにこれ、使えないじゃん」と口にして、スマホを道路に叩《たた》きつけそうになる。が、すんでのところで思いとどまる。財布同様、これから役に立つとは思えなかったもののリュックにしまっておくことにした。

それから少女はわざと何度もうなずいて、気をとり直してみせる。

今日こそは。新宿でなにか、素敵なこと——特別なことをするのだ。

もう自分は完全に、そこらへんの人間とは違うと証明されているのだから。右脚を軸にして、その場でくるりとターンをする。三六〇度、ビルが連なる街は、見渡す限り無人。あたりには、びちびちびったん、蠢《うごめ》く黒い塊の群れがあるばかり。まるで拍手でもされているみたいだ、と少女は微笑《ほほえ》み、もう一度うなずく。

今、ここでは、確実に。

自分だけが特別だ。

「――ほとんどの人間は、『殺したい』なんて思っていないんだよ」

†

学校は基本的に退屈だった。小学校から高校に至るまで、ずっと。

だから少女は、小学生の頃はしばしば授業を抜け出し外で遊んでいた。二階の教室から飛び降りた時には左腕を負傷してしまったものの、傷が塞がってからはまたクラスを脱走したものだった。中学に入ると、担任だけでなくクラスメイトたちにも止められるようになって、小学校の頃のように教室から抜け出すのは困難になった。仕方がないので授業中は我慢して、放課後に男子と遊ぶようになった。母親に咎《とが》められても素知らぬ顔で通したし、曽祖父や祖父母を味方につけて遊べるだけ遊び続けた。

問題は、高校生になってからだった。近所の高校に進学するのは小・中学校からずっと変わらない顔ぶれが九割。男子らは少女を避けるようになっており、女子からも冷ややかな目で見られるようになっていた。相変わらず、授業はつまらない。暇潰しの方法が見つからず、放課後は一人で隣町のゲームセンターに入り浸ったり、小学校の頃のように田んぼで遊んでみたりしていたが、常に退屈が解消されない一年間を過ごさねばならなかった。トンボの羽を何匹分もぎっても、お腹の奥の不満は、ものの一分で元の形に戻ってしまう。

そんな折、高校二年生になった少女は、クラスの中に日永を見つける。

日永は元々、遠くの町（東京ほどではないものの、この田舎よりは栄えた町であると聞く）の高校に通っていたのだが、一年の途中からこの近くに引っ越してきたらしい。分厚い眼鏡をかけて、決して美人とは言えない顔立ちであったが、どことなく田舎町の高校生とは異なる雰囲気をまとっているように少女には感じられた。野暮ったいジャンパースカートの制服姿は、似合っていないわけではないのだけれど、着慣れたわりにはどこかちぐはぐに映る。クラスの誰とも馴染《なじ》もうとせず、むっつりと席に着いて本ばかり読んでいる。転校当初からずっとそうだったらしい。遠目にも、不満の色がありありと浮かんでいるのがわかるほどの瞳をしていた。

仲良くなるのは簡単だった。「実はわたし、ここじゃなくて、もっと遠くの学校に行きたかったんだけど、親に反対されて仕方なくここに入学したんだ」と言って話しかけると、探し求めていた宝物でも見つけたみたいに、日永は小さな目を大きく見開いた。

知り合って一週間もしないうちに、日永は明かす。本当は遠くの町に住んだまま進学校に通っていたかった。しかし、母親の病気の都合で、一家ごと母方の実家に移り住むことになってしまった。こんな田舎に来たところで母親の精神がよくなるとは思えない。病気に対する理解だって薄いだろうし、それに田舎の方が人間関係が濃密な分、心身をすり減らすことになるだろう。通院に余計な時間がかかるようになっただけだ。ぺらぺらと、無防備なまでに、少女に情報を与えていく日永。

いつもどんな本を読んでいるのか、という質問に対しても、日永は常に頑《かたく》なにかぶせていたブックカバーを簡単に外してみせた。クラスの人間からは隠すようにして見せてくる本に、少女は「うわあ」と感嘆の声を上げる。

快楽殺人の心理だとか、あるいは単に猟奇殺人の概要や詳細を並べた本、一つの事件を犯人の両親の成育歴など含めて丹念に追ったルポルタージュ。さらには殺人を犯した張本人がしたためた手記。日永はそんな本ばかりを所有していた。多くは前に住んでいた町から通える範囲にある書店で買ったものであり、引っ越してからはネット書店で手に入れようとしたものの、宅配便に応対した祖母に内容を知られてからは通販サイトの利用を禁じられてしまったらしい。「せめて手持ちの本だけは勝手に処分されたりしないよう、クローゼットの中に隠したり、工夫しないといけないんだ」と、どこか誇らしげに語る日永。

　少女が興味津々といった様子を見せると、日永は家に招待し、大切な本をあっさりと貸してみせた。少女が「文章がややこしくて読みにくい」と苦情を言った本についても、懇切丁寧に中身の説明を行う。そうするうち、少女は自分の予感が正しかったことを確信していく。

日永に目をつけてよかった。これは、なかなかに、楽しい。

　少女の家族も、たいがい、日永の祖母のように血なまぐさい物事からは子供を遠ざけようとする質《たち》だった。殺人事件のニュースになるや、チャンネルを変えたりテレビを消したりする。そんな中で日永から与えられるものは、テレビの中でしか見ることのできない、流行《はや》りのお菓子のようだった。

　現代日本で起こった連続監禁殺人事件の手口。少年による凶悪事件が増えていると大人は言うがそれは印象論に過ぎず、実際は減少傾向にあってこれから先に急増することもまずないということ。不良グループが見ず知らずのカップルを嬲《なぶ》り殺しにした昭和の事件と犯人たちのその後について。女性殺人者の被害者は九割以上が夫や子供、愛人なども含めた身内であること。「男の殺人は計画的で、女の殺人は衝動的」などと言われるが、現実的には女の方が非力であるがゆえに計画殺人が多いこと。未解決のバラバラ殺人事件の犯人に関する推察。アメリカでは日本などと比べて犯人と被害者が顔見知りでない事件が多いためにプロファイリングが発達したこと。テッド・バンディやジョン・ウェイン・ゲイシー、ジェフリー・ダーマー、アンドレイ・チカチーロについて。秩序型だとか無秩序型だとか。すべてを理解、記憶しているわけではなかったが、少女は日永のもたらす知識を喜んで浴びていった。

そんな中で、その会話はなされた。

「本当に『殺したい』なんて考えられる人間は、特殊――特別なんだ」

少女が「どうして日永さんは、こんな、殺人鬼の手記だとかルポ？　みたいな本ばっかり読んでるの？　殺人モノの小説とかは全然持ってないけど、そういうのは興味ないの？」と、なにげなく訊《たず》ねたことがきっかけだった。日永は少し考える素振りを見せてから、先のように答えた。

少女は首を、こてん、と曲げる。

「ええ、でも、日永さん。『殺したい』って思ったことない人の方がいなくない？　あの男子とか、毎日『親父《おやじ》マジムカつく。殺してー』とか言ってるし」

「だからそれは、言葉の選択ミス。正確に心情を表す言葉を、自分でわかっていないんだ」

日永は語る。

誰だって一度は、誰かを殺したいと思ったことがある。他人を恨んでしまったことを律儀に悔いてみせる人間を慰めてあげる時、あるいは生い立ちが不幸な殺人犯を擁護する時などによく使われるその言葉に、常々、違和感を覚えていた。

確かに、気に入らない人間、邪魔な人間、自分を害する人間は、生きていれば誰の前にでも現れるだろう。

「でも本当に殺してしまう人間の方が、圧倒的に少数派でしょう？」

それは理性があるからだとか、相手の痛みへの共感性があるからだとか、そういった次元の話ではないはずだ。他人の痛みなど介さないようなろくでなしだって、多くは人を殺さずに済んでいるのだから。

そもそもが間違っているのではないか。

そもそも、多くの人間は「殺したい」などと思っていないのではないか。

「なんとなく、色んな人間を見ていて、たまに話を聞いてみた感じでわかったのだけれどもさ。『殺したい』、ではないんだよ、正確には。『死んでほしい』くらいのものかな」

死んでほしい。

どうにかして死なないかな。そのうち死んでくれないかな。

死ねばいいのに。死ね。

「誰も、自分の手で真面目に相手を消してやりたいなんて考えていない。どいつもこいつも、他力本願なものだよ。あの男子の言う『親父を殺したい』なんて、バットで父親の頭を打ちつけて殺すような想像はちっとも伴ってやしない。なにか事故が起きないかなとか――いや、そこまでも考えていないな。朝起きたらいきなり父親が消えているとか、そんな、都合のいい妄想の域なんだ。毎日のように楽しげに『殺したい』なんて言うくせ、本当のところは『なにか都合のいいことが起きて、あいつがいなくなったら楽なのにな』なんて、浅ましくも期待している」

都合のいい妄想。

少女は知らず、オウム返しにしていた。それから、曲げていた首を戻して、日永に問うていた。

「それじゃあ、日永さんがたまに言う『母親、殺してやりたい』も、嘘《うそ》なんだ？」

日永は一瞬、虚を衝《つ》かれたように眼鏡の奥の目を瞬《またた》いた。しかし、すぐに唇の端を吊《つ》り上げて、言う。

「そうだよ。私も結局のところ、普通の人間なんだ」

ほとんどの人間は「殺したい」などと思っていない。

だから、「殺したい」と本気で考え、本当に実行する人間は、普通の人間とはなにかが決定的に違っているのだ。

「あの男子が少しも具体的に父親を殺す想像はせず『なにか都合のいいことが起きて父親がいなくならないかな』と考えている横で、殺人者は実際にバットを握って父親を撲殺する。バットをしまっている場所まで移動する間、バットを握る時、バットを振り下ろす瞬間、『死んでほしい』でなく『殺してやる』と確かに思っている。殺すビジョンを明確に描いて行動に移す、それができる人間とできない人間との間には、決定的な断絶があるのだと思う。そう……私は、母親を具体的に殺すところなんか、結局のところ想像もできていないんだ。首を絞める自分も、ナイフを突き立てる自分も、頭に浮かんだことなんてない。きっと私は、生涯、人を殺すことはない側の人間であり続けるのだろうね。普通の人間は、向こう側には行けないんだ」

自分たちは普通の人間であり、殺人者たちとは別種の存在である。そして生涯、「殺したい」だなんて本気で思うことはなく、気まぐれに「死んでくれないかな」と都合のいい妄想を抱いて、多くはその都合のいい妄想が現実になる光景を見届けることなく、のほほんと暮らしていく。

「だから私は、実在の殺人鬼のことを書いた本が好きなんだよ。『死んでほしい』レベルのことしか考えたことのない人間が書いた妄想殺人小説じゃなくてさ。ヘンリー・リー・ルーカスみたいな、異常な母親のもとで育った人間が成長して、殺人願望を抱くようになって、その願望に忠実な殺人行為を行う。そんな実話の方が、作り話なんかよりもずっと夢がある」

日永は瞳に自嘲の色を宿しながら、まっすぐに少女を見つめていた。

その瞳に、少女は「嫌」とつぶやいていた。

嫌だ。自分は違う。違っているはずだ。家に帰ってなお、少女は繰り返す。だけども現状の自分は

──それを考えた瞬間、胸の奥がひりひりするような熱さを覚えた。

そうだよ。自分は漠然と、他人とは違う人間なのだと思っていた。

だけれども。日永の瞳と、日永の瞳に映った自分。

人と違うはずの自分が、日永が瞬きするたび、その瞳に滲《にじ》んで同化していく。

『そうだよ。私も結局のところ、普通の人間なんだ』

嫌。駄目。クラスの男子や日永、母や祖父母と自分が同じなんて耐えられない。

ああ、だけれども──一つも反論することができない。部屋の布団をぼこぼこに殴りつける。殴りつけたところで、現実は変わらない。今の自分の人生は、普通とは違う殺人犯のことを甘いお菓子として楽しむような、平々凡々としたものでしかないのだ。

脳内で反響する日永の言葉が、漠然とした将来像を打ち砕いていく。

きっといつかは都会の人間でさえ経験しないような、それを思い出すだけで生涯を退屈せずにいられるような、大きななにかがこの身に降りかかるに違いない？

『生涯、「殺したい」だなんて本気で思うことはなく、気まぐれに「死んでくれないかな」と都合のいい妄想を抱いて、多くはその都合のいい妄想が現実になる光景を見届けることなく、のほほんと暮らしていく』

その人生にはなにかが降りかかることなどなく、退屈なまま？

『「殺したい」と本気で考え、本当に実行する人間は、普通の人間とはなにかが決定的に違っている』

嫌だ。嫌だ。

自分は、絶対に、他人とは違うのだ！

「──殺さなきゃ」

少女はつぶやいた。静かに、これまでに出したことのないような低い声で。

日永に、世界に、証明せねばならない。証明して、この胸に刻みつけねばならない。

自分が普通の人間ではないことを。他人とは違う、特別な側に立つ者であるということを。

そのために、まずはなにをすべきなのか。

「わたしは、人を殺してみたい」

部屋の中で少女は一人、拳を固めた。


それからしばらくした頃、日永はおどおどしながら少女に「キミは本当に、遠くの学校に行きたかったの？」と訊ねてきた。少女は「そんなこと言ったっけ？」と、きょとんとしてみせる。日永は瞳に困惑の色を浮かべ、なにかを口ごもっては飲み込むことを繰り返した。その頃にはもう少女と日永はセットとして周囲に認識され、日永が他の人間を頼ることは困難となっていた。なにより、日永は少女に大切な蔵書の一部を貸したままだったのだ。

日永は高校二年当初のようにきらきらと目を輝かせて少女に語りかけることはなくなった。少女が隣に寄ってきても即座にうつむいてみせ、覗き込まなければ感情をうかがうことができなくなってしまった。

それでも、「殺したい」にまつわる会話以降、毎日のように少女が考えてくる「完全犯罪計画」に対しては、瞳に得意げな色を浮かべながらコメントを述べ続けていた。

少女は日永に貸してもらった本、日永に教えてもらった事柄を参考にしながら、頭を捻《ひね》って「完全犯罪」を考えていた。なぜ「完全」でなければならないかというと、捕まって少年院なんかに行くのはごめんだったからだ。少年院なんて、退屈の権化みたいな場所に決まっている。日永は少女の顔をちらちらとうかがいながら「少年院じゃなく、少年刑務所だよ。十六歳以上の殺人は原則、逆送されることになっているからね。近年は世論的にも少年犯罪の厳罰化が望まれる傾向にあるから、殺意を持って犯行に及んだのが発覚したら、それなりの懲役はくらうだろうね——まあ、逆送されずに少年院の可能性も、完全にないとは言えないけれど」と指摘する。「ギャクソウ？」と少女が首を傾げると、「前に教えたでしょう」と言って日永は再びうつむいた。

ある時、日永に「お母さんを殺してあげようか」と言ってみたことがある。すると日永は、いつものように小馬鹿にしたような色を瞳から隠しきれずに「絶対に捕まるよ」と返してきた。

「でも、日永さんのお母さんとわたし、面識ないじゃん。動機もないんだし、捕まりにくいんじゃない？」

殺人事件はほとんどが顔見知りによる犯行であり、被害者の知り合いを当たっていけば犯人に辿り着く。だから警察は被害者の交友関係を徹底的に調べ上げるのだ。逆に、被害者の交友関係の範囲内に犯人がいない場合、検挙は困難となる。日永の家には何回も行ったが、一度として母親が部屋から出てくることはなく、顔を合わせたことはなかった。それらを鑑みての提案だったのだが、日永は一笑に付す。

「私が母親のことをよく思っていないことなんか、家族皆にばれているよ。警察はきっと私の関係者を漁る。友人に親の殺害を依頼するような事件はたまに起きているわけだしね。そうしたら逃げられないよ。私もとばっちりを受けるかもしれないし、キミに頼むのだけはごめんだ」

まあ、キミに私の母親が殺せるとは、少しも期待していないけれどね。そんな嘲りが、日永の瞳には込められていた。

どれだけ頭を捻りに捻ってもこの調子だった。遠くの町に行って無関係の人間を殺すのはどうか？

「その遠くの町の、人目につかない場所を知っているの？　殺した後に誰にも目撃されず逃げる経路がわかる？　見慣れない女の子がうろうろしていたら、絶対誰かの目撃証言にのぼるよ。そもそも、遠くに行くお金なんかないでしょう」……ならば、死体を消して犯行自体を発覚させないというのはどうか？「どこで死体を細切れにするの？　誰にも見つからずに解体できたとして、どこに捨てるつもり？　まさか、ジョン・ヘイグみたいに硫酸風呂で死体を溶かそうとでも思っているの？　あれは、溶かしきれずに立件材料にされたのだけれど」……

これまでにないくらい頭を使って、使って、思いもよらない方法を考案した気になっても、日永には「稚拙だね」と嘲笑《あざわら》われる。

「こんな狭くて人口密度の高い国で完全犯罪をやり遂げるなんて、よほどのことがない限り不可能だよ」

完全犯罪以前に、殺人をやり遂げること自体が不可能だろうけど。せせら笑う瞳が、少女を見ている。少女は反発すらできない。実際、頭を捻って考えた殺人の計画は、少女の中ではっきりとした像を伴ってはいなかったのだから。

そうこうするうち夏休みに入った。少女は何回か日永の家に押しかけるも、日永の祖母にやんわりと追い返されてしまった。仕方がないので、隣町のゲームセンターに行ったり、家の近くの川で遊んだりした。時には部屋にこもって、ようやく買ってもらえたスマホで殺人事件の記事を漁ったりした。そうしながら、考える。どうすれば人を殺してもお咎めなしでいられるのだろう。どうすれば人を殺すことができるのだろう。アスファルトの上で干からびたトンボをぱりぱりと踏み潰しながら、考える。沢ガニを石ですり潰しながら、考える。

閃いたのは、夏休みが終わってすぐのことだった。

休み明け、日永は一学期の最後の方とはまた違った態度に様変わりしていた。少女になにを言われても、徹底的な無視を貫く。よく見ればわざと無視をしているのではないらしい。スマホと睨《にら》めっこして、周囲の音が耳に入っていないようだった。特に昼休みになると、しきりに文字を打ち込んだり、そわそわと返信を待っている様子だ。

少女は日永の手からスマホを取り上げ、画面を見る。

悲鳴のような声が上がる中で、液晶に浮かぶその言葉に、少女は釘《くぎ》づけとなる。

『そうですね。春さん、私、殺したいです』

†

信号機は赤も青も点《つ》いていない。斜め横断用の縞々の、白い部分を選んで踏んでいく。邪魔な黒い塊、雨に濡れそぼった派手派手しい色のスカート、キャミソール、パンティを蹴飛ばしていく。底の厚いサンダルを蹴るとアスファルトに転がって、小気味いい音が響いた。向かいの歩道に移ったところで、首の角度を変え、ビル群を見上げながら歩く。軽いリュックの中で、懐中電灯とペットボトル、財布とスマホが暴れていた。

しばらく行くと、焼け焦げた車と煤《すす》だらけのビル、煤をかぶったみたいな黒い塊が跳ね回っているのが視界に入る。が、それよりも、うっすらと記憶にある名前の看板を見つけた。たぶん、服屋だったはずだ。他のビルとは違う、古いテイスト？　のおしゃれっぽい壁で、建物の大きさとしても申し分ない。少女はそこに入ることにした。まずはこの地味なTシャツとジーンズを脱ぎ捨てよう。できれば靴も、スニーカーでなく、こじゃれたブーツなんかにしてみたい。

入口は自動ドアではなかったので、難なく店内に足を踏み入れることができた。が、昼間なのに中はとても暗い――ここもカラオケボックスの廊下と同じで、窓から太陽の光が入ってこないのか。蛍光灯が点いていないと、店内は少しも明るくない。

リュックから懐中電灯を取り出し、通路を照らした。田舎町では生涯見ることができなかったであろう、宝石のついたネックレスに時計、なにやら可愛《かわい》らしいデザインのハンドバッグが次々と浮かび上がってくる。しかし、少女の心がそれらに躍ることはない。だってこんな、懐中電灯で照らしながら見たって、なにがなにやら。ダイヤの類ですら、少しも輝いては見えない。なにより、通路にはぽつぽつと黒い塊、上下の服に下着や靴、鞄やら財布やらが落ちており、それらを踏まないように足元も照らさねばならないのだ。

動いていないエスカレーターの上を歩いて二階に行ってみるも、似たような感慨のなさしか抱けなかった。どうやら服がメインのフロアのようだけれども、闇の中でマネキンを照らしてみたって、白い肌が妖しく光るばかりだ。細い脚の下で跳ねる黒い塊、その下に乱雑に落ちている衣服にもまた、眉を顰《ひそ》めたくなる。少しも、おしゃれな雰囲気がない。狭い範囲しか照らせない光では、自分に似合いそうな服を見つけることすらできないだろう。光が鏡に反射する。そこに映し出される自分の姿も、マネキンとさして変わらないように思える。

駄目だこりゃ、と口にしようとしたところで、お腹がぎゅるぎゅると鳴った。「うわ、やばい」と叫び、少女は懐中電灯で必死に案内表示を照らす。どうにかトイレに駆け込んで、相変わらず電気もなく不便な中で一段落した。ここでもセンサー式の蛇口から水は出ず、仕方がないのでリュックに入れていたウーロン茶で手を洗うことにする。空になったボトルはその場に置いていき、すっかりげんなりしたので外に出ることにした。

外は憎たらしいくらいに晴れのままだ。太陽光がもろに顔に当たる。建物の中よりも外の方が黒い塊だらけのようで、気温以上の暑苦しさを覚える。一応、こまめに水分補給できるようにしておいた方がいいよなあ、と少女は首を曲げた。また、カラオケボックス近くのコンビニに戻ることにした。

今度はジャスミン茶なんかを試してみることにする。その場で開封して、一口飲んだ。直後、またお腹がぎゅるりと鳴った。店の奥のトイレへ急ぐ。戸の前にいた黒い塊に足を止めようとした直後、てかてかとした素材の服を踏んづけて転倒してしまう。危うく漏らすところだった。立ち上がった少女は、黒い塊を蹴り飛ばしてやりたい衝動を抑えながら、戸を開ける。いったいどうしたことだろう。お腹が変な音を立てて、ほとんど水みたいな下痢が出る。額に嫌な汗をかく。こちらのトイレはレバーを捻ったら水が出た。

まさか、おにぎりにあたったのか？　そんな馬鹿な。だけどもそうとしか考えられない。そういえば消費期限など見ていなかった。でも、少し過ぎたくらいでこんな風になるものか？

わからないが、とにかく、なにか薬を飲まねば、と考える。コンビニの棚をぐるりと見回し、薬を探す。祖母が「お腹を壊した時は、これを飲んでおけば間違いないわ」と言っていた、あのオレンジの箱の薬はどこだ。狭い店内は懐中電灯で照らさずとも窓からの光で歩ける程度の薄暗さだが、どこに薬があるのかわからない。懐中電灯で棚をつぶさに調べる。その途中でまた、お腹に波が来た。トイレに駆け込む。今度は水が流れなかった。

少女は結局、薬を諦めた。というか、薬を飲むための水にすらお腹を下しそうだった。すべてが面倒になり、カラオケボックスで安静にしていることにする。とはいえ、横になってもお腹が奇妙な音を立てるので、しばらくは眠れたものではなかった。何度も何度も、トイレにこもる。トイレの中で、少女はトンボと青虫のことを思い出していた。なんとなく、トンボの口元に生まれたての蝶《ちょう》の幼虫を押し込んでみたことがある。ふぐふぐと口を動かして青虫を体内に取り込んでいく、そんなさなかのトンボの頭をもぎとる。もぎとった丸い頭から、青虫の先っぽが垂れていた。どうしてか、そんな光景が思い出されてならなかった。

体のどこに入っていたのかわからないくらいの、栄養分やら水分やらすべてを出しきるまでに、施設内の女子トイレの個室をほぼ使い切ることになった。その頃になるとようやく、ソファに身を横たえると睡魔が襲ってくるようになった。

前日の夕方過ぎから今日の朝までぐっすりと寝たわりに、少女はまたよく眠ることができた。目を覚ました時、窓のあるパーティールームは真っ暗だった。リュックの中からスマホを取り出す。午後九時。ああそうか、時刻を確認するのには使えるな、スマホ。もう電池は赤のゾーンに入ってしまっているけれど。

少女は闇の中、ソファの上でお腹をさすった。とりあえずは、下痢がぶり返す気配はない。けれども、まだ、なにかを口に詰める気にはなれなかった。大人しく寝ていようか。しかし、このままでは寝て一日を終えることになってしまう。せっかくの東京なのに。

ポケットにスマホを入れ、懐中電灯だけ手に持って、少しだけ外に出てみることにした。養分がすべて抜け落ちた体はふらふらするが、身軽ではある。夜の新宿（それも無人！）を探索、なんて、面白そうではないか。そう少女は思っていた。

けれどもカラオケボックスの外は、負けず劣らずの闇だった。昼間は太陽光を跳ね返すビル群も、今やなにも反射するものはない。闇の中でただ、ぼうっと佇《たたず》んでいる。

昼間よりは冷え込んできたものの、どこか夏っぽい夜の空気を感じた。夜のにおい——田舎でも東京でも、夜のにおいは同じなのだな、と少女は思う。

田舎の畦道《あぜみち》を思い出す。一歩間違えたら、足を田んぼに突っ込んでしまう、あの夜の道。あそこにだって、最低限の街灯はあった。水田にオレンジ色の光がぼうっと浮かんで——今ここには、なんらの光もない。空を見上げる。雲が少しかかるだけの、よく晴れた夜の空だ。けれどもビルが邪魔をして、星の姿は中途半端にしか見えない。

空が狭い。世界が暗い。

嗅ぎ慣れたにおいしかしない。闇の中では、ぴちぴちぴちぴち、跳ねる音がそこかしこから湧いてくる。懐中電灯で照らす。道路に散らばる無数の黒い塊が、ひたすら上下に動き続けている。

踵《きびす》を返した。カラオケボックスに戻ろう。

「退屈」

無意識のうちに、少女は吐き捨てていた。

上階のパーティールームで再び寝ようと、細い階段を照らしながら上っていこうとした。が、その途中、上の方でなにかの音がするのを感じとる。黒い塊が跳ねる音、ではなく。

とっさに身構えた少女のもとに、なにか——黒い塊よりも遥かに大きな物体が降ってきた。それもろとも、少女は階段を転げ落ちる。

カラオケボックス一階の地べたで、頭の痛みを感じた。強《したた》かに打ってしまったらしい。自分の上に覆いかぶさるものを確かめる。床に転がった懐中電灯がこちらを照らしてくれていた。

「幸さん」

どうやら女が、階段から下りようとしたところで足を滑らせたようだ。まったく、なんて迷惑な。

女の肩に手を伸ばしかけたところで、そういえば、と少女は思い至った。この女は、今頃になって外に出ようと思い立ったのだろうか。ずっと、部屋の中にいたのだろうか。なにも食べず、トイレにも行かず？　人間って、丸一日以上なにも食べず、トイレにも行かずにいることができるのだろうか。

　自分がいない間どこかへ行ったりしたのか、と訊ねてみようとした、しかしその時、女は「うぅううううううううぅ」と呻《うめ》き声を上げた。次いで、「あぁあぁあぁあぁあああ」と叫び声を上げる。至近距離で、体のどこから出したのかもわからぬほどの音に鼓膜を揺さぶられ、少女は目を見開いて固まった。

「なんであんなことしたの」

　呼吸も忘れる中で、逆に、女に肩を摑《つか》まれた。「なんで」薄いTシャツに爪が食い込む。「なんで、なんで、とんでもないことを――」細い腕に、激しく体を揺すられる。

「ちょ、落ち着いてよ、幸さん」

　女の手に自らの手をかぶせて、少女は声を上げた。わけがわからなかった。この女は、いったい、どうしたというのか。

「なんで、なんで、なんであんな。あんな、何回も刺したの」

「はあ？　なに言ってるの」

「なんで、あんなことしたのよおおおおお」

　爪がさらに食い込むのに、少女は思わず目をつぶる。苦悶《くもん》の声を上げた後に、ふらふらする全身の力を振り絞り、女を押しのける。

　女は闇の中に倒れ込んだ。荒い呼吸がフロア内に響き渡る。しばらくの間を置いても、女が再び少女に向かってくる気配はなかった。が、瞬間、空間をつんざくような、金切り声に近い叫びが発せられる。

「なんでお父さんとお母さんを刺したのよお！」

意味を理解するまでに時間を要した。少女は闇の中で肩をさすりながら、女の言葉を反復する。

「ナンデ、オトウサンとオカアサンをサシタノ……ああ。ええっ？」

意味を理解してから、軽く声を上げる。

なんでもなにも、と言おうとしたところで、女の声が少女を遮った。

「なんであんな。何回も……ひどい。ひどいひどいひどい。あんな、何回も刺すことなかったじゃないの。なんで、なんで、あんな」

「だって、あまりにも手応えがなかったんだもの」

女の言葉を遮り返しながら、少女は一人、首を傾げていた。

そういえば昨日……じゃなくて一昨日、この女の父親と母親を、ナイフで刺したのだ。うん、刺した。何回も。想像よりもあっさりと刺さるものだな、と最初に思ったことは記憶している。

だけれども、あれ？　この手に覚えた感覚はどのようなものだっただろう。あっさりと刺さった、と一回目に思ったことだけは、覚えているのだ。だけれども、この手が実際に感じた、ナイフの先端を肉に刺し込んだ時の感触だとか、血の温度だとかは、どんな感じだったっけ？　噴き出す血の勢いは、血の色は？

まるで昨日の朝ご飯を思い出そうとする時のようだった。ああ、うん、昨日はなにも食べていないのだけれど。

「あぁあああぁぁ……やっぱり、お父さんとお母さんに従わなかったから、こんなことになったんだ。妹を殺したから、世界がおかしくなったんだ。妹に手を出しては……神の子だから……」

少女が記憶を手繰ろうとする前で、女はわけのわからないことを喚き続ける。

揺らされ続ける鼓膜が、いい加減かわいそうになってきたので、少女はわざと大きな声を出した。

「妹を刺したのは、あんたでしょ！」

闇の中でも、女がびくりと肩を震わせたのがわかった。長い沈黙の後、あたりには啜《すす》り泣きのような音が漏れ出す。

少女はその音を耳に流しながら、日永のことを思い出していた。

まだ日永が瞳を輝かせて話しかけてきていた頃。少女が「文章がきどっていて、読むのがかかったるい」と途中で断念した殺人犯の手記について噛《か》み砕いて説明した後、日永は捲《まく》し立てるように付け加えた。

『でも所詮、手記なんてものも殺人者の本音——というか、本当のところを正確に表したものではないのだろうね。だって、この本を読む限りでは、この犯人はたまに思い出したように「僕は人を殺した」なんて白々しく考えているだけなんだから。たまに思い出す時以外は、普通にご飯を食べたり、作業をしたり、人と会話をしたりしている。でも本当はもっと、随所で思い出しているはずでしょう？　人を殺すような特別な体験をしておいて、そのことを普段は思い出さず、行動に影響がないなんて、そんなことあるはずがない。普通の体験よりもずっと大きな影響力を受け続けてしかるべきだ。なにを普通の人間ぶっているんだろう。きっと殺人者は、自分の感じているものを出し惜しみしているんだ』

他の犯人が書いた手記にしたって、いちいち「思い出さないと」自らの殺人のことを考えたりしている様子がない。こんな、特別な体験をしておいて。ナイフを握ったその手を見るたびに血の色を思い出したり、その手の中に肉の感触が蘇《よみがえ》ったりしてもいいはずなのに。人と握手をする時、箸を持つ時、ふと手のひらを眺めた時。そんな瞬間、瞬間に、普通の人間では感じ得ないなにかを殺人者は覚えているはずなのだ。あの殺人者は逃亡中、「焼肉の店を見て、『食べたいな』と思った」と語る。だけどもそれより前に、女の首を絞めた時に感じた肉を思ったのではないか。そんな記述を、読者に開示するのが惜しくて省いたのではないか。あるいは、常人には理解できぬからと出版社側が勝手に削ったのかもしれない。それとも、手記なんてものは常人のゴーストライターが適当に書いた妄想なのだろうか。「ああもっと、殺人の生の感触を追体験できるような本が読みたいものだよ」……そのようなことを、日永はぶつぶつ言っていたのだが。

少女は、記憶の中の日永に語りかける。

うん、日永さん。たぶん、手記を書いた殺人犯たちは、嘘はついていないのだと思う。

意外と普通に、忘れるものみたいだよ。他のことと大して変わらずに。

鮮烈な光景は色褪《あ》せていって、この手の感覚もいまいち思い出せなくなって、普通に、薄くなっていく。昨日の朝ご飯の味を上手《うま》く舌に蘇らすことができないように。一昨日はなにを食べたかも、一昨日の前の日になにを食べたかも、似たように思い出せないみたいに。

こりゃあ、捕まった人は大変だ。だって、普通に忘れていってしまうのに、忘れずに反省しているふりをしなければならないのだから。裁判では、反省の態度を見せるか否かが重要だと日永は言っていた。

ああ、よかった。捕まらなくて。

女がしゃくり上げ、時折、嘔吐《おうと》するような音を響かせる中。少女の頭に浮かんでいたのは、そんな安堵《あんど》感のみだった。

†

日永は夏休み中、「幸」と名乗る女とSNS上で知り合った。「家族嫌い」みたいなコミュニティに参加してみて、その中でも「幸」のことが特異な存在に映り、気になったらしい。声をかけて、コミュニティ外で個人的にやりとりをするようになる。意外と近くに住んでいることが判明したりして、二人の仲は親密になっていった。ちなみに日永は「春」というハンドルネームを使っていたが、それは「日永が春の季語だから」とのことだった（自分で訊《き》いておいて、少女はそのことを簡単に忘れた）。

女の家は奇妙な宗教に染まっており、特に妹は「神の子」と呼ばれ、大事に大事にされているらしい。人間世界は不浄であり、そこに産み落とされた唯一の希望が妹なのだとかなんだとか。そんな妹のために幼い頃から女は奴隷のような役割を課され、学校などで他の人間から守ることはもちろん、成人してからは家に給料のほとんどを入れて家事も任される始末であるらしい。少女は「そんなの、家を出ていけばいいじゃん」と疑問を呈したが、とにかく、日永は女に深く同情し、自らの身の上もさかんに話していったのだった。

そして日永が『母親が死ぬことを毎日願っています』とメッセージを送る中で、女は『そうですね。春さん、私、殺したいです』と返す。

少女はそこに光るものを感じた。そして、自分の目的に組み込むことができると直感した。日永を説得し（最終的には未返却の本を盾にして）、少女は女とやりとりするためのアカウントを奪取する。そうして、日永の口調を真似《まね》て女と交流を重ね、ついには『殺すのに……協力してくれませんか？』という言葉を引き出す。

ばれないように人を殺すのは困難である。ならば、ばれても情状酌量の余地があればいいのではないか。

殺してやりたいと言ってしまうほど家族につらい目に遭わされている女を助けてあげるため、代わりに殺してあげた。むしろ、女に請われるような形で殺人を犯した。厳罰化が叫ばれる中でなお、多くの本で殺人を犯す少年少女は社会の犠牲者のごとくに扱われがちであるし、その上、大人から殺人を持ちかけられたとあらば、きっと多くの人間が同情して助けてくれるだろう。女の方もなんだか家族にひどい扱いを受けているようだし、諸々を加味すればそう重い罪にはならないに違いない。「完全犯罪計画」を立てていた時よりもなお、頭を回転させて考え、結論を出した。結論が出てからは、具体的に殺人の手順を練る。顔も知らない女の家族を殺すイメージトレーニングをする。寝る間も惜しんで物事を思考するのは本当に久しぶりのことだった。アカウントを奪って以降、日永は少女を徹底的に無視するようになったので、具体的に何罪になるか、どんな処分になり得るか、計画に穴はないかなどの確認はとれなかった。しかし、これしかない、と少女は思っていた。

重い罪になるか否かも、さほど重要ではなかったのかもしれない。『殺したい』――日永が律儀に『死ぬことを願っている』などという言葉を選ぶのに対し、はっきりとそう返した女。そんな人間に、会ってみたいと思った。

それから少女は、女と連絡を取り合う傍ら、祖父母にあれこれ理由をつけて小遣いをもらっていた。意外と近くとはいえ、女の家は同じ地方の中の離れた場所にあるので、電車代はかかる。片道さえクリアできれば、後はどうとでもなる。

話を進める中、家族を殺したらどうしたいか、と女に問うてみた。女は、小さい頃から外食が許されなかったので、テレビで観たフルーツがたくさん載ったパフェを食べてみたい、と話す。ならば、家族を消してしまったら、とびきり美味《おい》しいパフェを食べに行きましょう。映画にも行きたい、それから、宗教の信者からもらう安っぽいおさがりでなく、自分のための新しい服が欲しい。いいですね、どうせならこんな地方じゃなくて、東京にでも行きましょうか。そうしましょう、父や母が不浄の権化などと称する東京に行ってみたい。家族に給料を毟《むし》りとられているけれど、そのくらいのお金は用意できます。

殺害後に、東京に逃走する——悪くないように思われた。家の中で殺人を済ませれば、しばらくは通報されないだろう。その間に東京に行って、贅沢《ぜいたく》をする。捕まる前にどうしても願いを叶《かな》えたかった。もしくは、自殺するつもりだったけれど、最後に少しくらいはいい思いをしたかった、とか。犯行後の心情として、さほど不自然ではないはずだ。女の願いが叶い、少女も夢のように感じていた地を本当に踏むことができる。いいことずくめである。

決行は十一月の末となった。少女は最後、日永に「アカウントを返してあげる」と持ちかけ、当日は日永の家に泊まりにいっているということにするのを承諾させた。そして、日永の母親が飲んでいる睡眠薬を盗んでこさせた。日永は「なにをする気なの」と怯《おび》えた瞳をしていたが、少女は「それじゃあ、あと少ししたらアカウントを返すね」とうそぶいた。

当日。授業をすべて終えてから、あらかじめ用意していた地味な服装に着替え、制服のジャンパースカートは適当に捨て置いていく。野球帽をかぶった上で電車に乗った。

ちっぽけな電車の窓から空を見上げる。不思議と静かな青色をしていたことを覚えている。この空は女の住む町に繋がっていて、そしてさらには東京に繋がっているのだな、とぼんやり考えたことも。

すっかり日も落ちたところで、到着駅で女と落ち合う。会社帰りでスーツを着た女は、実年齢よりもずっと老けて見えた。清潔にしてはいるけども、どこか伸ばしっぱなしのような髪。それでもその見た目はどこにでもいる範疇《はんちゅう》であり、なんだか普通の女だな、と思った。女の瞳には困惑の色がわずかによぎっていたが、少女は無視してその手を引いた。

なるべく人に見られないようにしながら二人で家に向かう。女の妹は外で遊んでいる時刻だ。不浄の世だのなんだの言いながら、妹は好き勝手に夜遊びすることを許されているらしい。一日中家にいる両親の目を盗んで、女は少女を一軒家に手引きする。二階の女の部屋に潜んだところで、少女は睡眠薬を手渡す。炊事は女の仕事だった。両親の分の皿に薬を盛るくらいのことは朝飯前だ。

女の両親がテレビを点けっぱなしにしたままリビングのソファに並んで寝入ったところで、少女は階下に向かい、ポケットから折り畳み式ナイフを取り出した。武器は現地調達でいいかとも思ったが、せっかくなので、以前に日永の家に行った時にくすねてきたナイフ——日永は「フォールディングナイフと呼んで」と言っていたが、少女はすっかり忘れていた——を使ってやることにした。使う気もないくせに自慢げに手入れをしていた、尖《とが》った刃先の光るナイフ。

美術品みたいな彫刻の施された柄の部分を握って刃を出し、女に向かってうなずく。が、女は目を逸らしてうつむいてみせるばかりだった。一目見た段階から、少女はうっすらとその展開を予想していた。「もう、なんなの」と、軽い失望を露《あら》わにしてみせる。まあ元々、手伝うと言いながらも一人で殺してみたいと思っていたのだから、ちょうどいいか。そう割り切って、リビングの中心に足を踏み出す。

問題は、睡眠薬の効き目にムラがあることだった。少女は切っ先を、まずは女の父親の突き出た腹に当てた。イメージトレーニングと同じようにやったが、あまりにもあっさりと刺さったので、念入りに何回も刺しておいた。そのさなかに、隣で寝息を立てていたはずの女の母親が目を覚ます。慌ててそちらに刃を向けねばならなかった。睡眠薬の影響で鈍った動きながら、抵抗にあってしまう。ナイフを持つ右腕を強く引っ掻かれた。袖を捲って地肌が露出していたために、爪を深々と刺されてしまう。負傷しながらもナイフを持ち替えたりはせず、お返しに女の母親の腕、目、喉を刺していく。抵抗が止《や》んだところで、念入りに、胸や腹を刺していく。

そこでさらに問題が発生する。刺すのに夢中になっていて、普段ならば確実に察知できていたであろう、玄関のドアが開く音に気づけなかった。振り返ると、女と似た顔立ちの人間がリビングの入口に立っている。女の妹が、思ったよりも早く帰ってきてしまったらしい。

大声を出されるとまずい、と咄嗟《とっさ》に判断し、少女は女の妹に飛びかかる。どうにか床に押し倒し、両手で口を塞ぐことに成功する。しかし、少女はナイフを持っていなかった。女の母親の腹に刺さったままだ。

どうしよう。そう思ったところで、それまでリビングの端で突っ立っていた女が、ゆっくりと台所に赴き、包丁を持って戻ってきた。それから、押し倒された妹と少女のもとに、これまたゆっくりと近づいてくる。女はなにごとかをつぶやいて、少女を押しのけた。妹が自由になった口を開こうとする寸前に、女は見下ろした喉に刃を突き立てる。一回、二回。胸元も包丁で刺し貫く。刃が肉と宙を行き来する。一回、二回、三回——少女は途中で数えるのをやめた。カウントすることなく、女の瞳に目を向けることもなく、上下する包丁をただ眺めていた。そうして「やるじゃん」と、小さく口笛を吹いた。

女の荒い呼吸音のみがリビングに響く。女の両親、そして妹の体からは、すっかりなんの音もしなくなっていた。

血塗《ちまみ》れのリビングから移動して、右腕についた血を洗面所で流した。包帯を巻くほどではないかな、と判断し、大きめの絆創膏を二枚貼っておく。それから女よりも先にシャワーを浴びさせてもらった。風呂場から出て、絆創膏を貼り替える。思ったよりも返り血を浴びてしまったので、着てきた服はもう使えそうになかった。着替えの服は、女の妹のタンスから拝借することにした。

女もシャワーを浴びたところで、二階の部屋で、二人して始発の時間まで仮眠をとる。あまり眠れなかったか、意外と眠れたのかは、いまいち覚えていない。どちらだとしても、しっくりくるような感じだった。

出がけにもう一度、血を踏まないようにしながら、殺害した女の両親、妹の顔を確かめた。曽祖父が亡くなった時にも思ったが、死んだ人間が「今にも起き上がりそう」だなんて、嘘だ。死に顔というものは、生きている顔とは、なにかが決定的に断絶している。女の母親に関しては、顔が血だらけで確認できないけども。例によって、そんな風に思ったということは覚えているのだけれど、具体的にどんな顔だったかは覚えていない。

学校からそのまま持ってきたリュックを背負い、野球帽をしっかりとかぶって、外に出る。女には出勤時のスーツを着させていた。スーツの女と、パーカーにジーンズの少女。まあ、妙だというほど妙な組み合わせでもないだろう。女は昨夜から一言も喋《しゃべ》っていない。初めて会った時のように、手を引いて駅を目指す。

さあ、人を殺し終えたのだから、東京へ行こう。特別なことをなし遂げたこの身で見る都会の光景は、さぞや輝いているに違いない。

†

翌朝、コンビニのケースから二リットルペットボトルを引きずり出し、店から出てすぐの道路で頭を洗った。少し風呂に入らないだけで、我慢ならないほど痒《かゆ》くなっていた。大きなペットボトルも一つでは足りず、数本を費やして頭皮の痒みをとる。

袋入りのタオルを開封して頭を拭く。ドライヤーは……さすがにコンビニにはないだろう。電器店の中もどうせ真っ暗だろうし、わざわざ探す気にはなれない。水気を拭きとって、今日も晴天だったので自然乾燥に任せることにした。喉の渇きを覚え、ぬるいウーロン茶を一口だけ飲む。お腹が下る気配はなかった。それでもまだ固形物をとるのはやめておこうと判断する。

自然乾燥だと髪がわちゃわちゃになってしまうので、帽子をかぶってごまかそうか。カラオケボックスに戻って、もはや必要ないと思っていた野球帽をリュックの中に詰める。それから階段を下って、受付前でうずくまっている女に声をかけた。女も、頭が痒くないのだろうか。「頭、洗う？」と訊ねても返事がない。無理矢理立たせて、とりあえず外に出る。陽の光の下で、女の髪の毛に油が浮いているのがよくわかった。

さて、と少女は伸びをする。深呼吸して、一つ、うなずく。それから女を引っ張って、近くの書店に入った。案内板を懐中電灯で照らして、地図コーナーを目指す。暗闇の中で適当な一冊を選び、長居はせずに屋外に出た。

陽の下で地図を広げる。ここ新宿から国会図書館《こっかいとしょかん》まで、紙面を見る限りでは徒歩で行けそうな距離だった。道も、さほど複雑ではないように見える。よし、この計画で行こう、と一人で決定を下しながら、少女は隣の女を見つめる。

さすがに昨日の夜はあまり眠れなかった。パーティールームでもぞもぞしながら、頭を動かすくらいしかやることがなかった。

考えてみれば、もはや女とともに行動する理由はない。警察に捕まることもなさそうだし、お金も必要ないわけだし。なんだか役に立たないし、時折うるさくなるし、もう面倒を見るのはやめようか。

でも、いざという時に役に立つかもしれない。いやいや、いざって？　警察に追われた時の囮《おとり》に……だから、警察なんてもう影も形もないではないか。開かない扉をこじ開ける時に……コンビニに入ろうとした時、あの女は手伝ってくれたか？　食中毒や病気に罹《かか》った時に、看病してくれる？　女に適切な処置ができるとは思えない。なにか、なにかないのか？　もういっそ、女が牛とか馬とかラクダだったら、疲れた時に乗ることができるのに。動物の方がまだ、役に立ってくれそうだ。いざという時には食べられるし――あ。そういえば日永が貸してくれた本の中に、人の肉を食って生活していた殺人鬼が出てきた。名前は覚えていないけれども。

なんやかんや、死体は食べて処理してしまうのが一番ばれないと日永は言っていた。ああ、別にもう、ばれるとかばれないとかは、どうでもいいのか。まあでも、コンビニのおにぎりも怖くて口にできない今、いざという時に食べられる新鮮な肉があれば心強いのかもしれない。

問題は、人間を上手に捌《さば》いてかつ美味しく調理する方法を知らないことだ。そこでまた、少女は日永の言葉を思い出す。どこかの殺人鬼が本を参考にして人間を料理していた。すべての動物のおすすめの調理法が書かれているというその本は、日本語訳されているものの絶版であり、中古でないと手に入らない。出品者を奇跡的に見つけた瞬間に、ネット通販禁止令を出されてしまった。なにがなんでも読みたいのに――あとは、国会図書館にでも行くしかない。そう、日永は溜め息をついていた。

国会図書館。よく知らないが、これまでに刊行された本のすべてがそこには置いてあるらしい。いいんじゃないか、と思った。目的の本も手に入るし。この国のすべての本が収められている棚を想像する。うん、これは素敵だ。国会図書館に足を運んだと報告したら、日永はきっと、ちっとも羨ましくないようなことを言いながら、その瞳から悔しさの光を消すことができなくなるだろう。そういえば日永のナイフを女の家に忘れてきてしまった……まあ、刃物なんてどこかで手に入るだろう。

うん。いい感じではないか。

新宿は意外とつまらなかった。ならば、思いきって別の場所に移ってみよう。この広い東京ならば、きっとどこかに、楽しいところがあるはずだ。

少女は女の腕を摑んで、地図を片手に新宿通り《しんじゅくどお》りをまっすぐに行く。リュックが大きく上下に揺れる。止まった信号、広告を載せた動き出す気配のないトラック。丸焦げのビル。陽光を反射する看板。地下鉄の入口からは、なにやらすえた臭いが漂ってくる。歩道の脇に自転車が増えてくる。建物の高さが変わってくる。ただただ古めかしい、味気ない外壁のビル。そこには少女の地元でも見かけたようなレベルの、黒いスプレーで雑になされた落書きがあった。落書きの下で黒い塊が跳ねている。突っ込んできた乗用車によりひしゃげたガードレール。

国会図書館もまた、真っ暗闇でろくに見られた様子ではないのではないか。少女はまだ、そのことに気づいていない。

晴れた空の下を軽快に歩いていく。複雑に分かれた大通りが見えてくる。無数の、車だったものが連なっている。焚火《たきび》で炙《あぶ》った蛇のように連なっている骨組み。たまに、ひしゃげて窓を失っただけで車の体裁を保っている黒焦げもある。周囲の建物も似たような色をして、時に原形をとどめ、時に上階を失って佇んでいる。道路はすっかり乾いている。無数にひび割れの走った、焦げたような汚らしい色のアスファルトが露わになっている。黒い塊が、車だったものの下で、中で、建物の横で、中で、びちびちびたびたと跳ねている。少女は、そろそろ髪の毛が乾いたかな、と野球帽をかぶる。

　歩道が広くなる。不法駐輪の群れが端に連なっていてもなお広い歩道の上には、溝色《どぶいろ》に染まった衣服と、点々と散らばる元気な黒い塊。道端に落ちたスーツケース、ちんまりとした靴、ランドセル。歩道の途中に転がった郵便バイク。

　スニーカーが地面を蹴る軽い音と、弱々しく響くヒールの音、黒い塊が跳ね回る音だけが常に絶えない世界で、少女は少しも疑っていない。

　この道の先で、なにかが自分を楽しませてくれるということを。

　道の向こうにクレーンが見えた。すでに相当な高さを誇るビルの上で、静止している二台のクレーン。もはや動くことのないそれらを指差して、少女は、無邪気な声を上げた。

5　愛　your existence

もしそれが起こっていなかったら、死体遺棄容疑でのモリヒトの取り調べは最後まで終わっていたし、次いでその死体——札幌市内在住の女性に対する殺人容疑で彼は再逮捕されていただろう。同時に家宅捜索の結果が出て、石狩《いしかり》地域内で十年にわたり発生していた他の七人の女性の失踪に関わっていたことも立証されたに違いない。あるいは、十三年前の父親の自殺が実は彼の仕業であったことも明らかとなっただろうか。いずれにせよ稀代《きだい》のシリアルキラーとして大々的に報道されることは間違いなく、裁判にかけられれば極刑を免れなかったことだろう。

しかし、取調室で正面の席から腰を浮かせながらあれこれと捲《まく》し立てていた刑事が突如として黒いぐずぐずと化し、腰縄でパイプ椅子に繋《つな》がれたまま、開け放たれた扉——強引な取り調べの防止のために開けられていたのだが、彼はそのことを気に留めていない——から通路に出てみると黒い塊《かたまり》と警官の制服やスーツが同じくあたりに散らばっている、そんな状況下で縄を切れるものを探し出し、警察署から身一つで駆け出していった彼にとって、それらはどうでもいいことだった。取り調べ中は黒くくすんだ手錠を外されていたのが幸いしたが、それすらも些末《さまつ》に過ぎない。手を塞がれた状態であっても、彼は、ただ一つのどうでもよくないもののために這《は》っていたことだろう。

警察署の位置関係は把握している。彼の自宅からは徒歩で二十分から二十五分といったところだ。ろくにあたりを見回すことなく、モリヒトは走る。道端に転がる黒い塊、次々と衝突、炎上していく車のことなど気にしている場合ではない。道路に捨て置かれた衣服や靴に足をとられそうになり、舌打ちしながら札幌駅まで駆け、さらに駅の北側の区画を目指していく。

札幌駅北口から数ブロックのところにある、モリヒトの家。周囲を学生や会社員向けのマンションに囲まれる中で肩身が狭そうに佇《たたず》む古びた二階建ての家に向けて、全力で駆け、ものの数分で辿《たど》り着いた。それでも、彼にとっては永遠とも思えるような時間だった。家の前にはパトカーが停《と》まっており、玄関口には黒い塊と警官服、帽子が落ちている。服の傍らの無線機を蹴飛ばして、開きっ放しの古めいた戸から家の中に転がり込む。

「シラユキ、シラユキ！」

モリヒトは叫んだ。息が上がった状態で無理矢理に声を出したため、叫んだ後で激しく咽《む》せることとなる。それでもなお呼び掛けながら、奥の間を目指す。マンションのせいで日当たりがいいとは言い難いリビングの隅に、モリヒトが目指す彼女は蹲《うずくま》っていた。

本来であれば彼が玄関に立った瞬間、音を聞きつけて迎えに出てくるはずのシラユキ。しかし彼女は、彼を見上げて弱々しい声を上げるばかりであり、立ち上がる姿にも苦しみが滲《にじ》んでいた。

モリヒトは「無理しなくていいから」と口にしながら素早く駆け寄り、その体を抱き締める。未《いま》だ呼吸は荒かったが、自らを気にかけている場合ではなかった。シラユキの近くで跳ねている黒い塊と、警察のものとは異なる衣服はそもそも眼中にない。

腕の中の彼女は大人しかった。力ないその様子に、涙すら込み上げそうになる。こんなにも苦しげな彼女を、よくも警察と――同時に現れた叔父の岩雄《いわお》はそのままにしておけたものだと歯ぎしりする。泣きそうな気持ちと怒りとでせめぎ合う彼の頰を、シラユキがぺろりと舐《な》めた。明らかに弱った様子なのに、モリヒトを見つめるその目は不思議がるような感情すら宿している。「なにが原因でそんなに悲しそうなの？」と。

いつも彼のことをまっすぐに見つめるアーモンド形の目。ガラス玉などとは比較にならないほど美しい、おおよそ邪気といったものの感じられない深い黒の瞳。ピンク色の舌を出した口元は、常に微笑《ほほえ》みを浮かべているような優しげなカーブを描いている。

「シラユキ、ああ、シラユキ……」

モリヒトは左手でシラユキの背をさすりながら、右手で耳のあたりを撫《な》でた。柔らかな白い毛の感触を手のひらに感じる。繊細で穢《けが》れのない毛。大きくて温かな体。決して彼を裏切ることのない、無《む》垢《く》な瞳をした犬。

逮捕だとか、死刑だとか、どうでもいい。

ただシラユキといられなくなることだけが彼にとって些末で済まされないことであり、この世の終わりに等しい事柄だった。

†

もし人間たちが鳥のような形をした黒いぐずぐずと化すことなく世界が正常に回っていって、モリヒトが素直に犯行を認めたとしたら、札幌の人々は——いや、日本全国の人々は、彼のしたことに震《しん》撼《かん》し、激しい怒りを抱いたことだろう。

彼は二十歳過ぎの頃から女性を殺害していた。およそ一年に一度のペース、何度かは二年程度の間が空いたこともある。犯行の時期は春から秋までのいずれか。冬だと雪のせいで死体を埋める穴が掘れなかったので、春に向けて次の殺人の手順を練ることで衝動をまぎらわせるのが常だった。それでも八人目の女性については七人目を殺してまだ一ヶ月程度のところでどうしても堪《こら》えられなくなり、十一月半ば過ぎに薄く積もった雪がいったん解けるタイミングを見計らって犯行に及んだのだが。

ターゲットは夜の街で物色した。若者に定番の待ち合わせ場所や、ほどほどの人入りのバー、ゲームセンター。様々な場所で、一人あぶれているような女性を探し当てた。もちろん、そういった人物のすべてを殺そうとしたわけではない。慎重に近づき、周囲の状況も確認し、確実にさらうことのできる対象を吟味した結果の八人だった。

もしも事件が報道されていたら、ネット上などでは「雰囲気イケメン」と彼は称されたかもしれない。真面目そうな好青年に映ることは確かだが、月並みな印象は拭えない。そんな男に八人もの女がやすやすとついていったのか、こんな平凡そうな男が長らく逮捕されずに犯行を重ねていたのか、疑う声に対して、テレビは彼の巧みな話術と「変装」のテクニックを嬉々《きき》として紹介しただろう。変装などというほどではない、帽子をかぶったり眼鏡をかけたり、髪の分け目を変えてみたりと、普通のファッションアレンジの範疇《はんちゅう》でしかないそれらの行為で、彼の見た目はがらりと変わった。被害者と一緒に移動するさなかに眼鏡をかけて髪を無造作に掻《か》き分けジャケットを羽織るだけで、別人と入れ替わったかのように工作をすることが可能だった。

そうして、防犯カメラを避けて停められていた彼の車に乗せられ、人里離れた林や山のふもとまで連れてこられた女性は、惨《むご》たらしい方法で殺された。まずナイフなどで脅されて服を脱がされ、結束バンドで後ろ手に縛られる。暗闇の地面に裸の身を転がされた女性は、レイプされることを恐れて悲鳴を上げるが、あたりには誰もいない。彼が目の前で工具をちらつかせるのを見て、レイプよりもなお、おぞましい拷問が待ち受けていることに気づき、渾身《こんしん》の絶叫を響かせるも誰にも届かない。幾度もいたずらに首を絞められ、ある女性は目の下やこめかみ、胸や腹などをわざと薄く切られ、またある女性は千枚通しで腹部に屈辱的な文言を彫られた。ボルトクリッパーで手足すべての指を潰された女性もいたし、ある女性は生きながらに耳や鼻を切り取られたりした。仮に発見されたとして、ばらばらにされて土に分解され司法解剖すら困難な死体がほとんどであったが、後の被害者になるにつれ暴行はより凄惨なものとなっていた。散々に痛めつけた最後に、彼は「犯してから殺す方と、殺してから犯す方、どちらがいい？」と女性に問う。女性らはほとんどの場合、「性行為をすれば、解放してくれるのか」と弱々しい声を上げた。彼が無言で首を振ると、おおよそ「一思いに殺してください」と懇願し出す。彼は笑ってうなずいた後に女性を犯し、肛門性交などあらゆる行為を試さないで、首を絞めて絶命させた。

モリヒトの周囲に住み、軽く挨拶をしたことのある人々は、「あの人がまさか、そんなことをするなんて」と口々につぶやくに違いない。それらの声も、あるいは報道には載せられただろう。海外のサイコキラーを思わせる異常殺人者は、近所でも評判の愛犬家だった、と。

†

モリヒトは、透明な袋に入れられてリビングの床に転がっていたスマートフォンを手に取る。その近くには捜査員のものと思われる制服や手袋が散らばっていたが、黒い塊ともども軽く蹴飛ばし放っておいた。片手でシラユキの頭を撫でてから、かかりつけの動物病院に電話をかける。本当であれば朝一で診てもらうつもりだったのだが、すっかり予定が狂ってしまった。せめて、今から行くと電話して、受け入れ態勢を整えてもらうことにしよう。三コール、五コール、十コールと待つ。ゆうに二十コールを超えても、相手が出る気配はない。

どうなっていやがる、と思いながらも、彼は控えていた他の動物病院の番号にかけ直した。しかし、どこにかけても呼び出し音がいつまでも響くばかりで、人間が出てくることはない。スマートフォンを放り出す衝動に駆られるも、シラユキが心配そうに首を傾《かし》げているのでとどまった。

「シラユキ、大丈夫だよ。大丈夫だから」

努めて優しく語りかける。シラユキはモリヒトに応えようとしたのか、わずかに上向いて吠《ほ》える仕草をしたが、その口からは弱々しい吐息のようなものしか出てこなかった。彼は自らのこめかみのあたりを掻き毟《むし》る。朝一で診てもらおうなどとは考えず、夜間病院を探し出して駆け込むべきだった。後悔ばかりが頭をよぎる。

昨夜の狩りの終わり際、室内に設置しているペット用カメラの映像を確認していたら、シラユキが嘔吐《おうと》をしていた。普段であれば女の死体を解体し、部位ごとに別の山林に埋めに行くところだったが、そんな暇はなかった。死体や女の持ち物、解体道具を急いでトランクに積み込み、モリヒトは車を飛ばす。

家に帰ると、シラユキはいつものように彼を出迎えてみせた。その顔色は、実にケロリとしたものだった。触わって確かめてみたが、胃の膨張などの心配な症状は見受けられない。それでも二十四時間対応のペット相談ダイヤルにかけてみると、電話口だと明確な診断を下すことはできないが、年齢も年齢だし様子を見て病院に行った方がいい、との回答を得る。彼の考えとおおよそ合致する提案だった。朝まで様子を見ながら、現在のかかりつけの動物病院で診てもらうことにする。少しばかり汚れてしまった白い毛を柔らかい布で拭いて、検査のために嘔吐物を採取してから掃除をする。それから死体を車から運び出し、とりあえずバスタブに入れておいた。その隣で軽くシャワーを浴びて着替えた後、いつものようにリビングのソファに座ってシラユキを見守る。シラユキは普段と変わらず寝床で身を横にして眠り始めたので、病院に行ってもきっと「病気ではないです。大丈夫ですよ」と言われるのであろう、そんな予感を抱いて彼は安堵《あんど》しきっていた。

しかし、まどろんでいた彼が目を開けると、異変が起きていた。いつもであればソファで眠っている彼の腕を肉球でとんとんと叩《たた》いてくる早朝の時間、シラユキは横たわったままだ。目を開けても怠《だる》そうで、検査のため朝ご飯は抜かねばならなかったのだが、たとえ目の前に差し出されたとしても食べる様子ではなかった。しまいにはなにも口にしていない状態で嘔吐してしまう。

悠長なことを言っている場合ではない。今すぐ病院に行かなければ――

そう思った瞬間に、チャイムが鳴った。こんな時に誰だ、と苛々《いらいら》しながら玄関に向かうと、戸口には、なにかとモリヒトの世話を焼きたがる母方の叔父の岩雄と、スーツの男二人が立っていた。

「――くそがっ」

あらかた思い返したところで、彼は黒い塊を踏みつけながら吐き捨てる。ぬめって足が滑りそうになり、腹いせに蹴り飛ばしてやろうかと思った。

足元で「きゅぅん」と細い声がして我に返る。モリヒトは深呼吸してから、シラユキを見下ろす。

今はあれこれと考えている場合ではない。とにかく、病院へ直行しよう。

彼は車の鍵を探す。しかし、いつもの場所には置かれていない。部屋の中はぐちゃぐちゃにされており、黒い塊と警官の服がひたすらに邪魔だった。くそ、鍵はどこだ。あいつら、どこへやった――ふと思いついて、彼は家の敷地内の駐車場へと向かう。エンジンはかかっていなかったが、案の定、車のドアが開いて鍵が差さっていた。車の中や周りに制服や警帽や手袋、黒い靴に黒い塊が落ちていたので、すみやかに脇にやる。

後部座席にペット用のドライブシートを張る。大きなシラユキの体を抱き上げて家から連れ出し、黒いドライブシートの上に乗せ、優しく犬用シートベルトを締める。安全を確認して、慎重に発車していく。シラユキに余計な振動を与えないように、しかしできるだけ速やかに目的地に向かうことを目指した。車は狩りの際に役立つよう、父親が使っていたものを処分してエンジン音の小さなものを選んだのだが、シラユキに負担をかけないという意味でも最適だったかもしれない。ああそういえば、トランクには殺した女の服などが入ったままだ。シラユキを乗せている車にゴミの持ち物が積まれていることは耐え難い――しかし、今はそれどころではない。

そんなことを考えながら、幅に余裕はあるが車通りの少ない道を順調に走っていたのだが、大きい通りに出ようとした瞬間、彼はブレーキを踏まざるを得なくなった。

走って警察署から戻る際には気づきもしなかったが、札幌駅前の大きな通りは惨憺《さんたん》たる有様だった。車が車に折り重なり、時にはぶち当たってへしゃげたり、火の手を上げていたり、大渋滞、大混乱といった様相だ。

これを突破して動物病院に行けるのか――いや、動物病院に向かう道路は機能しているのか？　一瞬にして「無理だ」という答えが弾《はじ》き出される。

いったい、どうなっていやがる。くその役にも立たない人間どもが、いったい、なにをしでかしているのか。ハンドルを叩きつける。クラクションが鳴る。後部座席でシラユキがびくりと体を震わせた気配を感じ、慌てて後ろを振り返った。「ごめんごめん、大丈夫だよ」と、どうにか口角を上げてみせる。

しかしこれでは本当に通れそうもない。器用に避けようとしたとして、必ずどれかの車と接触するだろう。火の手を上げているような場所に乗用車で突っ込んでいくこと自体、どう考えても危険である。逡巡《しゅんじゅん》した後、彼は来た道を引き返した。いったん、家に戻ることにする。

車を停めてから、すぐさま、畳んでいたシラユキ専用の赤いカートを物置から取り出した。シラユキ専用といっても、正式な用途はペットの移送でなくアウトドアでの荷物運びで、スーパーの買い物カートを大きくしたようなものである。だが頑丈で、大型犬を乗せられるほどの容量があり、なによりシラユキの顔を眺めながら歩ける。病院での検診の際などは車で移動していたし、シラユキは老犬と言える段階にあっても元気いっぱいに自分の足で歩いていたため使う機会は少なかったが、モリヒトはそれなりにいいものを買ったと思っていた。

ただし、今から行うのは楽しい遠足ではない。調子の悪いシラユキを乗せ、事故を起こしている車等に気をつけながら、がたがたするコンクリートの道を進まねばならないのだ。車で無理なら、徒歩でシラユキを連れて行くしかない。

かかりつけの病院まで行くのはさすがに無理だった。モリヒトは控えていた別の病院の住所を思い浮かべ、念のためスマートフォンで場所を確認する。ここからは、かなり近い区画にある。小さな病院だったのでかかりつけ医院としては選ばなかったが、犬猫の診療に特化しており設備は充実していそうだった。最初からこちらへ行っていればよかったかもしれない、という後悔はほどほどに、モリヒトはシラユキをカートに乗せ、歩くよりは速いスピードで出発する。

シラユキの様子をなにより気にしながら、モリヒトは周囲にも気を配って進んだ。路上に散らばって陽《ひ》の光に焼かれている黒い塊と服、靴、鞄《かばん》など。そういえば今日は気温が高い。適当に着込んだコートが重たく感じられる。シラユキはカートに乗せられて幾分はしゃいだ様子を見せているものの、暑さに強い犬ではないので心配になった。できるだけ建物の影を選んで進む。細い道路には車が停まっている。エンジンはかかっていないようなので安全だろう。マンション街の昼間はいつも静かなものだったが、とりわけ今日は人の声がしないような気がする。カートがアスファルトを擦《こす》る音がやけに大きく響く。シラユキが尖《とが》った耳をぴくぴくと動かす。遠くで事故でも起きているのか、あるいは黒い塊の跳ねる音が気になるのか。そもそもこの黒い塊はなんなのだろう、とモリヒトは思わないわけではない。しかし、今はそれどころではないのだ。こんな不気味なぐずぐずに構っている暇などない。

さして考える間もなくすんなりと着いた小さな動物病院内は、犬や猫の鳴き声と、合間に聞こえるびちびちという音で満たされていた。受付のカウンターには白い服がぶら下がり、待合室のベンチには数個の黒い塊と地味な色合いの衣服が取り残され、その下には無造作にスリッパが散らばっている。シラユキを抱きかかえながら診察室のドアを開けると、台の上に載せられた小型犬がキャンキャンと吠えていた。その足元には、白い制服とスリッパと黒い塊。小型犬の甲高い声に挨拶でもするかのように、シラユキが「わほん」と高く吠える。モリヒトは赤子をあやすようにシラユキの胸から腹をさする。いったん彼女を床に下ろし、室内を見渡す。

どう見ても、人間の姿はない。人間の残骸のように衣服と黒い物体が落ちている。隣の手術室に入ってみるも、同じ状態である。レントゲン室の扉を開けたモリヒトの横を、太った猫が通り過ぎていった。

診察室に戻る。床にしゃがみ込んで、行儀よくお座りしていたシラユキを抱き締める。彼女の体調は、また少し回復したようだった。しかし、またぶり返すかもしれない。きちんと検査しなければならない。それなのに。

薄々はわかっていた。動物病院に行っても誰もいないのではないか、と。見ないふりをしていた。しなければならなかった。見ないふりをしていれば縋《すが》ることのできる希望を、潰すわけにはいかなかった。しかし、もはや現実は突きつけられてしまっている。

白い毛に顔をうずめながら、モリヒトはここに至るまで何回も頭をもたげていた言葉をつぶやく。

「どうなっていやがる」

声には苛立ちと、焦りが混じっていた。シラユキの熱い息が耳元を掠《かす》めた。

†

もしモリヒトの犯罪が公になっていれば、かかりつけの動物病院の主治医が取材に対して口を開いたかもしれない。シラユキが老齢に差しかかった時期から利用するようになった、診療だけでなく歳《とし》をとった動物のケアなども積極的に行っている医院のベテラン獣医師である。

モリヒトは病院が混雑しない曜日や時間帯を狙いすまして検診に訪れていたし、老犬の飼い主向けのケアサポートセミナーなどにも積極的に参加していた。また、非常に躾《しつけ》が行き届いており、真っ白な毛並みの手入れも時間をかけて行われていることが見てとれる。飼い主の個人情報を詮索するのはタブーであったが、軽い調子で主治医は「お仕事はなにをされているのですか？」と訊《たず》ね、モリヒトはさして不愉快そうにもせず「デイトレーダーです」と返した。その時は機嫌が良かったのか、彼は続けて「甘えん坊で、留守がちの家庭で育てると多大なストレスを与えてしまう犬種なので、在宅で稼げる仕事を探したんです」とまで話していた。

それらはまぎれもない事実なのだが、その証言に対して反論をする人物が現れるかもしれない。たとえば、モリヒトが小学校高学年の時、放課後の静まり返った教室で水槽の金魚を取り出し、床に置いて踏み潰すところを目撃してしまった同級生。成績優秀で教師の受けもいいモリヒトがそんなことをしたと言っても信じてはもらえないだろう、と幼心に感じとり、長らく床にこびりついた鱗《うろこ》の記憶を封印していた同級生が、マスコミに名乗りを上げるのだ。あるいはその人物は、高校生の時にモリヒトが野良猫を蹴り飛ばしているところを見てしまい、彼に気づかれて「足が当たっただけだから」と笑顔で言い訳された、同じ学校の女子であるかもしれない。あるいは、モリヒトが中学の時に付き合っていて、強引に性的な関係を迫られた上に行為中に首を絞められそうになった女生徒であるとも考えられるだろう。「あの男が犬のために自分の人生を捧《ささ》げるなど、あり得ない」という声が上がる。その声を、全国の人々は信じるかもしれない。飼い犬に対して、隠れて虐待をしていたのではないか。もしかして、ひどい方法で殺すつもりで飼っていたのではないか。

人々がそんなことを言い出したら、モリヒトの叔父である岩雄は必死で声を上げただろう。彼はシラユキのことを本当に大事にしていたのだ、と。

なにを隠そう、シラユキのことを「甘えん坊で、留守がちの家庭で育てると多大なストレスを与えてしまう犬種」とモリヒトに教えたのは岩雄なのだ。飼育方法や飼い主としての心得など、懇切丁寧に教えていったのもこの叔父であった。

モリヒトの父親が自殺（もちろん当時、他殺であると疑う者はいなかった）する数日前に「迷子になっていて、とろくさいから連れてきた」と酔っ払いながら拾ってきた子犬を、モリヒトは一人で育ててると言ってきかなかった。父親の形見とともに、静かに暮らしていきたい、と。父親の形見云々《うんぬん》はモリヒトの口から出まかせだったのだが、岩雄の心は動かされていた。ただ、来月には大学に進学する身である未成年が、一人暮らしをしながらこの犬種を飼うのは無理だと諭さざるを得なかった。岩雄は動物に詳しく、子犬の性別や犬種もすぐに言い当てた。その犬は寒冷地での生活に適しており一応は中型犬の分類であるが、大型犬並みの体格になるケースも多く、金銭的コストは馬鹿にできるものではない。とても、一人で片手間に飼えるような存在ではない。岩雄の妻と折り合いが悪いため一緒に暮らすのは嫌なのだろうが、子犬のことを考えるならば、ここを引き払って自分のところに引っ越すか、あるいは元々の飼い主か新しい引き取り手を探すべきだ。

するとモリヒトはすぐさま、大学に進むことなく進学費用を元手に在宅で稼ぐ具体的なプランを練り上げてきた。これには岩雄も面食らう。この家で犬とともに生きていく、犬のために人生を捧げる、そんな覚悟がすでに刻まれているようだった。そこまでされては、なにも言えない。家の合鍵を渡すことを条件に、一人と一匹の生活を認めてやることにした。

シラユキと名付けた子犬のことを、モリヒトは立派に育てた。最初のうちはあちこちでトイレをしてしまい、そこら中の物を噛《か》むやんちゃぶりに手を焼いていたものだが、根気強く躾《しつ》けていった。決して暴力を振るったりすることなく、丁寧に、褒めることを大切にしながら言い聞かせる。人間の食べ物が気になる様子をたびたび見せるが、毅然《きぜん》として犬用の餌のみ与える。獣医師の指導を参考に、手作りのフードをこしらえたりもする。長い被毛の手入れは毎日必ず行う。数種類のブラシの使い分けを、彼はすぐに覚えた。散歩は一日二回もしくは三回たっぷりと時間をかけて、夏場は気温の低い時間帯を選んで行う。初めのうちは、通行人に興味を示して飛びつきそうになることが幾度もあった。訓練の結果、見知らぬ人間に対して身を乗り出すことはなくなり、ニコニコと見つめるだけのお利口さんとなる。時には市外の大自然の中にも連れ出し、思う存分走らせてやる。

そんな風にして、雌ながら雄並みのサイズにまで成長したシラユキは、岩雄が様子を見に行くたびに人懐っこい顔で寄ってきたものだった。「おヒメ様、ずいぶん大きくなったなあ」と岩雄が笑うと、モリヒトはシラユキの大きな体を抱き上げてみせ、目を細める。小さな頃から見てきたが、ここまで無防備に感情をさらす彼の姿を岩雄は知らなかった。出来がよく礼儀正しいが、どこか乾いた子供。妻がしばしば口にしており、岩雄自身も薄々抱いていたその印象が上書きされ、目頭が熱くなった。

確かにモリヒトは許されないことをした。しかし、シラユキのことを大切にしていたのは事実である。それにより罪が軽くなることは決してないが、報道各社は事実を曲げることだけは控えてほしい。

そう表明してみせたであろう岩雄だが、モリヒトの少年時代からの動物虐待や恋人に対する異常な行為に話が及んではなにも言えなくなるだろう。それらの事実は知らなかった。ただ、もしやモリヒトの母親の死と関係しているのではないか、くらいには思ったかもしれない。そのことを口外することは生涯なかっただろうが。また、母親などの要因をもってしても、シラユキを可愛《かわい》がる傍らで殺人を繰り返していたモリヒトのことを、岩雄には理解することができない。

そんな叔父が、家の中に保管されていた女性の身分証と衣服――その時点では行方不明とされていた女性の手がかりをモリヒトが持っていることに気づき、警察に相談したことがきっかけで、逮捕までの道筋ができた。

そのことを、モリヒトは知らない。ただ漠然と、叔父に「裏切られた」とだけ感じている。

†

動物病院に行っても、どうすることもできなかった。棚やデスクにある医学書を開いてみても、内容を自分の頭で処理することができない。チャートや先物指標は読み解けても、シラユキが今どういう状態であり、どういった医学的処置が必要なのかは少しもわからない。小型犬や猫の鳴き声、びたびたと湿り気を帯びた跳ね音がひたすらに神経を逆撫でた。

シラユキがズボンの裾に鼻を押し当て、ご飯をねだる仕草をする。ここにいても意味がないと悟り、一応は医学書を数冊拝借してから、モリヒトは再びカートを押して自宅に帰ることにした。

リビングにシラユキを下ろして、手を洗ってから、まずは少量の水を与えることにする。しばらく様子を見て、落ち着いていると判断できたのでフードを皿に盛る。朝からなにも食べておらずかわいそうではあったが、少なめにしておいた。胃捻転《いねんてん》対策にフードを湿らせておくことも忘れない。シラユキは不満げにしながらも皿の中のものを平らげたので、自分もひとまず軽く胃にものを入れておくことにする。それからリビングに散らばった黒い塊と服類を隣の仏間に放り込んでおく。シラユキが齧《かじ》ったりしたら事である。外に放り出してやりたいところだったが、そこまで動く気力は湧かなかった。

楽観視していい状況ではない、とは覚悟していたものの、いざシラユキが下痢の症状を見せた時にはモリヒトは狼狽《ろうばい》した。

一時期は取り戻していた元気がなりを潜め、シラユキはカーペットの上で潰れたような姿勢をとる。嘔吐に下痢、倦怠《けんたい》感。ポケットに突っ込んでいたスマートフォンで検索する。「犬　嘔吐　対処」「犬　嘔吐　下痢　応急処置」——しかし、どのサイトも「病院に行け」という結論に収まっている。病院に行っても意味がない。診断してくれる医者はもういない。

シラユキのことでただでさえ頭がいっぱいなのに、それ以外の事柄が次々と彼を襲う。夕方過ぎ、電気が突然消えた。ブレーカーが落ちたのでもなんでもない、ただ何度スイッチを入れ直しても電気が点《つ》かない。スマートフォンの明かりで仏間の奥にしまっていた懐中電灯を探し当てる。その途中で床に転がった邪魔な衣服に足をとられて転んだ。鼻を無線機らしき硬いものに強《したた》かにぶつけた上、手元に不快な湿り気を覚える。転んだ手の先で黒い塊が跳ねていた。モリヒトは塊を摑《つか》み、ぬるぬるとするその身を仏壇の方角に叩きつける。びたん、と音がしてから、しばらくは室内の跳ね音が一つ減る。しかしまた同じ音量となって、彼の耳を無神経に侵した。

懐中電灯の光ではシラユキの様子を見るには心もとない。スマートフォンのライトも駆使したが、検索で長時間使用していたこともありすぐに電池がなくなってしまう。モバイルバッテリーで充電するも、素人にもできる犬への応急処置法を検索し続けている間にまた電池切れ。外で調達しようかと考え始めた夜半過ぎ、古い家の屋根を大きな雨粒が叩いた。シラユキを放って外に出ることはできない。しかし、この雨の闇夜に彼女を連れ出すこともできない。動くことはかなわず、シラユキが寝息を立てるのを見守るほかなかった。

少しも眠れず懐中電灯の光の中で迎えた翌朝、雨脚は弱くなっていたが、シラユキのぐったりとした様子は続いていた。食欲はなく、また下痢をする。せめて水だけは飲ませようとして台所に向かうと、今度は水道がおかしくなっていた。蛇口を捻《ひね》ってもぽつぽつと水滴が垂れるだけで、やがて途切れる。水滴の音が止《や》むさなか、冷蔵庫やその他家電の音がすっかり消えていることに改めて気づかされる。その代わりとでも言いたげに、屋根を伝う雨粒と、家の中を跳ね回る音が耳朶《じだ》に届く。

「くそがっ！」

まな板置き場を叩きつけた。頭を激しく掻き毟る。するとリビングからシラユキがのっそりと顔を出した。こちらに向かって軽く鳴き声を上げてから、首を傾げるような動作をわずかにしてみせる。元気を取り戻しているわけではない。しかし、彼のことが心配で見にきてくれたのだろう。

モリヒトは両手で頰を叩いた。そしてシラユキのそばに寄ってしゃがみ込む。黒い瞳と見つめ合う。冷静にならねばならない。自分がすべきことは、彼女を守ること。

まずは水だ。小雨の中を走って近くのスーパーへ向かい、軟水のミネラルウォーターを数本奪取する。シラユキに水分補給だけはさせ、無理に食べ物を与えようとはしない。それから状況把握。犬の不調への対処法をなんとしてでも調べる必要があるし、外の世界でなにが起こっているのか正確に理解する必要がある。この札幌一帯はまともに機能していないようだが、どうにか外に出ていけば役に立つ人間が見つかるかもしれない。そのためには、スマートフォンが必須だ。電気が点かない今、電器店で売っている充電済みのモバイルバッテリーを探そう。

車にシラユキを乗せて、駅前の電器店に向かう。事故だらけの道路手前、店の入口近くに車を停め、トランクを開ける。出発前に、殺した女の荷物は放り出して、シラユキのカートを積み込んでいた。カートにシラユキを乗せて、表のガラス戸を押す。店舗内部へと繋がる二つ目の扉は自動ドアだったが、停電時にはこじ開けることができるのをモリヒトは知っていた。カートが通れる隙間を開けて、内部に足を踏み入れる。電気が消えて店内が暗くなっていることを想定し、懐中電灯は持ってきてあった。カートを押しながら通路を照らし、散らばる黒い塊や滑りやすい布類に注意しながら一階のバッテリーコーナーに辿り着く。目当てのモバイルバッテリーをあるだけ鞄に詰め込んでいく。

店の外に出ると、雨が止んで商業ビルの向こうに虹がかかっていた。車に戻るのももどかしく、シラユキのカートを横に置いて、バッテリーをスマートフォンに差し込む。少しだけ待ってから、検索を開始しようとする。が、検索ワードを打ち込んでもページ移動ができない。エラーの表示が出てくる。どういうことだ？　何度も試行するが、エラー、エラー、エラー。対処法を調べることすらできない。いくつかのアプリを開いてみようとしても同じ結果となる。ネット回線で繋がっているものが、ネット自体が、まったく使えない。

サーバーが落ちている？　大手検索サイトやアプリのサーバーが？　管理する会社がまともな状況にない――すなわち、札幌の外もこの状態だということなのか？

くらっとして、気が遠くなった。地面に膝をつきそうになる。それをぎりぎりで押しとどめたのは、シラユキの「キャン」という小さな鳴き声だった。

屈《かが》んでシラユキの顎の下に手を当てる。白い毛を撫でる。顎の下、耳の付け根、背中、撫でて、撫でて、止めるタイミングを失う。彼女が鬱陶しそうに身をよじるまで、彼はずっと撫で続けていた。

撫でていることしかできなかった。

倒れることはできない。しかし、彼を繋ぎ止める声は、いつもよりもずっと弱いものとなっている。いつもであればどれだけ撫でても足りなそうな顔をするのに、今の彼女は億劫《おっくう》そうにカートに身を横たえている。

彼女を診ることのできる人間がいない。おそらく、この世界のどこにも。どういうわけかは知らない、人間どもはまとめて鳥の死骸のような形のぬるぬるの物体と化してしまった。目の前の道路をぼうっと眺める。大雨により鎮火はされたようだが、車が折り重なり、めちゃくちゃになった道路。濡《ぬ》れた車道に放り出された黒い塊。水溜《みずた》まりの中で、びちゃびちゃと跳ね続けている。

黒い塊に向け、彼はスマートフォンを投げつけた。それでも足らず、そこら中のぐずぐずを踏みつけて蹴り飛ばしてやりたかった。しかし、シラユキがそばにいる。

「くそがっ……」

地面に向けて、彼は吐き捨てた。

いつもそうだ。肝心な時に、人間どもは、くその役にも立たない。

岩雄も。しつこいくらいに世話焼きを繰り返してきたくせに、シラユキを病院に連れて行かねばならない局面で邪魔をした。

人間は、くその役にも立たないゴミどもばかりだ。たまに役立つことがあったかと思えば、すぐに裏切ってみせる。

肩を落として、モリヒトはシラユキとともに車へと戻った。世界のどこもこの状態だというのなら、もはや行くべきところはない。自宅に戻るほかないだろう。

玄関口で、元気のないシラユキが彼を上目に見て吠えた。なにか、いつもとは違うことが起きているのを訴える仕草だった。彼は先に入って家の中を確認することにする。古い玄関から板間を歩く途中、彼は「ああ」とつぶやき、風呂場に向かった。そういえばバスタブに死体を放りっぱなしだった。彼の鼻には明確な腐敗臭は感じられなかったが、外出するうち、犬にとっては耐え難い域に達していたのだろう。前にも、彼が気づいていなかった血の汚れをつつかれたことがある。

モリヒトは謝りながらシラユキにリビングに入ってもらい、死体を処理することにする。手袋をはめ、裸の遺体をビニールシートで覆う。重たいそれを引きずって車のトランクに乗せる。軽く走らせ、徒歩でも一分で着くような距離にある橋のところで停まった。

もはや死体の発見を恐れる必要はない。彼は下の川に向け、雑にビニールシートを放る。落ちていく瞬間、青色のシートから女の頭が少しだけ覗《のぞ》いた。前髪を毟り取られ、片目を潰された女。川の浅い部分から露出した岩肌に頭部が当たる。女はゆるゆると流されていく。

女の死体が黒いぐずぐずになっていないことを、彼は気に留めていない。気づいていたとして、処理が楽か面倒かの違いでしかなかった。

それよりも彼は、女の死体を見ることにより掘り起こされた記憶に憤慨していた。昨日、警官二人を伴って家を訪れた岩雄は、玄関口で対応するモリヒトの横をすりぬけて勝手に家に入っていった。そうして、この女の死体を発見したのだ。そのせいで、任意同行をするつもりでいた警察に自分は現行犯逮捕されてしまったのだ。この女と、岩雄のせいだ。

さらう前、女は一人ぼっちの自分にこそ価値があるというようなことを言っていた。馬鹿馬鹿しい、お前の存在に価値などあるものか。岩雄も。少しはましな人間だと思っていたのに、シラユキと自分を引き離す手助けなどしやがった。「今は、犬のことを話している場合じゃないだろう……お前は、とんでもないことをしたんだぞ」だと？　あのゴミどものせいで、シラユキはこんなことになってしまったのだ。

人間なんてどいつも同じ。くその役にも立たないゴミのような存在であるくせに、人を裏切ってみせる――

『小賢《こざか》しい知恵は回るようだが、肝心なところでくだらないミスばかりする無能だよ、お前は。くその役にも立たないゴミのような存在であるくせに、人を裏切ってみせる――いかにもあの女の息子らしいな』

ふいに、耳の奥で低い笑い声が響いた。

モリヒトは自らの耳を打ちつける。右も、左も、鼓膜が破れんばかりの勢いで叩いた。しかし、笑い声が消えることはない。

踵《きびす》を返した。車の存在を忘れ、走り出していた。耳の奥で反響し続ける、蔑むようでいて満足げな笑い声を振り払うようにして、とにかく、シラユキのもとへと急ぐ。

†

もしも裁判が開かれていたら、モリヒトの弁護士は解離性同一性障害――俗にいう多重人格を主張し、無罪判決を狙ったかもしれない。

彼には有能かつ飼い犬に惜しみない愛情を注ぐ正常の面と、残忍で人を人とも思わぬ異常の面があり、その二つは著しく解離している。犯行時、本来の彼は主導権を奪われてしまっており、気がつけば死体が転がっていたのではないか。異常の人格が生まれた原因は彼の成育歴にあり、彼もまた一人の被害者であると言えるのではないか。弁護士は、そんなことを述べるに違いない。

モリヒトが幼い頃、父方の祖父の代から受け継いできた古い家の中は平穏そのものだった。営業成績はトップクラスながら家族のことを第一に考える父親。料理好きで穏やかに家庭を守る母親。祖父母はすでに亡くなっていたが、三人での生活に不足はなかった。しかし小学生になった段階で、父親が母親を詰《なじ》る光景をよく目にするようになる。すでに他の子供よりも秀でていると言われていたモリヒトだったが、どぎつい言葉を含むその会話の内容を理解することはできなかった。わけのわからぬうちに母親の顔はどんどん暗くなっていき、ある日、近くの山林で首を吊《つ》っている姿で発見される。

母親が自殺しても、父親は取り乱した様子を見せなかった。それどころか、モリヒトへの接し方を一八〇度変えた。テストで高得点をとっても一切褒めない。小さなミスをあげつらって「所詮、あの女の子供だな」と口端を吊り上げる。扉の閉め方が雑だとか風呂場で水を使い過ぎるだとか、身に覚えのないことまで指摘されてモリヒトは困惑した。息子に対する態度がおかしくなるにつれ、会社での成績まで落としていく。上司に無駄に盾突いて、出世の道を閉ざされた。そのことにより余計に生活態度は荒れ、飲み屋で拾ってきた女を家に連れ込むようになる。そうして、モリヒトの目の前で暴力的に行為に及んだ。「女なんか、くその役にも立たない存在であるくせに、人を裏切ってみせる」と父親が喚《わめ》くのをモリヒトは何度も耳にしている。

母親の突然の自殺、豹変《ひょうへん》した父親の心理的虐待と暴力的行動。それらは幼い少年の心に重大な解離を生んでもおかしくないほどの体験であろう。あるいは、母親が首を吊ったことで父親が正気を失ってしまったという潜在意識が、女性を激しく憎悪し損壊する人格を作り出したのかもしれない。

弁護士がそんな風に熱弁をふるうのを、モリヒトは内心鼻で笑って眺めているのだろう。

彼はきっと法廷でも喋《しゃべ》らない。自分のことすべては。

父親に理不尽に詰られていくうち、モリヒトは薄々理解していた。近所の人間は「奥さんに先立たれておかしくなった」と噂《うわさ》していたものだが、それは事実ではない。どうやら自分は、父親の子ではないらしい。母親が父親を裏切って托卵《たくらん》した。父親はそれまで自分に注いできた愛情をなかったものとし、辛《つら》く当たることで、死んだ妻に対しての復讐《ふくしゅう》でもしているつもりらしかった。

そのことを知ったとして、弁護士の方針は変わらないだろう。自分の出自にショックを受けたことも解離の原因だのなんだのと、こじつけて終わるのだ。彼自身は自分が解離しているとは少しも思っていないことに、少しも構わずに。

モリヒトは殺した女の荷物を処分する中で、身分証と衣服だけは二階の部屋にとっておいた。すました顔写真と最後に着ていた服を眺めることで、殺害した瞬間を追体験して楽しむのだ。そんな自分と、シラユキを抱き締めてその毛に顔をうずめる自分は、分かたれてなどいない。

どちらかを隠しているだけで、どれも、まぎれもない自分だ。

モリヒトは、自分を虐げる理由を理解して以降、父親のことをゴミとしか思えなくなった。妻に裏切られたと騒ぎ立てるだけの、無能な役立たず。同じく、母親のことも無責任なゴミなのだと感じていた。

ゴミだと思っていても、いや、ゴミだと思うからこそ腹の立つことはある。そんな時には心の中にゴミ人形を思い浮かべて、好きなように痛めつけた末に殺して気をまぎらわせるのだ。ゴミ人形の顔は父親であったり母親であったり、あるいはどこかで見たような人間のものだったりした。年を経るごとに、妄想はより具体的に、血の臭いを濃く漂わせるものとなっていった。

当時は、頭の中で描いたことを実行に移すつもりはなかった。殺人なんか犯したら、その後の人生が不自由になる。中学の時に付き合ってみた女に対して妄想の一部を再現しようとしたところ、いささか面倒なことになった。殺人を起こした時の面倒がその比でないことくらい容易に想像がつく。こんなゴミのために自分の将来を棒に振るなんて馬鹿げている。

確かにそう思っていたはずなのに、彼は父親を殺すことになる。

高校三年生、受験も終わって後は卒業を残すのみというある日のこと、強かに酒に酔った父が白くふわふわとしたものを片手に家に帰ってきた。話は要領を得なかったが、とにかく道端で拾ってきたらしい。「お前の母親がアレルギーだったから、犬を飼えなかった。本当はずっと飼いたかった」などと言っていたが、それが本音なのか妄言なのかはわからない。

父親が寝こけた後、白いふわふわをどこへやろうかとモリヒトは考えた。試しに持ち上げてみる。犬の種類はよくわからないが、なんだか白熊の子供みたいにコロコロした奴《やつ》だな、と思う。野良猫と違って、彼から逃げようとする素振りを少しも見せない。

子犬がモリヒトを見つめた。ぱちくりと、黒い目を瞬《しばたた》かせながら。

じっと見つめ返している自分に気づき、モリヒトはばつの悪いものを覚えた。

それから父親は子犬を育てようとするでもなく、「なんだこいつは」と拾ってきたことを忘れたかのごとく邪険にした。父親が世話をする気もないものだから、子犬はそこら中に糞尿《ふんにょう》を撒《ま》き散らした。それを処理しながら、モリヒトは気がつけば子犬の尻尾を眺めている。白いふわふわが振り向いて目が合う。子犬は一丁前に目を細めてみせる。

もふもふとした体を抱き上げた。抱き上げて、自分の胸に寄せる。ほとんど、衝動的な行動だった。温かく柔らかな毛。こちらを見上げる黒い瞳。どこかへ捨ててこようという考えが知らぬ間に消えている自分に、モリヒトはまだ気づいていない。

今は適当なものを与えているが、食べ物や躾はどうしたらいいのだろう。そんなことを漠然と思い浮かべ始めた彼を邪魔するように、父親は会社から帰ると子犬を乱暴に扱うようになった。尻尾を引っ張ったり、片足だけ持ち上げて逆さ吊りにしたり、犬について知らずともやってはいけないとわかるような行為を繰り返す。

子犬に乱暴しながら、父親は低く笑ってみせた。

「こんなゴミ、いらねぇよ」

——瞬間、自分でも不思議なほど脳の奥が冷えた。

父親はいつも通り、酒を飲んで二階の部屋で寝た。それを見計らい、モリヒトは軍手をはめて物置からロープを取り出す。

泥酔した父親はちょっとやそっとのことでは起きない。首にロープを巻かれ、ドアノブにくくりつけられたとして、気づくことはないだろう。ゴミのような人生を悲観して酒に溺れ、衝動的に首をくくった。数ある殺人ビジョンの中で、自殺に見せかけられるものを素早く選択する。

このままでは彼女が殺されてしまう。そうなる前に、このゴミを処分せねばならない。

まだ性別もわからない子犬のことを、自然とモリヒトは「彼女」と認識していた。

その時の彼を満たしていたのは、ただ一つの意志だった。

「彼女と、一緒にいるんだ」

そのためには、証拠を残さず父親を殺さねばならない。

ロープの長さを調節する。

彼は上手にやり遂げた。

どうして父親を殺したのか。父親を殺してまで子犬を守りたかったのはなぜなのか、実は彼にもよくわかっていない。

どうしてシラユキに、あそこまで惹《ひ》かれていたのだろう。

シラユキと命名した由来の、純白で穢れのない毛。常に微笑んでいるような人懐っこい表情。油断するとリードを持っていかれるほど力強いのに、決して人を傷つけようとはしない優しい性格。甘えん坊なところ。時々、彼が困らない程度のいたずらをしてみせるところ。今現在、可愛いと思っているところを挙げようとすればきりがない。けれども、人間も動物もすべてゴミにしか見えなかったあの時の自分が、なぜ、突然シラユキのことを特別に思ったのか。その理由は自分のことながら見当もつかないでいる。

殺人を犯す自分も、シラユキを愛する自分も、自分。

そのことを自覚しながら、彼は、なぜその二つが自分の中で平然と同居しているのか、ずっとわからないでいる。

†

十一月の末の札幌としてはあまりない、寒さどころか涼しさすらも主張しない日が何日か続いた後、気温は一気に冷え込んだ。

寒い方が元気になって、しきりに散歩をねだるシラユキ。しかし今年は気温の変化にかかわらず、ぐったりとしたままだ。寝床のクッションに頭を載せる時間は増えたのに、だんだんよく眠れなくなっている。うとうとし出すと同時に、呼吸が荒くなるのだ。この数日間、ろくに食事ができていない。ほとんど水だけ摂取している状態で、下痢や嘔吐が何度もある。

それでもシラユキは、手を擦り合わせて息を吐くモリヒトに吠え声を上げようとした。寒冷地向けの犬にとっては嬉《うれ》しい寒さも、人間が身一つで耐えようとすれば拷問だ。彼女のためストーブを点けずに過ごそうとして、体調を崩したところを見せてしまったことがある。そんな経験をしたというのに暖房を使おうとしない彼を、シラユキは叱っているのだ。モリヒトは力ない笑みを浮かべそうになるのを必死で堪え、努めて元気な声を出す。「ちょっと、ストーブが点かないんだ」と、明るく真実を告げてシラユキを抱き寄せる。シラユキの体は温かく、その息は生命の熱を湛《たた》えていたが、腹部の変調を意識せざるを得なかった。

腹水が溜まっている。数日にわたり、シラユキから目を離さないようにしながら動物病院で拝借した医学書をめくり、少しは内容を嚙み砕くことができるようになったが、読むほどにこれが一時的な体調不良では済まされないという現実を突きつけられる。自然に治る病気ではないのに治療を行うことができない、そんな状況に打ちのめされる。

シラユキを抱いたままソファに寝転がった。ずっと心臓が嫌な音を立てていたし、胃がきりきりして吐きそうな気分だった。少しでも仮眠をとろうとすれば、いつまでも途切れない跳ね音に邪魔されていた。それでも、大きな温かみを胸や腹に感じることで、緊張の糸が途切れた。モリヒトは意識を手放す。

首元に熱を感じて目を覚ます。窓から射し込む朝陽で状況を理解した瞬間、呼吸が止まった。コートやその下に着込んだシャツに、シラユキが吐いたものの色がついている。彼女がずり落ちないようにしながら上体を起こす。

「シラユキ、シラユキ！」

呼びかけても、シラユキは目を開けない。舌を出して、呼吸はしている。ただし、異常なほど小刻みに。見ているだけで痛みが伝わってくる姿だ。

どうしたらいいのかわからない。シラユキの背をさする。頬をだらしなく涙が伝った。拭っても拭っても、溢《あふ》れ出て止まらない。涙でシラユキの体を汚していく自分が心底許せない。

一時間ほど経《た》った頃だろうか、ようやくシラユキの呼吸が落ち着いた。彼の胸のあたりに口元を擦りつけて、穏やかな眠りに就いていく。しかし少しも安心できなかった。眠りのさなかで苦しみ出すのではないか——あるいは、このまま目を覚まさないのではないか。気が気でなく、着替えることも顔を拭くものをとってくることもかなわず、緩くシラユキを抱いて見つめていた。

リビングが昼間の光で満たされる頃に、シラユキは目を覚ました。呼吸音は苦しげで動作こそのろいものの、モリヒトの胸から下りた彼女は、久しぶりにご飯をねだる仕草をした。この状態で食べようとしてくれていることを喜ぶべきだろうか、迷うモリヒトの脚を、シラユキが再度鼻先でつつく。

「ごめんごめん」と彼は台所へ向かった。

柔らかいフードを、ぺちゃぺちゃと少しずつ口に運ぶシラユキ。舌の色はいつもの綺麗《きれい》なピンクとは言い難い。時間をかけて食べ終えると、今度はその場を落ち着きなく動き回ろうとする。食事直後に運動するのは危険なので抱き寄せて押しとどめるが、どうやら、外に出たいと告げているらしかった。

モリヒトに抱き締められながら、シラユキは尻尾を振り続けている。「もう元気だよ」とでも言いたげであるが、彼を見つめる目の白い部分を覗き込むと、黄色味がかっていることがわかった。腹部の水も溜まり続ける一方だ。運動なんてさせていい状態じゃない。いや、本来であればできるはずもない。

シラユキがモリヒトを見つめる。「くふぅ」と息を漏らす。甘えようとして、しかし苦しみを隠しきれなかった、そんな声色だ。「駄目だよ、安静にしていないと」と諭しながら、モリヒトはゆっくりと腰から尻尾の付け根にかけてを撫でる。

シラユキは何度も吠えようとする。吠えようとして、大きく頭を振れずに上手《うま》くいかない。撫でても撫でても、訴えることをやめない。黒い瞳で彼に哀願し続ける。

駄目だよ、駄目なんだ——何度も唱えるうちに、喉の奥で言葉がつかえた。

なにが駄目なのだろう。シラユキが、こんなにも望んでいるのに。

しばらくすると、シラユキはまた下痢をした。しかし変わらず散歩をねだり続けていたので、部屋が暗くなる直前になって家を出ることにした。

空は静かな薄い青にところどころ茜色《あかねいろ》を滲ませている。街灯は点いていない。鼻に吸い込む空気は冷えきり、アスファルトには雪が積もり始めていた。誰も踏んでいない白い雪に、彼と彼女の足跡が連なっていく。シラユキの歩く速度はいつもよりずっと遅い上に、時折立ち止まりさえする。たとえ気を抜いたとしてもリードを持っていかれることはないだろう。胸に込み上げるものを堪えながら、モリヒトは強く手綱を握る。

一番多く利用している散歩コースを選んだ。自宅から西の方角をまっすぐに行くと着く大学。広いキャンパス内には、小川の通る、なだらかな芝生のスペースがあり、他の飼い主もよく利用しているのを見かけた。木々の葉はすっかり落ち、うっすらと積もった雪の中に見え隠れしている。

普段であれば川に向かって一直線、芝生を駆け下りていこうとするシラユキだが、今日の足取りはゆっくりとしたものだった。さらに速度を落としていき、ついには下り坂の途中で足を止めてしまう。川を見つめて、じっと動かない。白い息が断続的に吐き出され、どれも一秒ともたず空気に溶け込んでいく。モリヒトは雪の上に座り込んで、彼女を脚の間に載せた。小川が見えるようにして、白い体を抱きすくめる。

キャンパスへ至る道の途中や正門の横、大学図書館へと通じる道には点々と黒い塊が散らばっていたが、芝生内にはなんの影もなかった。跡のついていない雪と、暗くなっていく空の色を映して淡々と流れる小川。

川向こうの大学図書館を眺める。あそこにはシラユキの病気を治す方法が書かれた本があるだろうか。横目に見たことしかないので、どの程度の蔵書があるのかは知らない。図書館の先にある道はシラユキと歩いたことがある。道の果て、いくつもの学部棟を通り過ぎた先には、獣医学部があったはずだ。

モリヒトは長い息を吐く。白い霧となったそれは風に揺れてうねり、やがては消えていく。

獣医学部に入学していたら、シラユキを治せただろうか。

頭の中でうっすらと思う。その思いは消えることなく、どんどん膨らんでいく。

デイトレーダーなどやらず、犬のことだけ勉強してシラユキにすべてを捧げていたら、病名などすぐに見抜いて自らの手で手術することができただろうか。

あの家を更地にして、岩雄のもとに身を寄せて大学生をしていればよかったのだろうか。

そうだ、一人で育てるなどと言わず素直に叔父の力を借りていれば、そもそもシラユキは病気にならなかったのかもしれない。なぜあの時、差し伸べられた手を拒んだ?

父親を殺した部屋が頭の中をよぎったから。

あの部屋のドアノブを見つめることで、息絶えていった父親の姿を想像する。初めて目に焼きつけた、自分が殺した人間というものを思い浮かべる。そうすることで、体の芯が震えるような快感を味わうことができた。その機会を手放すことが惜しいように感じられてしまった。

けれども父親を殺すことで、空想の中のゴミ人形は蔑む声を上げるようになった。もっと苦しめてやればよかったのに。もっと時間をかけて、絶望を味わわせてやればよかったのに。だからお前はゴミなんだよ。

声が強くなり、抑えられなくなった。シラユキが三歳になった頃、好きなだけ痛めつけることができそうな対象を街で探した。男でも女でもよかった。ただ、女の方が色々とやりやすいような気がした。

殺すごとに、ゴミ人形は低い声で笑った。もっと、ああすればよかったのに。もっと、こうすればよかったのに。何人殺しても、声が消えない。それどころか、どんどんひどくなっていく。

考えなかったわけではない。

どうしてシラユキがいるのに人を殺さねばならないのだろう。

そんなことをする時間があるのなら、シラユキと遊んでやればいいのに。その方が、ずっと心穏やかでいられる。胸の中を温かく満たされるはずなのに。

胸の中が満たされても、頭の中の声は消えない。

どちらも、自分が生きる上では必要なことであるらしかった。どちらも自分だ、受け入れるしかない。割り切って、全力で両立するしかない。けれども疑問は常につきまとう。本当にシラユキを愛しているのなら、それだけで全身が満たされているのではないのか？

自分は、シラユキを愛していると、本当に言えるのか？

こんな自分がともにいるのでなく——あの時、別の、もっとまともな人間にシラユキを預けていれば、彼女はより深い愛情を受けられたのではないか？

そもそも父親がシラユキを拾ってこなければ。

モリヒトと出会わずにいれば、彼女はもっと幸せになれたのではないか？

腕の下で、シラユキが身をよじった。モリヒトはハッと我に返る。

シラユキは首だけ回してこちらを見ようとしていた。川でなく、彼の顔を見たいと訴えている。お腹《なか》に回した手を緩めて、方向転換する彼女を支える。

「シラユキ……ごめんよ」

シラユキの瞳に真正面に見つめられた瞬間に、彼はつぶやいていた。

「ごめん。シラユキごめん。ごめん、ごめん……」

自分がこんな人間でさえなければ。

自分さえいなければ。

途切れ途切れの言葉を吐き出すモリヒトの目元を、舌を伸ばしてシラユキが舐める。思わず、息を止めていた。

涙は流していない。けれどもそこにあるものを拭おうとしているかのように、シラユキは幾度も舌を這わせている。冷たい頰が温められていくのを感じる。

やがて彼女はモリヒトから口元を離し、大きく咳《せ》き込んだ。咳き込んで、一瞬だけ弱い息を吐き出してから、荒い呼吸をし続ける。ぜいぜいと、これまでで一番苦しげな息を、彼は間近で感じる。

彼女は苦しんでいて、それは自分のせいで、自分さえいなければ彼女は——

違う。

シラユキは自分を見つめている。深い深い黒の瞳はまっすぐモリヒトに向けられている。

もしああしていればだとか、自分さえいなければだとか、今考えるべきはそんなことじゃないだろう！

シラユキは自分を見つめてくれている。

だから今、言うべき言葉は――

「シラユキ。大好きだよ。愛してる」

彼女の頬を両手で包み込んで、彼はしっかりと言葉を紡いだ。

彼女は瞬《まばた》きもせずに彼を見ている。そんな彼女のすべてに、モリヒトの全身は愛《いと》おしさを覚えている。

シラユキのことが好きだ。

大好きだ。

思い出が駆け巡る。初めてきちんとトイレができた時。手作りのご飯を喜んでくれた時の、長い舌を垂らした顔。シャンプーをしたら毛がぺしゃんこになって、まるで別の犬みたいになった。換毛期にブラッシングをしたら、シラユキが分裂したかと思えるような量の毛がとれて、一緒に笑った。抱き上げてほしいと肉球で叩く仕草。デイトレードをしている最中に足元にすり寄ってきて鼻先を擦りつけてくる。公園の花壇に寄っていって、「見て、見て」とでも言いたげな表情をしてみせる。甘えん坊で、目に入れても痛くないなんて言葉が陳腐なくらいに、本当に可愛い。

大好きなシラユキ。

「シラユキ。出会った時からずっとシラユキのことが好きだよ。本当に本当に、大好きなんだ。シラユキ、大好きだよ、シラユキ――」

彼女は目を細めて、彼の言葉に耳をぴくぴくと動かしていた。常に笑っているような口元から、高い声が出る。彼に応えようとするような、はっきりとした鳴き方だった。

『モリヒト、大好き』

――そんな風に返事をしてくれたのだろうか。

彼女は彼の胸元に顔をうずめた。モリヒトはその背に手を回して、撫でる。

すっかり日は沈み、あたりは真っ暗になった。どの建物にも明かりは点いておらず、見たこともないような暗闇に包まれる。そんな中で彼は、温かい毛にいつまでも触れていた。

彼女を抱き締めたまま、空を見上げる。

「ほらシラユキ、星が綺麗だよ」

寒さなど気にもならなかった。彼は一晩中、シラユキを腕に抱き締め、撫で続けていた。


――低い唸《うな》り声で、目を覚ました。

一瞬だけ、シラユキのものかと思った。しかしすぐに、まったく別のものであると気づいて、モリヒトはあたりを見回す。

さほど首を曲げる必要はなかった。ごく近い距離に、灰色がかった毛をした、シラユキよりも一回りは大きい生き物が立っていた。

その生き物が、少し離れたところにある動物園から脱走してきたシンリンオオカミであることを、モリヒトは知らない。

なんなんだこいつは、と考える前に、モリヒトはシラユキを抱きかかえたまま、雪に覆われた芝生を走り出していた。

しかし、大きなシラユキを抱えていては上手く走れるはずもない。芝生のスペースを抜ける前にシンリンオオカミには追いつかれ、その上、横から滑り出してきた、また別の個体に激突されてしまう。

脇腹に猛烈な熱が走る。鋭い牙で噛みつかれている。たまらず、シラユキの体を放して膝をつき、血を吐きながらくずおれた。

倒れた彼を放っておいて、シンリンオオカミの一頭がシラユキの首筋を咥《くわ》える。そのまま大きな彼女を難なく引きずり、二頭並んで走り去っていく。

「シラユキっ……」

声がきちんと出ていないことに彼は気づいていない。自分の脇腹から流れ出る血に構わず、彼は口元を拭って立ち上がる。駆け出してシラユキを助けようとする。しかし脚は緩慢にしか動かない。走れない自分の腿《もも》を殴りつけようにも、腕に力が入らない。それでも彼は限界を超えて動いていた。

シラユキを追いかける。頭の中にはそれしかなく、肉体はその命令に従った。

シラユキの体が腕の中ですでに冷たくなっていたことに、彼は気づいていない。気づいていたとして、追うことはやめなかっただろうが。

点々と血を垂らしながら芝生の横の道を行く。きょろきょろする。どこだ。あのゴミども、シラユキを連れてどこへ行った。もはや追いつける距離にはないということを、彼の頭は考えない。のろのろとした速度で芝生を離れていき、一直線の長い道の入口まで辿り着く。シラユキとも何度か歩いた、学部棟が脇に連なる道。

その道の向こうで、なにかが動いた、ような気がした。

「シラユキ！」

叫ぶことはできていない。しかし、彼は道の先を目指す。

脇腹を押さえながら、雪に覆われた道の真ん中を行く。道の脇には雪に埋もれた自転車がいくつか落ちていた。白い雪に赤い血が垂れる。その量は時間とともに増えていく。

建物の横から数匹の中型犬が姿を現した。餌を与えてくれる人間がいなくなって、犬たちが家を出てさまよい歩いていることをモリヒトは知らない。小型犬は自力で餌を調達することもできず、水さえも口にできずに息絶えているということも当然知らない。

中型犬たちは茶色い毛をしており、シラユキとも、シラユキを連れ去ったシンリンオオカミたちとも似ても似つかなかった。しかし、モリヒトは自分の視界が霞《かす》んでいることに気づいていない。

声にもならない声を絞り出しながら、彼は中型犬たちに突進しようとした。当然、そんなスピードも出ず、足はもつれてしまう。おまけに、すぐ下には黒い塊と雪に埋まった衣服があり、派手に転倒してしまった。

シラユキ。

シラユキ。

声にならないものすら出すこともできずに、道を這う。腕を伸ばして、シラユキに――シラユキだと思っている茶色の中型犬のいずれかに少しでも近づこうとする。

背後から、雪道を踏みしめる重々しい音が近づいてくるのに、彼は気づいていない。

停電により電気柵が機能しなくなり、真っ先に動物園から脱走していったのはアジアゾウだった。アジアゾウ数頭は動物園の他の檻《おり》を壊しながら、餌を求めて市街地まで下りてきた。そのおかげでシンリンオオカミも飢え死ぬ前に脱走することができたのだと、モリヒトは知る由もなかった。もちろん、市街地では潤沢な餌を得ることができず、アジアゾウは非常に気が立っているということも。

シラユキ、と口にできていない。もはや一ミリたりとも這うことができなくなっているのに、彼は気づいていない。

視界が真っ暗になる、その寸前に、アジアゾウの足が彼を踏み潰していった。

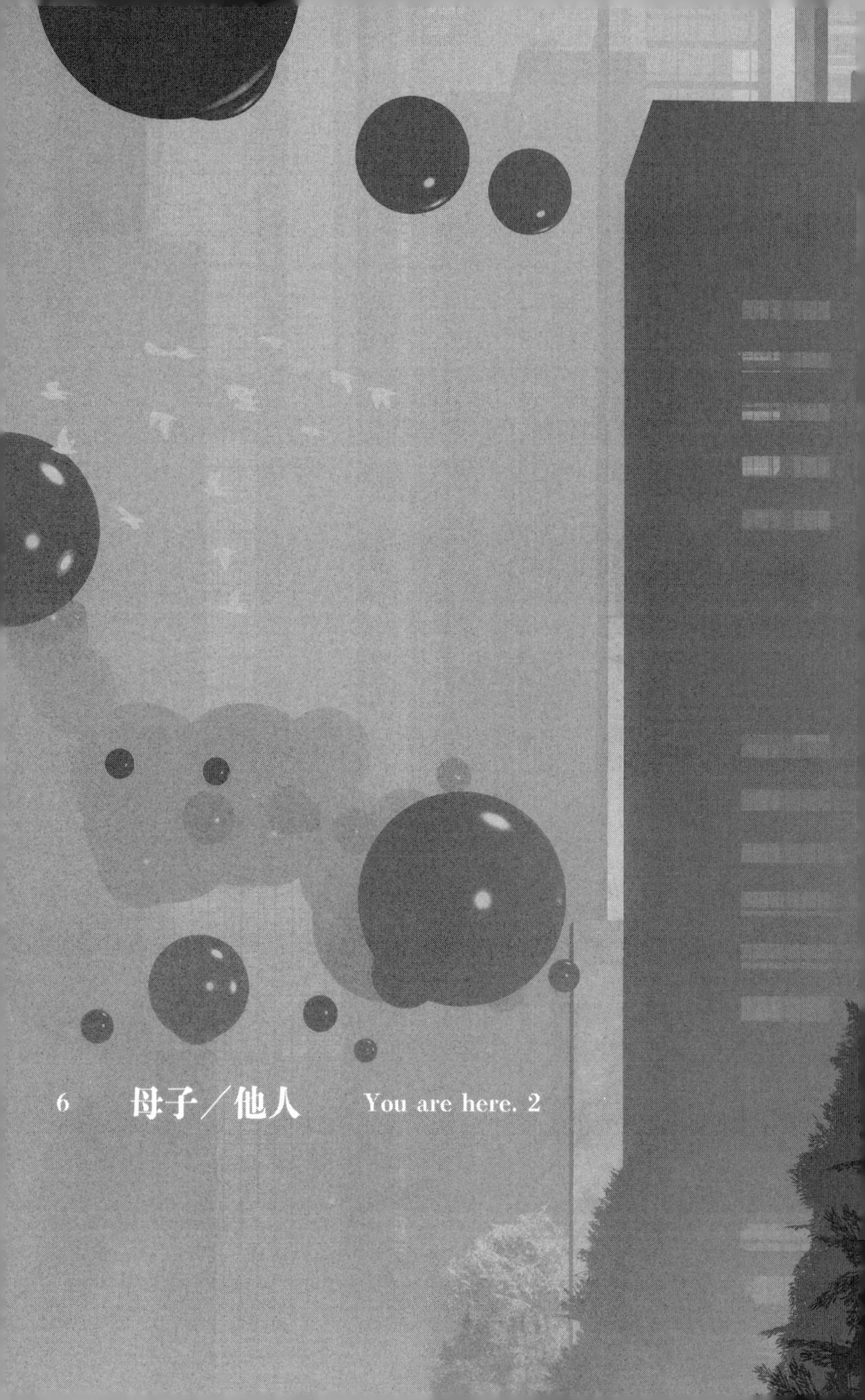

6　母子／他人　You are here. 2

飛行機の席は窓際だったので、これ幸いにとセイカは窓の外ばかりを眺めていた。水色の空の中に、いくつもの白い雲の切れ端が浮かぶ。変わらない風景にずっと視線をやっていた。
隣に座る母とは、電車に乗っていた時から一言、二言しか言葉を交わしていない。それも、どうでもいいようなことだった。話さなくちゃ、とは思っている。ずっと、どんな風に切り出そうかは考えてきた。それなのに口が動かない。機内アナウンスが流れる。『シートベルトを着用してください』
——まもなく、飛行機は着陸に向けて降下を始める。
自分は駄目だなあ、と胸元を握り締める。子供の頃から、ずっとこうだ。

小さな頃から、「いい子だね」とよく言われてきた。けれどもセイカには自分がいい子だという自信や感覚といったものが、まったくない。他の子のように「あれが欲しい」だとか「あれをしたい」だとか、どうやって言ったらいいのかわからなくて、ただもじもじしているだけなのだ。それをわかっていて、その上で、どうしたらいいかわからなかった。親にも、学校の先生にも、友達にも、自分の気持ちを上手《うま》く伝える方法がわからなくて、曖昧にニコニコ笑ってうなずいてばかりだった。
小学校、中学校まではそれでなんとかなったけれど、高校に入ってからは、自分からなにかを言い出さなければ誰にも相手をしてもらえなくなった。一人でぽつんとしていても、誰にも話しかけてはもらえないし、人の輪に交ざれない。どうしたらいいのかわからず、うつむいているうちに三年間が終わった。いや、そんな簡単なものではなかった。行事のたび、なんとか話さなきゃ、と心臓をばくばくさせていた。なにか話さなきゃ、なにも話せない、それを繰り返す長い長い時間がやっと終わって、一人でいても当たり前の自分の部屋に入った瞬間にようやく息をつけた。息をついて、けれども明日のことを思うとまた心臓が不規則な音を立てる。明日なんて来なければ楽なのにと思った。あるいは、全部すっとばして高校生活が終わってしまえばと。誰とも話せない、どのグループにも属せない、そんな悩みを親に相談することなどできるはずもなかった。胸が潰れそうな、地獄みたいな三年間だった。

大学は、親も喜ぶところに合格することができた。高校を卒業してほっと一息ついた後、すぐにまた息も詰まるような、しかも四年間が始まるのかと我に返る。しかしびくびくと飛び込んだ大学では、一人でいることはさほどおかしなことではないようだった。サークルに入ることはできずにいたが、講義が終わったらさっさと帰っていく人の背に倣っていれば、滞りなく一日を終えることができた。ただやっかいなのが、二年生の前期になってから必修となったグループ演習だ。メンバーは強制的に選ばれるから自分から人のところに行かずともよかったが、テーマとなる議題について、思うところがあっても口を開くことができない。そのうちに思うところすらなくなって、それでもなにか言わなきゃ、とばかり焦るようになった。

そんなセイカに「君の意見は？」と訊《たず》ねてくれたのが彼だった。セイカがもじもじして縮こまっていると、「ないならないで、大丈夫だよ」と笑いかけてくれた。その笑顔に、セイカの呼吸は止まった。しばらくして、ほうっと、安心の息が漏れた。

彼は演習後にも声をかけてくれるようになった。セイカが上手く反応できずとも、色々な話を振ってくれて、たまに勇気を振り絞って声を出すと、よく笑ってくれた。前期が終わって夏休みになる頃、彼はセイカに「付き合ってほしい」と言った。その言葉に、セイカは舞い上がった。高校生の頃から皆が当たり前のようにしていた「お付き合い」。それが自分に巡って来るなんて、夢のようだった。

映画に行ったり、二人で書店を眺めたり。時間の流れは速かった。そのうちに一人暮らしをする彼のマンションに呼ばれるようになる。セイカがなにも言わずとも気にせず話しかけ続けてくれる彼。あっという間に夜になって、セイカの家の門限が迫る。帰らなきゃ、とセイカはもじもじする。彼は話を続けていて、それを止めるタイミングがわからない。結局は親からの着信を気にしながらも、朝帰りをすることになった。親には叱られ、午前様だけはやめろと口を酸っぱくして言われる。しかし彼といると「帰る」と言い出せなくなってしまう。板挟みのような状態の中で、ついには親がなにも言わなくなり、セイカは安堵《あんど》しながら彼の話にうなずくようになった。

けれどもまた問題が降りかかる。大学三年の冬、生理が来なくなった。最初は少し遅れているだけかと思ったが、三ヶ月経《た》っても来ない。彼に言わなければ、と考えるも、話しかけられるうちに言葉は喉の奥に引っ込んでいった。言い出せないままさらに時間は過ぎ、マンションの部屋で曖昧に笑いながら募る焦りは大きくなっていく。もう周りは就職活動に向けとっくに動き出している時期でもあった。彼も夏からインターンに行っていた企業の選考を受けたりしている。自分もなにかせねば。でもどこに行ったらいいかわからない。生理も来ない。

お腹《なか》の膨らみが誤魔化せなくなってきた頃、母がようやくセイカの妊娠に気づいた。母は泣き、父には頬を張られた。産婦人科に連れて行かれ、もう堕《お》ろすことはできないと告げられた。「ふざけるな、学業を疎《おろそ》かにして、男遊びにふけって」と父はセイカを詰《なじ》った。もう顔も見たくないと言われる。本当に父がセイカと目も合わせなくなる中、彼の両親と、両家での話し合いを設けることとなった。彼は幸いにして内定が決まっていた。彼はそのまま卒業して就職、セイカは休学して子供を産むことになる。彼の両親が「うちの息子が申し訳ない」と言いながら金銭的な援助を申し出るのに、セイカの父は黙ってうなずいていた。母はおろおろしながらも父に追従した。彼の両親の支援により、すぐにセイカと彼は二人暮らしをすることになった。

彼はずっと困ったような顔をしていた。怖がって、セイカのお腹に触ることもしない。そのうち彼は大学の友達の家を渡り歩くようになり、セイカは家で一人、育児の本を読んで過ごすようになった。本の中身は全然頭に入ってこない。本当は彼にそばにいてほしかった。父や母に、どうしたらいいか聞きたかった。けれども、どれも言い出すことができない。ベッドの上で、うつぶせにもなれずに天井を見てばかりいた。早くこのお腹を引っ込めてしまいたい。早く子供に出てきてほしい。願いながら一人で泣いていた。

しかしいざ出産すると、妊娠していた頃に戻りたいとしか思えなくなってしまう。皺《しわ》だらけで真っ赤な赤ちゃんは、自分が想像したよりも遥《はる》かに頭も手も指も小さくて、どんな風に触ったらいいのかわからなかった。くりくりとした真っ黒な目が開いても、視線を合わせるのが恐ろしいような気さえする。出産に居合わせることのなかった彼は、赤ちゃんを見るなり「君に似ているね」と頼りなく笑った。そう言われても、少しもわからなかった。赤ちゃんは、自分に似ているのだろうか。なんだか全然、別の生き物みたいにしか見えない。

赤ちゃんはすぐ泣いた。お腹が空《す》いたのか？　オムツが濡《ぬ》れているのか？　それとも機嫌が悪いのか？　寂しいのか？　セイカにはわからない。どうしてほしいのか言ってくれない赤ちゃんのことが、少しもわからない。

赤ちゃんが生まれてから、彼はますます家に帰って来なくなった。育児書のページを必死でめくりながら、赤ちゃんの泣き声を収めようとする。しかしある時、「なんでわたしが頑張らなきゃならないの」という疑問が頭をもたげた。こんな、好き勝手に泣いてばかりでよくわからない生き物のために、どうして自分が必死にならねばならないのか。

自分の子供だから？　でも彼だって、ずっと無視しているじゃないか。なおも泣き止《や》まぬ赤ちゃんの頬を叩《たた》いた。赤ちゃんは一瞬、キョトンとしたような瞳をした後、激しく泣き出した。

赤ちゃんをベビーベッドに置いたまま、部屋を出た。泣き声が遠ざかると胸に渦巻いていた苛々《いらいら》も収まっていった。しかし、どこへ行きたいわけでもない。彼と付き合い始めた頃のように映画でも観《み》る？　でも、一人でどの映画を選んだらいいのだろう。結局、外で少しぼうっとした後に、マンションに戻ることにした。

部屋の前に立つと、隣から年配の女が出てきた。「ずっと赤ちゃんが泣いていたけれど、あなたの他に部屋には誰もいないの？」というようなことを言われた。後から思い返してみれば、隣の住人は心配そうな顔をしていた。しかしその時のセイカには、咎《とが》められているような気しかしなかった。部屋に入ると、ベビーベッドがオムツから漏れた糞尿《ふんにょう》でぐちゃぐちゃになっていた。気が遠くなった。汚いシーツはそのままに、とにかく赤ちゃんを泣き止ませねばと、おっかなびっくり抱き上げた。

その後、マンションの他の住人からも「旦那さんはいないのか」「大丈夫なのか」としきりに訊ねられるようになる。どうしよう。赤ちゃんを泣き止ませられないせいだ。自分がなんとかしないと。

どうしたらいい。赤ちゃんはなにを望んでいる。なにをしたらいい。彼は帰ってこない。どうしたらいいの。赤ちゃんを叩いた。泣き声が激しくなる。叩いて黙らせようとする。叩いても黙らない。うるさい。泣くな。わたしみたいに黙ってろ——

気がつけば赤ちゃんの口を押さえつけていた。手の下に、くぐもった泣き声、吐き出されようとする息を感じる。赤ちゃんの声も息も逃げ場を失い、口の中にこもって振動となる。手の下で、ぶるぶると震える。やがてそれは弱々しくなって、ついにはなくなった。ちょうどその時、何日、いや何週間かぶりに彼が帰ってきた。

セイカは逮捕されて、刑事だとか検察だとかに問われるままうなずいていった。留置場や拘置所で、弁護士や刑務官の言う通りに過ごす。彼が会いに来ることはなかった。母だけは面会に来たが、言葉もなく涙を流すばかりだった。もう泣き声は勘弁してほしいと思った。

判決では「パートナーが非協力的であり、まだ若い身で子育ての責任すべてを負わされ、精神的に追い詰められていった境遇に同情の余地はある。しかし気にかけてくれていた周囲の人々に助けを求めることもせず、幼い我が子を痛めつけ、殺《あや》めた罪は重い」というようなことを言われた。弁護士は執行猶予がつくよう尽力してくれたらしいが、懲役五年の実刑判決が確定。刑務所に送られることになった。

規律を守って決められた作業をこなすことは得意だったから、刑務所は楽だと思っていた。しかしいざ雑居房に入ってみると、わからないことだらけだった。食事が出てきたら残さず食べるのが当たり前だと思っていたのに、皆、茶碗《ちゃわん》に麦飯を残している。規律違反のはずなのに、他の人におかずを差し出したりしている。処方された薬は刑務官の前で飲み切らなければならないはずなのに、部屋に隠し持って他の人と交換している人がいる。刑務官に口答えしたつもりはなかったのに、口答えだと言われる。

同じ房の人のほとんどは覚醒剤関係で逮捕されているようで、どこでクスリを買っただとか、どこに隠していただとかを自慢げに話し合っていた。わからない話だらけだった。専門用語みたいなものも飛び交っていた。

なんの罪で服役しているのか、入った当初に雑居房の住人に訊《き》かれたものの、曖昧に濁していた。なのに、いつの間にか子殺しのことはばれていた。部屋を取り仕切っている、英莉《えり》という中年の女は初めからセイカに敵意の眼差《まなざ》しを向けていた。わざとぶつかられたり、やってもいない違反行為を刑務官に報告されたりした。そのうち房内で徹底的に無視されるようになる。びくびくしながら同房者の話に耳をそばだてていると、どうやら英莉には子供がいたのだが、覚醒剤での度重なる逮捕を経て、自分の両親に子供をとられて会うことすらできなくなってしまったらしい。子供を手にかける奴《やつ》だけは許さない、と冷たい一瞥《いちべつ》を浴びせられ、セイカは肩を震わせる。

これでは高校時代と同じだ。周囲の顔色をうかがって、でもどうしたらいいかわからなくて、黙ってうつむいている。しかも今回は五年。担当教官は英莉のことを気に入っており、その英莉の仕込みもあってセイカはあからさまに嫌われている。これでは仮釈放をもらうことは難しいだろう。同房者が雑誌のスイーツ特集を回し読みして盛り上がる輪に入れず、部屋の隅で膝を抱える。

少しも上手く振る舞えないまま、ちくちくと胃の腑《ふ》を刺すような日々が緩慢に過ぎた。しかし、これが永遠に続くのかと早々に絶望していた矢先、英莉があっさりと出所する。担当教官も異動になって、新しい教官にセイカは比較的可愛《かわい》がってもらえるようになった。さらに、英莉と入れ替わりでやって来たアンという女の子と仲良くなることができた。

アンはセイカと同じくらいの歳《とし》だったが、再婚した夫を殺して服役となった身であるらしい。「包丁で、ぶっさぶっさ刺してやった」と、信じられないくらい明るく話す。空気を読まず、人の話にも平気で割って入るので、房内ではすぐに無視されるようになった。そこで同じく無視されていたセイカに話しかけてくるようになったのだ。

相変わらず、言葉に詰まってばかりで上手に話すことはできない。なんと言っていいかわからず、曖昧な返答をしてしまうことも多い。それでもアンは明るく笑ってくれた。その笑顔があるだけで懲役生活は見違えるほど楽になった。あっという間に夜の自由時間が過ぎる。こんな日々がずっと続けばいいのに――

そんなことを考え始めたところで、仮釈放の面接に呼ばれる。準備面接が終わり、あれよあれよという間に本面接。びっくりするほどあっさり終わって、あとは結果を告げられるのみとなった。合格を言い渡されると、社会復帰に向けた房に移されることになる。

アンが無邪気に「あと少しだね」と顔を綻ばせるのに、セイカは笑い返すことができないでいた。それどころか、目からぼろぼろと涙が溢《あふ》れ出てくる。アンは「どうしたの」と背中をさすってくれた。しかし本気で理解不能といった顔をしている。

セイカは涙でつかえながら、自分の胸の内を話そうとした。案の定、言葉は出てこない。自分がどうして泣いているのかすら、よくわからない。口からは嗚咽《おえつ》しか出てこなかったが、それがあるうちはまだ楽だった。涙が引っ込むと、いよいよどうしたらいいか、わからなくなる。それでもずっと、アンは自分を見ていた。その真っ黒な目を見返すうち、自然と口から気持ちが零《こぼ》れた。

「わたし、仮出所なんかして――どうしたらいいか、わからない。外に出たところで、どうしたらいいんだろう。お父さんと、お母さんと、どんな風に接したら」

言いながら気づく。自分は、父や母と会うのが怖い。これからどんな顔をして一緒に暮らしていったらいいのか、少しも見当がつかない。その上、塀の外に出て、それからどうしたらいいのだろう。社会復帰？　復帰って、なにをしたらいいの。

刑務所はセイカの地元ではなく、飛行機で行くような場所にあった。そのため、父と母が面会に訪れることはめったになかった。手紙はよく来て、父も「すまない」というようなことを言ってくれている。けれども、その言葉に喜びを覚えていいのかすらわからない。ずいぶんと前に面会に来てくれた母は、「また家族になりましょう」と涙ながらに話してくれた。「支えるから」とも。でも、また家族になったところで、支えられたところで、外の世界で、自分の頭で考えて行動することなんてできるとは思えない。

もう、外になんて出たくない。わからないことだらけの世界に振り回されたくない。このまま、刑務所の中でミシン作業をして、夕食後はアンと会話できればそれでいい。ううん、それがいい。仮釈放は難しいだろうと落ち込んでいたかつての自分が馬鹿みたいだ。ずっと刑務所にいた方が、絶対にいいのに。

話を終えて、アンの顔を見た。

アンはセイカを睨《にら》みつけていた。その剣幕にびくりとすると、なおも視線を鋭くしてアンは吐き捨てる。

「どうしたらいい、わからない——あんた、そればっかりじゃない。そう言っていたら、誰かがなんとかしてくれるって思ってるの？」

答えに詰まる。それ以前に、こんなに怒っているアンになにを言ったらいいのか、わからない——

「甘えるのもいい加減にしなよ」

気がつけばアンはセイカの肩を摑《つか》んで、その指に力を込めていた。こちらをまっすぐに見つめるアン。その目と、力を、受け止めているふりをしようとして——しかし、それがとても不誠実なことのように思えて、セイカは首を横に振った。

弱々しくアンを見つめようとして、しかしいったん顔を下げてから、少しだけしっかりとした視線を向ける。

そんなセイカに、アンはぽつりぽつりと話していった。なんだかかつての自分を見ているようだ、と。

殺してしまった夫には、いやそれだけでなく前の夫にも高校時代の彼氏にも、ずっと暴力を振るわれたりひどいことを言われたりしてきた。荒《すさ》んだ日々に精神をすり減らしながらも、誰かに助けを求めることはしないでいた。この人と別れてしまったら、この先どうやって生きていったらいいのかわからないから。でもやがては限界が来てしまって、夫を殺してしまった。

殺したことに後悔はない。でも、もしも自分がきちんと別の人生に目を向けて歩いていくことをしていたら、こんなことにはならなかったのではないか。毎晩、布団に入るたびにそんなことを思う。

自分がそんな夜を過ごしていた横で、あんたはぬくぬくと眠っていたのか。これからの人生を見据えることすらなく、流されるまま生きていくつもりだったのか。

「大人になれよ」

アンはセイカの手を握り締めて、言った。

どうしたらいいかわからない、と困ってみせるのではなくて、自分がなにをしたいのかきちんと考えろ。わからないと言って投げるな。考えて考えて、それを表現しろ。相手に伝えろ。伝わらなかったら、伝える方法を考えろ。誤魔化して逃げるな。

「それができるようになるまで、あんたとは絶交する。あんたが自分の頭で考えて行動できるようになるまで、もう、あんたのことなんて知らない。よりかからせてなんて、やらないんだからね。もしもあんたが大人になれたら――その時は、塀の外で友達になろう」

セイカは泣きそうになった。アンはぷいっと背を向けて、布団の中に入ってしまう。いつの間にか、房の中の他の人間が気まずそうにこちらを見つめていた。その視線にうつむきそうになるのを、どうにか堪《こら》える。

セイカはせめて、涙を流さないようにした。

それから本当に、アンとは一言も喋《しゃべ》らなかった。胸の奥が痛む。何度も、どうしたらいいのかと心の中で言いそうになった。

自分がどうしたいのか、考えた。そのたびに、アンの言葉を思い出した。

で悩むことになった。悩んで悩んで、不細工ながらも、考えが少しはまとまった。

自分は、また父や母と家族になりたい。元のように、ではなく、その日あったことを話して、父や母の気持ちも聞いて、もっと、互いのことをきちんと理解し合える家族になりたい。そうして、自分になにができるのか、なにをしたいと願うのか、知っていきたい。自分が外の世界でなにをしたいのかは、まだ少しもわからない。けれども自分のことをもっとちゃんと知ろうと努力して、摑んでいきたい。自分にできそうなことから、一つ一つ、積み上げていきたい。

そうして、またアンと出会える自分になりたい。

そういったことを、仮出所の日に迎えにきてくれると言った母に話すつもりでいた。言葉を何度も心の中で復唱してもいた。なのに、いざ母を前にすると、口が動かない。刑務所を出て、電車に乗って、飛行機に乗って……いくらでも言う暇はあったはずなのに、未《いま》だに一つも伝えられていない。

『それができるようになるまで、あんたとは絶交する』

ふいに、アンの声が頭の中で響く。冷徹に言い放ってやろうとしているのに、少しだけ震えているような、そんな声だった。

飛行機の窓から視線を前に戻す。胸元を握り締めた手を解く。一回、うなずく。

アン。わたし、頑張るよ。

横の座席を向く。

自分と同じくらいの背丈の母の姿が、見えなかった。「えっ？」とつぶやく。視線を少し下にずらす。座席の上、シートベルトと母の服に絡まるようにして、黒い塊《かたまり》が跳ねていた。

え？　え？　と声は出ない。母の座席のさらに向こうを見る。平日でさほど乗客のいなかった機内、それでもぽつぽつと人の座っていた座席に、今や誰もいなかった。服が散らばっていて、その上で黒い塊が跳ねている。機体の揺れを受けて、時に不規則に跳ねる。通路に一つ、二つ、黒い塊が滑り出てくる。

え？　え？　なに、これ。頭が真っ白になって、ろくに思考が回らなくなってどのくらいの時か、機体が大きく揺れた。なにが起こっているの？　どうなっているの？　考えても少しもわからない。飛行機が、墜《お》ちている？　なに、これ。

隣の座席では黒い塊が跳ねて、下に落ちた。セイカの足に当たる。心臓が跳ね上がる。隣の席には、母の服。なにこれなにこれ。どうしよう。お母さん。どうなっているの。どうしたらいいの。飛行機が墜ちている？　そんな、そんなのどうしたらいいかわからない。なんなのこれ。ベルト着用サインは点《つ》いたままだ。どうしたらいいの。なんなの。なんなの、この黒いの。飛行機が、墜ちる？　逃げなきゃいけないの？　緊急脱出？　でもベルト着用サインは点いたままで――

座席に腰を下ろしたまま、セイカは、どうしたらいいかわからない。

†

彼女は周囲の人間が黒いぐずぐずと化しても気がつくことなくパチンコを打ち続けていた。いつも絡んでくる年配の男が姿を見せなくても、なんとも思わなかった。パチンコ屋の騒音にまぎれて黒い塊の跳ね回る音が目立たなかった、というのもある。しかし彼女の場合、外を歩いていたところで異変に気づかなかったかもしれない。

他人なんてパチンコ玉と同じ。ただ弾《はじ》かれて、流されていくだけのモノ。

だから家に置き去りにしてきた義理の息子の死体も、ただのモノに過ぎない。「義理の息子」と認識したことすらない。

その子供の父親である男とは、どうやって知り合ったのだったか、よく覚えていない。ただ何回か会っているうちに妊娠が発覚して、男の家に転がり込んだ。最初は子供の姿はなかった。養育を拒否した元妻が勝手に置いていったとかで、いつの間にか家にいるようになった。男は外に女をつくっているようで、家に帰ってくることは少なかった。子供の世話は彼女に任される。しかし彼女には、子供を世話するという認識がない。

彼女自身、世話をされた記憶がなかった。物心ついた頃には父親の姿はなくて、母親はどこかの誰かに入れ込んで家に帰ってこなかった。適当に選ばれた惣菜《そうざい》が冷蔵庫には入っていて、それを弟と分け合って食べた。ある時に冷蔵庫の中の食材が尽きて、なのに母親は帰って来なかった。調味料すらもなくなって、水道も止められて、弟と並んで床に横たわった。弟は静かだった。しばらくして、弟の体に触ってみたら冷たくなっていた。時間が経つと、弟の体から生ゴミみたいな臭いが漂ってきた。弟はモノになってしまったらしい。いや。最初からモノだったのだろう。親から放っておかれて、腐乱していくモノ。親なんて本当にいるのだろうか。全部、他人で、モノだったのかもしれない。

義理の息子は調子の悪いオモチャみたいだった。上手く喋れない。そこら中でお漏らしをする。すぐに泣き喚《わめ》く。少し外出すると、家の中はひどい有様になっていた。部屋の掃除をしたり食事を与えたりすることはとても面倒だったし、なにより、あまりにうるさかったので、その日の朝、壊してしまうことにした。床に叩きつけて、頭部を重点的に壊していくと、ようやく静かになった。息をついてから、いつものパチンコ屋に出掛けることにした。

パチンコの台に向き合いながら、お腹をさする。別にそこに子供がいることを認識しての動作ではない。ただ空腹を覚えただけだ。パチンコ屋の騒音は子供のものと違って耳に馴染《なじ》んでいるので、うるさくは感じない。別にパチンコが好きなわけではなかった。流れていく銀の玉を眺めているのが落ち着くだけだった。空腹は放っておく。そのうち収まってなにも感じなくなることを彼女は知っている。

そんな彼女もさすがに、近くに飛行機が墜落した時の音には気がついた。気がつきはしたが、次の瞬間にはパチンコ屋も爆風に呑《の》まれて、振り返る暇はなかった。

あたり一面が火の海となり、黒い塊がその中で跳ね続ける。

黒焦げで激しく損傷したモノとなった彼女がその音を耳にすることは当然なかった。

7　道　your past

周囲の人間がぐちゃぐちゃに捻《ねじ》れ、圧縮され、鳥のような形の奇妙に艶めく黒い塊《かたまり》となった瞬間、ヤスヒサは谷中銀座《やなかぎんざ》商店街の甘味処《かんみどころ》の看板を眺めていた。隣町のコンビニのバイトで深夜から朝八時にかけてのシフトに入っていたところ、朝番が無断欠勤したために二時間以上の残業を自ら申し出た、その帰りだった。甘いものでも食べたいな、と誘惑がよぎったものの、首を振る。代わりに、両親に饅頭《まんじゅう》でも買って帰るべきだろうか、そんなことを考えている最中だった。

視界の端で、衣服が地面に落下していくのを捉える。看板から目を離して、あたりを見回した。小さな商店を所狭しと脇に構えた、広々としているとは言い難い道の上に、ペンキでもぶちまけたかのように人間が身に着けていたものが散らばっている。上着にボトムス、鞄《かばん》に靴に畳まれた傘――平日の午前がもうすぐ終わるくらいの頃合いだったが、道には観光客の姿が目立っていた。そういった人々の姿がすっかり消え、残骸のように黒い塊がびちびちと跳ねている。甘味処のガラス戸の向こうに立っていた店員の姿もない。

すぐに事態を呑《の》み込むことはできず、しばらく呆《ほう》けて突っ立っていた。どのくらい過ぎた頃だろうか、彼は慌てて走り出そうとする。足がもつれて転倒しかける。つんのめった視界の真ん前に、びたびたと衣服を打ちつける黒いぐずぐずがあった。体勢を立て直して、走る。深く考えてのことではない、ただ、商店街横の細い路地を少し行ったところにある自宅を目指していた。

母はもちろん、とうに定年退職した父も古い一軒家の居間にいるはずだった。息を切らして辿《たど》り着いた家には、早めの昼食の準備が行われていた形跡があった。しかし、父と母の姿はなかった。代わりに、鳥のような形をした、鳥ではない黒いなにかが跳ねている。台所から、なにかが焦げる臭いが伝わってきた。彼はのろのろとそちらへ向かい、年季の入ったガスコンロの火を止める。

　周囲の人間すべてが、なんだかよくわからない黒い塊と化した？　頭の隅ではそのように事態を理解する自分がいないではなかったが、受け入れることができるはずもなかった。彼は家の中を何度も見回した後、また商店街に向けて走る。もう四十近くにもなる身はすぐに悲鳴を上げ、小走りから、ただの歩行へと移り変わっていく時間は短かった。それでも彼は、商店街を、その奥の路地を、うろうろとし続けた。父や母が、ひょっこりと顔を出す瞬間を思い描きながら。どれだけ動いても誰も見つからない中で、「これは夢なのではないか」と考えるようになる。たまに見る、夢の中で夢だと気づく夢。気づいたらすぐ目が覚める場合が多いのだが、この夢はいつ終わるのだろうか。

　気がつけば商店街はオレンジ色に染まっていた。「夕やけだんだん」と呼ばれている階段の下で、荒い息を吐く。足元には中年女性のものと見られる服や荷物、黒い塊。びちびちと、無人の世界に空《むな》しい音が響く。

　なんなのだろう、これは。いったいどういう悪夢なのだろうか。ぬるりとした光沢を放つ塊を眺めながら、彼は心臓が疲労でなく不安に高鳴るのを感じていた。ふと、自分の家とは反対側の住宅街に視線をやると、どこからか黒煙が上がっている。それも細い煙でなく、ぼうぼうと。家が焼けている——直感的にそう判断する。複数の家に延焼している。コンロの火が点《つ》けっぱなしだった自分の家を思い出す。どこかの家があんな風に調理途中だったから、火事になってしまった。その家の中には人間がいない。火事に気づいて通報しようとする近所の住人もいない。消防隊も来ない、いない——

　世界に、誰もいない。

　考えないようにしていたそれを頭の中で復唱してしまった瞬間に、背筋を悪寒が走った。

その時だった。

「ありゃ、男の人発見」

頭上から、あどけない声が降ってきた。

階段を見上げる。夕焼け色に染まる段の向こう側に、一つの影があった。顔はよくわからない。しかし、人間と同じサイズで——おそらくは帽子をかぶった若い女で——そう、人間の形をしている。

人間だ！

「おーっと、動いちゃ駄目っスよ。プリーズ、フリーズ？」

安堵《あんど》を覚える暇すら与えられなかった。彼は、その影が自分になにを向けているのか、不思議とすぐに理解することができた。

映画の冒頭のようだ。誰もいない場所に立つ中年男に、謎《なぞ》の人物が銃を向ける。台詞《せりふ》は聞き取れず、映画の最初の時点ではその殺し屋が誰なのかはわからない。後々、最初に殺された人物がなんらかの事件に関わっていたことが判明する。そんなサスペンス作品かなにかのワンシーン。

息が止まる。心臓が高鳴ったままの鼓動を刻み続けている。脳は、映画の場面の先を流す。あっけなく撃ち殺される自分の姿が重なる。

そんなヤスヒサに向け、影は、わざとらしく首を傾《かし》げながら、のんびりとした響きをまといつつも明瞭な声で言い放つのだった。

「確認っスけど、あなたも人殺しで合ってますよね？」

†

　テーブルを挟んで、ヤスヒサは女と向き合っていた。電気の点かない居間は闇に包まれており、数本立てたロウソクの照らす範囲だけがぼうっと浮き上がっている。激しく屋根を打ちつける雨の音に揺らされているかのような炎を愉快そうに眺めて、女は「倒して火事になったら大変スねー」などと言う。それから続けて、ヤスヒサに笑みを傾けた。

「お風呂、ありがとうございました。途中から水浴びになっちゃったっスけど」

　家に入るなり、女は「歩き回って汗かいちゃったんでー、お風呂、貸してください」と言い出した。「銃って水に濡らしても大丈夫なのかな？」などと、ひとりごとのようにつぶやきながら、示された脱衣所へモスグリーンのモッズコートを翻して向かっていく。

　家に着く直前からぽつぽつとアスファルトには染みができ始めていた。雨の音が大きくなっていくのを感じながら居間で待っていたところ、急に電気が消える。雷が落ちたのではない。ブレーカーを調べてみるも、異常は見当たらなかった。ただ電気が点かない——送電が止まっているということだろうか。「うっわ、電気消えた！」と、気楽な調子の悲鳴が聞こえてきたものの、シャワー音は途切れなかった。と思ったら、「うっは、冷てえーっ！」とまた悲鳴が上がる。今度はいささか悲痛な色が混じっていたが、未《いま》だにはしゃいだようなトーンの抜けない声だった。停電でボイラーが止まって、湯が出なくなったらしい。当然、ドライヤーを使うこともできず、女は濡《ぬ》れた頭にタオルを載せて居間にやって来た。元から着ていたらしいニットセーター姿で、キャスケット帽とコートを小脇に抱えている。拳銃はコートのポケットの中だろうか。着替えに苦労するだろうと脱衣所に置いてやった懐中電灯を、肝試しをする子供のように揺らしながら席に着く。

懐中電灯の代わりに居間を照らすため用意したロウソク灯《あか》りの中、シャワー後に貼ってやった右頰の湿布薬が妙に白々と空間に浮かんでいた。

「頰っぺたも手当てしてくれて、あなた優しいっスね。ちょっと、あの人……あたしのお兄ちゃんと似てるかも。人殺しにも、いい人っているんですねー」

本人はケロリとした様子だったが、腫れ上がった頰はあまりに見かねるものだった。手当てしてやることが——銃を向けられてなお——正しい行いだと思った。

それになにより、出会い頭の言葉が引っかかってならなかった。だからヤスヒサは自ら、女を自宅に招く提案をしたのだ。

「……どうして、俺のことを人殺しだと？」

テーブルの上に載せた拳が震えていることに、自分で気づいてはいなかった。いつの間にかスマートフォンをいじっていた女はヤスヒサの拳に気づいていないのだろう、あっけらかんと口にする。

「なんか、生き残ってるのは人殺しだけっぽいんでー」

闇の縁まで女の言葉が響いた。その声の残滓《ざんし》が消え去った頃に、屋根を叩《たた》く雨音にまぎれて、びちびちと跳ねる音が耳まで届く。女のシャワーを待つ間、目の前で跳ねられるのがたまらず、しかし遠くにやるのも憚《はばか》られ、布越しに触れながら居間の隅に移動させた、謎の黒い塊の発する音。頭をよぎる、昼間の商店街の光景。

まともな人々が、こんな黒いぐずぐずと化して？

生き残っているのは、人殺し？

反応できずにいるヤスヒサに、ふいに瞬く光が当てられる。女がスマートフォンのレンズを彼に向けていた。画面をいじってからにやりと笑って、それから、女は淡々と言葉を続ける。

ここに来るまでに出会った男が祖母を殺したとかなんとか言っていた。男と自分の共通点は人を殺したことであるらしい。人間以外の動物は生き残っており、死体も形を変えず残っている。「人でないもの、あるいは人でなくなったもの」のみがこの世界ではそのままなのではないか――人殺し＝人でなしも、また。

「そういや、谷中銀座商店街にも猫がいっぱいいるって前に聞いたなーって思ったから来てみたんスけど、この家に来るまでには全然会わなかったな。実はあんま猫いないんスか？」

「ちょ、ちょっと待ってくれ。待ってくれ……人でなしが、人殺しが、生き残っている？　そんなことが」

そんなめちゃくちゃなことが、あってたまるか。

頭を抱えるヤスヒサに、場違いなほど明るい声が浴びせられる。

「その反応、マジでお兄さんも人殺しなんだ？」

顔を上げると、薄暗い中に女の表情が浮き上がっていた。頰に貼られた湿布薬の存在があってなお、子供のようにわくわくとした様子が満面に浮かぶ笑みだった。

「え、死体、どこにあるんスか？　二階の部屋スか？」

「……この家は、事件現場じゃない。そもそも、十四年前の話だよ」

「あ、そっか。さっき会った人が家で殺したとか言ってたから、つい。えー、十四年前？　ずっと見つかんなかったの？　完全犯罪とか、すげー」

「……普通に捕まったよ」

「なんだ、そっか。へえー、人殺しても、そんなもんで出てこれるんスね」

明るい口調につられて返答していたものの、その言葉には喉の奥が締めつけられた。「あーそっか、服役しても、人殺しであることには変わりないっスよねー」と、少しも構わない調子の声がさらに届く。

「……なんで」

「ところで、お腹空《なかす》いてきたんで、なにか恵んでくれたりしません？」

必死で絞り出した声に、女の呑気《のんき》な声がかぶさる。彼は首を振ってから、女の言葉を無視して睨《にら》みつけた。

「なんで、人を殺した人間だけが生き残っているんだ」

女は肩を竦《すく》めてみせてから、その両手を頭の後ろに回す。いかにも、どうでもよさそうな仕草だった。

「んなもん、知んねーっスよ。ただ、あたしもお兄さんも、あのでぶっちょも、人殺しだった、それだけです」

「そんな……そんな理不尽なことが許されてたまるか」

「まーアレじゃないスか？　環境破壊を繰り返す人類にたまりかねて、神様が裁きを下したとか、そーゆー感じの。映画とかでたまにあるやつ」

「だったら、俺たち全員滅びているはずだろう」

「だーかーらー、悪《あ》しき人類を滅ぼす手伝いをした人間には褒美を与えてやろうとか、なんかそういう感じじゃないスか？　知らんけど」

けたけたと、軽い笑い声があたりに響く。笑い声に合わせて揺れる椅子の音、それに呼応するような雨音と、部屋の隅で跳ねる音。

「なんでもいいじゃないスか。もはや誰も、あたしらを咎《とが》める人間はいない。人間がいなくなった世界でやりたい放題、サイコーじゃないっスか」

けたけたと、びたびたと。古い家を反響する。

くらりと、めまいが襲った。再びヤスヒサは頭を抱える。視界の端で、一番短いロウソクから、どろりと蠟《ろう》が垂れるのを捉える。

「あーやっぱ、歩きっぱで疲れてますし、早寝した方がいいかな。ご飯はやめときますか。食べてすぐ寝るのはよくないって言いますもんねー。ベッド、貸してくれませんか」

疲れている、その言葉には心底同意できた。だから彼は重い腰を上げて、懐中電灯で指し示しながら女を二階に案内した。今は亡き祖父母が物置として使っていた部屋。そこに布団を敷いてやってから、隣の部屋——一年前に仮出所してから自室として使わせてもらっている部屋のベッドに倒れ込む。着替えることなど少しも考えはせず、昨日のバイト出勤時からずっと着ている服のままだった。

小さな部屋の中には、幼い頃から大学生になるまで住んでいた家——ヤスヒサが事件を起こしたせいで手放さざるを得なくなった、両親が買った家——に溜《た》め込んでいた、小説やＤＶＤが詰め込まれた棚がある。目を閉じても、あるいは目を開けてなお暗闇の中であっても、そこになにがあるのか思い描くことができる。終末世界で生き抜く人間たちを描いた作品もいくつかあった。研究中のウイルスの流出により壊滅的な状況に追い込まれた人類。人工知能が大幅に発達した結果、地球にとって害悪であると見なされて滅ぼされようとする人類。生き残った人間はウイルスに対して抗体を持っていたり、人工知能により有用と判断され利用されたりしていた。

……人殺しが、有用であると？

あるいは、ここまですべて長い夢なのでは、と思った。いや、願った。この夢の中で眠れば、目覚めた本当の世界はなにごともなく流れているのではないか。ならば、疲労感に身を任せて早く眠ってしまいたい。

そんなことを望んでいたのに、激しい雨音に邪魔されてなかなか意識は落ちなかった。闇の中、ずっと「人殺しだけが生き残っている」という言葉が脳内を反響する。

人を殺してしまった自分は、この世界でどう生きていくことが正しいのだろう。

近頃はずっとそのことを考えようとしていた。その矢先に、人々が鳥の死骸のような、しかし死体と違って延々と跳ね続ける不気味な姿と化してしまった。

自分がそうなるのであれば、まだ納得できただろう。しかし、まっとうな人々を差し置いて、自分は生き延びてしまっている。

自分は、償いをせねばならない身であるのに。

どうしてこんなことに。もしも目が覚めても人々が元に戻っていなかったら、自分はどうしたらいいのだろう。

一、二時間程度はうつらうつらとしていただろうか。朝になり、家の中にも陽《ひ》が射し込み始める。

雨はすっかり止《や》んでいた。昨日よりも少し薄手の生地を選んで着替え、居間に下りると、相変わらず黒い塊——両親だったと思《おぼ》しき残骸が跳ね回っていた。

世界は元通りにはならず、夢の続きのように今日が始まっている。

いや。夢ではないと、受け入れなければならないらしい。

コーヒーでも淹《い》れようかと思ったが、蛇口から水は出ず、ガスコンロの火も点かなかった。なるほど、人類が消えて、水道局やガス会社の人間もいなくなってしまったらしい。管理する人間の中に人殺しがまぎれていることはあり得るだろうか、と少しだけ考えてみるも、仮にいたとして、仕事をしている場合ではないだろうな、とすぐに結論が出た。古い冷蔵庫から麦茶を取り出す。冷蔵庫の中は真っ暗であり、麦茶は少しばかりぬるくなっていた。この家には発電機などというものはないので、あの終末映画のようにベーコンエッグを焼くこともできないな、と薄く笑いが漏れる。

そうこうするうち、というよりはヤスヒサがすっかり身支度を終えテーブルに着いてずいぶん経《た》ってから、のろのろと女が二階から下りてきた。コートを手で持ち、寝癖を隠すためだろうか、室内であるのにキャスケット帽をかぶっている。昨日の湿布薬は今にも剝がれ落ちそうになっていた。

「おはよーさんっスー……っていうか、早いっスね」

半日近くも寝ていたであろうに、女は未だ眠そうに目を擦っていた。その口が、食べ物が欲しいだとか飲み物が欲しいだとか、あれこれと要求を告げる前に、ヤスヒサはすかさず言葉を投げた。

「結局、一晩中、考えたのだが。そして朝になって、なおさら思ったのだが」

「……なにを？」

「もしも本当に、人間でないと見なされたもののみが生き残っているのだとして。人殺しだけが生き残った、のではなく、人殺しは取り残されたのではないだろうか？」

女は寝ぼけ眼で「んあ？」と首を傾げる。ヤスヒサは捲《まく》し立てる。

「昨日、君は『悪しき人類を滅ぼす手伝いをした人間には褒美を与える』と言っていたが、むしろ逆なんじゃないのか。黒い塊は、一日経っても跳ね続けている。ずっと変わらぬペースで——永遠にこのままなのではないか？　罪なき人々は、永遠の命を与えられた。人殺しには、その資格が与えられなかった」

罪を犯した人間のみが生存を許されるなど、倒錯もいいところだ。だとすれば、これは喜ばしい生存——褒美などではないのではないか。

この世界にその身を残されたことこそが、罰なのではないか。

「えー、こんな、黒いぐずぐずになるのが、ご褒美？」

女は半眼で、訝《いぶか》しげな声を上げる。小馬鹿にするような響きすら感じとれた。しかし、ヤスヒサは構わない。

「これは単なる、肉体の残りかすなのかもしれない。生きた肉体から魂が搾り取られて、まともな人々は浄土だとか天国だとか、そういった場所に招かれたのかもしれない。その前に死んでしまっている人は、すでに魂が抜けているから死体もそのままなのではないか」

「え、ちょっとちょっと、なにそれなにそれ、なんかのカルトっスか？　怖っ」

「カルトでもなんでもいい。今この世界に妥当な意味を与えられるのなら」

女はヤスヒサをまじまじと見つめながら、笑っていた。へらへらとした笑みであったが、口の端がわずかに引き攣《つ》れている。

そんな女をまっすぐに見返しながら、ヤスヒサは、言う。

「人殺しは、この世界——水道もガスも電気も止まった、いずれは飲み物も食べ物も、建物すらも腐り落ちるこの世界に取り残され、試されているのではないか」

「……なにを？」

「罪を償うことができるかどうか。人間になれるかどうかを」

そして、真に人間として認められた時にこそ、人々と同じ場所に辿り着くことができるのではないか。

この世界は褒美でなく、試練の場である。求められるのは、真の償い。他の人間と同じになりたくば、この場ですべきただ一つをなせ。

「……んえーと、あなたの言うように試されてるんだとして？　いや、知んねースよ、償いとか。別に、天国とか浄土？　とか興味ねーし」

女は後頭部を掻《か》いてから、コートを探って拳銃を取り出した。真っ黒な銃口を面倒くさげにヤスヒサに向ける。

ヤスヒサは座ったまま、微動だにしない。昨日のように、心臓が跳ねることすらない。

「俺はまだ償いというものができていないから、撃たないでほしいし、撃つべきではないと思う」

「銃を向けられる側の台詞ですか、それ……ちなみにこれ、中身入ってますからね？　新しく警官の制服からかっぱらってきたやつだから」

「そんな若い身で罪を犯して……この期に及んで罪を重ねる前に、君にもやることがあるはずだ」

なにを、と半笑いで女は問う。半ば答えを予想している口ぶりだった。

ヤスヒサはその期待に違《たが》わず、述べる。

「この世界で、償いの方法を模索しよう。ともに、自分の罪と向き合おう」

女はひくひくと痙攣《けいれん》したような音を上げ続けたが、しばらくすると、腹を抱えて大きく、さも楽しげに、笑い出した。拍手でもするように、びちびちと、黒い塊が傷んだフローリングを打ちつけていた。

†

モスグリーンのコートが歩調に合わせて揺れるのを見て、ヤスヒサは「暑くないのか」と問うていた。かくいう自分も、念のためにと着てきた暗色のジャケットが暑苦しく感じられている。

考えてみれば、昨日も妙に暑かった。人間が消えると人体からの放熱がなくなる分、気温は下がると、出所後にレンタルした映画で観《み》たが――それにも増して、十一月の末ではあり得ないほどに陽射しが強いということだろうか。見上げた空は、色だけは涼やかな薄青だ。

「あー、あたし、暑いのとか寒いのとか、あんま感じないんでー」

先を歩いていた女は、ステップでも踏むかのように振り返って答える。その口の端からは、湿布薬が外されていた。まだ少し腫れた様子である。気温だけでなく痛みにも鈍感なのだろうか、とヤスヒサは訝しむ。見つめていると、女は「昨日会った時も思ったけど、背ー高いっスねー」とお世辞のようなことを言ってきた。

家を出て日暮里《にっぽり》駅に向かい、そのまま鶯谷《うぐいすだに》方面へと歩を進める予定だった。駅に向かう道中、一匹のトラ猫とすれ違う。人間以外の動物もそのまま、という言葉がよぎった。女が「おー、にゃんこ」と声を上げる。「そんなに猫が好きなのか」と訊《たず》ねると、「いや、犬派っスけど」と返されて首を捻《ひね》ることになった。そんな、どうでもいい一幕があった。

見慣れた駅や駅前通りには黒い塊と衣服の類《たぐい》が散らばり、適宜避けていかねばならなかった。懐中電灯と地図帳、非常食になりそうな缶詰や五〇〇ミリリットルのペットボトルを申し訳程度に詰めただけのリュックはさしたる重さではなく、一歩前を行く手ぶらの女はさらに身軽だった。朝になってスマートフォンが使えないとわかるやすぐに放り出したので、女の持ち物といえば拳銃くらいのものだろう。

「こういう時、車で移動できたらいいんスけどねー。あのゾンビ映画みたいに、終末世界を車で仲間と愉快に旅する感じ。ハリウッドスターの家で遊びまくったりとかー。あ、ハリウッドスターも死んじゃったのかな」

「生憎《あいにく》だが免許は持っていない。うちには車もないしね」

「っていうか、ここに来るまでに見てきた感じ、大きな道路はのきなみグッチャグチャだったんで、運転するのは無理っスね……にしても、地図読める人がいて助かりましたわー。どっか行く時は、常にアプリ任せでしたから」

「俺の方からすると、スマートフォンを使いこなせている人間の方がすごいよ」

「アナログ主義なんスか？」

「いや……刑務所に入った頃には、まだスマートフォンが普及していなかったからね」

日暮里駅から遠ざかっていくにつれ、商店は古く落ち着いたものとなり、狭い道路の向こう側にはマンションなど人間の住居が広がって見えた。道路には路駐の車が数台。歩道には、たまに黒いぐずぐずと人間の持ち物が落ちているばかりだった。少し行けば道路は広くなるものの、交通量に変化はないようで、大破している車両の数は少なかった。車内から投げ出されたのであろう、黒い塊が、濡れた路面でしきりに跳ねている。やはり、事故に遭った程度では動きを止めないのだな、とヤスヒサは一人うなずく。

「へえー、アレだ、浦島太郎《うらしまたろう》状態ってやつですね」

「まさにそんな感じだったよ。一応、仕事を探すために必要だから契約はしたが、未だに通話とメール以外の機能がよくわからない」

「うひゃー大変だー。あ、ねえねえ、刑務所であの事件の犯人とかと出会いませんでした？」

「あの事件の犯人は死刑判決だから、刑務所でなく拘置所だよ」

「どう違うんスか？　……ってか、服役してたんでしょ？　なら、もう十分、償ったんじゃないスか？」

道路から、女の靴に目を向けたところだった。水溜まりを跳ね飛ばす、泥遊びでもし尽くしたかのように黒く汚れたショートブーツ。

こんな状況では生き残った者たちも困り果て、ろくに動けずいるだろう。なるべく人数を集めて情報を増やし、協力して生き延びる必要がある。そう提案したヤスヒサに対し、女は「償いとかどうでもいいっスけど、人殺しがいそうなところ――東京でも特に人の多いところに行くのはアリっスね。遊ぶものも多そうだし」とうなずいた。できるだけ線路に沿う形で上野駅、秋葉原駅を見回り、最終的には東京駅周辺を探っていく計画となる。「東京駅の次はー、新宿とか渋谷とか、人殺し多そうっスよね」と地図を指す遠足気分の女に対し、「遊びではないからね」と水を差したりもした。女が出会ったという男も探したいところであったが、仲違いして別れたので消息不明だとのこと。

「見た感じじっスけど、ヤッさんの場合、めちゃめちゃ真面目に服役してそう。模範囚ってやつ？」

一緒に罪と向き合う気などさらさらない、と言いながら、女はヤスヒサを見つめて名前を訊ねてきた。フルネームを名乗ると、すぐさま「ヤッさん」と略してくる。その呼び方は、ヤスヒサが仮出所する一年前に亡くなった祖母の「やっちゃん」という声を思い起こさせて、複雑な気分にさせられた。

自らは名乗りもしない女は、ヤスヒサの胸中など考える素振りもなく、ただ彼を面白がって行動をともにしている。そんな女に、ヤスヒサは真摯に言葉を返そうとし続けていた。

「確かに、刑務作業は真面目にこなしたし、刑務官の受けもよかったよ。だからこそ、満期出所でなく仮釈放を許されたわけだが」

「でしょー？　十何年も閉じ込められて頑張ってたんですから、人殺しもチャラですって」

「……君は、裁判ってなんだと思う？」

女は歩道に駐輪された自転車をつついてから、振り返ってヤスヒサに首を傾げた。

「罪を裁く場じゃないっスか？」

「違うよ。あれは、社会がその罪に対してどの程度の刑罰を科すべきなのか、検察と弁護士が落としどころを探って、それらしく決定して知らしめるための場でしかない。罪人を裁くだとか、さらに言うならば真実を追求するための場ですらない」

当時のことをそのように振り返るようになったのは、つい最近のことだった。

思い出す。被害者がいかに苦しんだか、ヤスヒサがいかに身勝手であったかを述べ、少しでも刑罰を重くしようとする検察。ヤスヒサの側にいかに弁解の余地があるか、さらには被害者側にいかなる落ち度があったかをあげつらい、少しでも刑罰を軽くしようとする弁護士。判決は、その二つの折衷案のようなところに収まった。その過程で、ヤスヒサは自分がなにをしたのか——自分のことであるはずなのに——よくわからなくなりそうになった。

あの時、殺した相手は本当に泣き叫んで命乞いなどしていただろうか。あの時自分は、本当に相手の言葉に深く心を傷つけられていたのだろうか。検察と弁護士それぞれに主張されるごとに、当時の感覚に自信が持てなくなっていった。

「——そんな状態で刑務所生活が始まったものだから、今にして思えば反省もなにもなかったよ。毎日、作業をこなして刑務官に気に入られることばかり考えて、同じ雑居房の人間と上手《うま》くやることに腐心していた。布団に入る頃には、自分で選んで映画が観たいだとか明日の飯の献立のことだとか、欲に塗《まみ》れたことしか考えていなかった」

「あ、刑務所のご飯って、実は臭いメシじゃなくてめっちゃ美味《おい》しいって、テレビで聞いたことあります」

曲がり角に歩道橋が見えてくる。女は指差してみせるが、「渡る必要はない」とヤスヒサは首を振る。

「いや、不味《まず》くはないがとりたてて美味しいものでもなかったよ。成人病対策で、とにかく薄味だったからね……ただ、味はともあれ量が足りなくて、特に夜はきつかったんだ……とにかく、当時はそんな日々をこなすことこそが償いだと考えていたが、しかし、決められた作業をして乏しい食事を与えられて、それでなんの罪が贖《あがな》えるというのだろう。言われるがまままただ生きて、生かされて、その生活のなにが償いになる？　同じ房の中には『あいつが勝手に死んだせいで、こんなところに押し込められるハメになった』などと言ってのける奴《やつ》すらいたよ。服役することは、社会が罪人に課す労役をこなすことに過ぎない。自らが犯した罪に対しての罰ではあり得ない」

女は個人経営と思しき飲食店の看板を眺めながら「難しくてよくわかんないっス」とつぶやいた。

「なーんか、彼氏と会話してるみたいだなー……あの人も、難しいことばっか言って、こっちが理解できないとめっちゃ馬鹿にしてきたんスよね」

「馬鹿にするつもりはないよ。気に障ったのなら謝る。ただ、服役したからといって無罪放免ではないとわかってほしかったんだ」

「あ、そーいや彼氏が、なんかの本読んで『真に反省するためには、まずは己の内の不満を吐き出さねばならない』とか言ってましたよ。ヤッさんも、罪とか考える前に、不満解消しましょうよ」

「君は、不満なのかい？　殺した相手に対して？　それとも、殺すに至った自分の境遇について」

「超ー不満っスよー」

少しも不満の感じられないカラカラとした声で、女は笑った。

「っていうか、仲間集めってんなら、刑務所行った方が早いんじゃないスか？」

ヤスヒサはぴたりと立ち止まった。

服役していたくせに、なぜその発想が最初に出てこなかったのだろう、と自らを呪う。が、地図帳を取り出して最寄りの刑務所ないし拘置所を探そうとする手は、女によって止められた。

「いやいやいや、人類が滅んだ世界で刑務所を目指すとか、どんなですか」

「東京拘置所であれば、たぶんここから東京駅に行くのと到着時間はさほど変わらないはずだ」

「やめましょうよ。たぶんアレです、なんか昔の映画みたいに、脱走した囚人が看守のことオープンに突っ込むような地獄絵図になってますって」

「おそらく看守は黒いぐずぐずになっているだろう。それにあれはアメリカの刑務所の話だから、日本ではまずあんな事態は起こり得ない」

「真面目に返さないでくださいよ……ってか、どの映画かわかるんスか」

歩道で議論とも言えない議論を重ねた結果、最終的には女が銃を持ち出して、そのまま東京駅を目指すことになった。渋々ではあるが、他の地方からも人の集まる地点である東京駅に期待することにする。

移動を再開しながら、ふとヤスヒサは首を曲げた。

「……人殺しとはいうが、該当するのは殺人犯だけか？　たとえば、交通事故を起こして人を死に至らしめた人間は」

「んー、だったら、ここに来るまでにもうちょっと会ってる気がしますけど」

視界の先に、女のコートよりかは明るい色の高架が見えてくる。そこを越えて行くと、こぢんまりとした鶯谷駅の北口改札に辿り着く。駅近くのドラッグストアの前には自転車が停まっており、その足元に黒い塊が転がっていた。

右手のフェンス越しに線路を眺めながら、雨に濡れた通路を歩いていく。ヤスヒサは鶯谷駅付近をうろうろしたことがなかった。左手に次々とラブホテルが現れるのに対して、「ああなるほど、噂《うわさ》には聞いていたが」と半ば呆《あき》れたような気分になる。女も同じように「うっわ、そういや鶯谷駅近くって、ホテル街なんでしたっけ。そんなにヤる人いんのかな」と驚嘆の声を上げていた。

「せっかくだから、どっかで休んでいきます？」

ひび割れた壁に貼られた「空室」のプレートを指差し、女はヤスヒサに向けて口の端を曲げた。かららかっているのが見え見えの表情だったので、ホテルの中は停電していて非常口くらいしか明かりは点いていないだろうだとか余計な言葉は添えずに、軽く肩を竦めていなすことにする。

線路沿いの道が行き止まりとなったので、いったんホテル街に入り込んで進むことになる。派手派手しい城のようなホテルからビジネスホテルのような簡素なホテルまで、本当に次から次へとホテルが目に入る。人間がぐずぐずになる現象が起きたのが午前中だったからか、道端には一つも黒い塊や衣服が転がっていない。おそらくは、各ホテルの内部にも、さしたる人数はいなかったのだろう。道の上には跳ねる音もなく、電車の音が聞こえてくることもなく、あたりは静まり返っている。

「アレっスか、みだりに女に触れるべからずとか、清らかな体を保たねば天国には行けぬとか、そーゆー宗教的なのっスか」

比較的新しそうなホテルの、石造りを模した塀をなぞりながら女は言う。ヤスヒサの方は向いていなかったが、無人の道にその声はよく響いた。

「確かに、敬虔《けいけん》なクリスチャンは結婚するまで性行為はしないそうだが」

「うっひえー、超ストイックー。キリスト教徒でなくてよかったっスわ」

「現代でそこまで厳密に守っている人間はそうそういないはずだがね」

女の背に言葉を放りながら、ヤスヒサは少しだけ視線をうつむけた。自分の台詞が、聞きかじりの浅い知識をなぞっているのに過ぎないことに、後ろめたさを覚える。

仮出所してからずいぶんと経って――というか、つい先月に、自室の押し入れに詰め込まれている段ボール箱を漁《あさ》った。大学時代の参考書まで、両親は引っ越しの際に処分することなくとっておいてくれた。授業で使った、キリスト教や仏教の本を取り出す。

取り出しながら、授業の内容をまったく覚えていない自分というものを自覚した。幼い頃から賢いと褒められ、順調に進んだ大学。そこで気まぐれに履修した宗教学の授業で学んだことが、まるで身になっていない。

償いというものについて、宗教から学ぶ道があるのではないかと、縋《すが》ろうとした。しかしその前に、罪を犯す以前からいかに自分が漫然と生きてきたか、思い知らされることになった。

周囲の人間を――殺した相手のことを、見下していた自分。

そんな自分に殺されてしまった人について、自分の頭で考えなければならない。驕《おご》らず、余計な言い訳をせず。

「……宗教的にどうするのが正しいとされるか、ではなくて、自分が殺《あや》めてしまった彼女はもう、性的な享楽にふけることもできないのだ――と考えると、自分にそんなことをする資格はないのだと思えてこないかい？」

「殺したの、女の子だったんスか。しかも『彼女』の言い方的に、付き合ってた子？」

女がくるんと振り返る。頬を腫らした若い顔。背格好は似ても似つかないが、ヤスヒサが殺めてしまった彼女と同じくらいの年頃だろうか。

女に彼女の顔が重なることはない。ただ、あの頃を思い起こすには十分だった。

「——大学時代から付き合っていて、互いに就職してから同棲《どうせい》することになった相手だった」

映画サークルで出会った彼女は、多少は他のメンバーよりも知識量のあったヤスヒサに尊敬の眼差《まなざ》しを送り、よく褒め称《たた》えた。その視線にのぼせ上がっていた自分を思うと、恥の念を禁じ得ない。

自分は他の人間よりも優れていると、幼い頃から思っていた。クラスメイトの誰よりも、家族の中で誰よりも。そんな自分には、なにか特別なことをなす運命が与えられているはずだ——就職した会社で日々の業務にやりがいを感じられない中、漠然と胸に抱いていた思いが輪郭を持った。ここは、自分のいるべき場所ではない。もっと他のことに人生を費やすべきだ。たとえば、映画の脚本を書いたりだとか、そういった特殊なことに打ち込むのが自分のあるべき姿なのではないか。

それぞれの会社で揉《も》まれ、同棲したものの会話の機会はすっかり減っていた。そんな中で、もっと他の仕事がしたい旨をぽつりと漏らした。

彼女は瞬間、激怒した。自分だって会社なんか辞めたいのに、あなただけが楽をするなんて許せない、そのようなことを捲し立てた。ヤスヒサが釈明しようとしても、ずっと喚《わめ》き続けて口を挟む隙を与えてくれなかった。

今にして思えば、自分たちは呆れるくらいに、すべき会話をしていなかった。自分がつまらない仕事に忙殺される中で、彼女も同じように精神をすり減らしていたのだ。けれどもその時は、他人を思いやる心に欠けていた。自分の話を聞いてくれない彼女に、怒りを爆発させてしまった。

「それで、ついカッとなって灰皿で殴ったとか包丁で刺したとか、首を絞めたとか、そんなんスか？」

「いや、工具箱からハンマーを持ち出して殴った」

「あらま、意外と暴力的」

「『人に話を聞いてほしかったら、肩を叩くくらいじゃ駄目だ。ハンマーで殴りつけないと』――」

「？」

「名作映画の台詞だよ。さっき君が言った映画と同じくらいの年代の作品かな」

「へえー。あたし、ニワカだからわかんねっスわ。『13日の金曜日』も、実は一作も観たことないですし」

なぜそこで『13日の金曜日』が出てくるのだろう、と首を傾げたが、あえて口にすることはなかった。

映画の台詞が頭の中にあったことは、確かな記憶だ。好きな映画でそう言っていたから真似《まね》をしたというのでなく、爆発的な怒りの中でふいにその言葉がちらついた、そういった程度のものであるが。

一発目は、夢中だった。頭から血を流して倒れ込む彼女を見て、後戻りできないと思った。二発、三発とハンマーで殴った。

弁護側は二発目以降も夢中であると言い、検察側は最初から殺意をもって殴りかかったと主張したが、冷静に記憶を辿れば正しいのはどちらでもない。その時に彼女や彼が発した言葉については、どれだけ思い出そうとしても明確な記憶がなく、あやふやな証言となってしまった。

もしも一発目で止まっていたら。捕まって取り調べを受けている最中に幾度となく考えてはいたが、本当の意味でその「もしも」を願うようになったのは、服役を終えてからだった。

「ハンマーで何度も殴りつけるという執拗《しつよう》な手段から、当時のニュースではわりと取り上げられたらしい」

「へえー。恋人殺すとか、とりたてて面白い事件じゃないっスけどね」

実際、手段はともあれ恋人を殺した程度では――もちろん、相手が誰であろうと殺人は重大な罪であるが、大衆の興味の問題として——せいぜい一日か二日、朝のワイドショーにのぼるくらいのもので済んだのだろう。

「……テレビクルーに詰め寄られた俺の両親が、『うちの子は悪くない』みたいなことを言ってしまったようでね」

「あちゃー、そりゃマズイっスね」

女は軽く笑いながら前を向いた。しかし、ヤスヒサにとっては軽く済ませられる問題ではない。これもまた出所後に知ったことであり、服役中は気にも留めなかった事柄なのであるが。

両親のコメントをきっかけに、町には報道陣が詰めかけた、ようだった。週刊誌の記者が、ヤスヒサの実家だけでなく近隣住民のドアをも幾度となく叩く。幼い頃から見知った隣人のコメントにより、あるいはそのコメントを大幅に脚色した結果として、ヤスヒサ一家は異常な家族として紙面を飾ることになる。被害者である彼女の両親が高齢であり、大切に育ててきた一人娘であることも報道に拍車をかけたのだろう。

事件を扱った雑誌の類は、ついこの前、ふと仏間の押し入れを探っていたところで発見した。握り締められてページがぐちゃぐちゃになり、しかし捨てられることもなく残された新聞や週刊誌。ヤスヒサの両親は、一度たりとも彼を責めるような言葉を口にしなかった。その裏で、事件に関する記事を買い漁って読んでいたのだ。

どんな気持ちだったのだろうか。「うちの子は悪くない」というが、両親をこんな目に遭わせる自分は、はたして何者なのであろうか。

角を曲がると、まばらな樹木が見えた。公園がある。回転遊具や滑り台など、最低限の遊具があるだけの簡素なものだ。その真ん前には、例によってホテルがあった。

通り過ぎながら、ちらりと公園のベンチに視線をやる。子供のものではなさそうな、衣類や靴が落ちていた。

小さな頃から本や映画に親しんでいたが、公園で遊んだ記憶くらいはある。二つ下の妹が見守る中で、滑り台を滑るのでなくよじ登っていく遊びをしたこともあった。妹はその時、どんな目をして自分を見ていたのだろうか。思い出そうとしても顔の部分がぼやけてしまう。

「……バイト先のコンビニで、俺の名札を見た誰かが『どこかで聞いたような珍しい名前だな』と思い、検索をかけてすぐに情報が出てくる程度には、一般市民に知られてしまっているみたいだね」

仮釈放が認められても、本来の懲役期間が過ぎるまでは保護司のところに通い続けなければならない。保護司は、とにかく真面目に働くことを求めた。しかし、履歴書の空白期間をごまかす術《すべ》もなく、まともな就職は困難を極めた。そんな中で繋《つな》ぎとして始めたコンビニのバイトで、突然、同僚の態度がよそよそしくなった。その原因については、前触れなくやって来た新聞記者の存在により理解することとなる。「○○事件の犯人が××地区のコンビニで働いている」とネット上に垂れ込みがあって、それを元に記者はヤスヒサのもとを訪れたのだ。

「ネット社会、怖いっスねー」

どうでもよさそうに女が述べたところで、歩道橋が見えてくる。山手線や京浜東北線を真下に控える、人間二人が通れるくらいの幅の細長い道。そこを渡っていけば鶯谷駅の南口に着く。駅を横目におおよそまっすぐ進んでいけば上野公園の敷地内に入り、すぐに上野駅のはずだ。

「その新聞記者は『出所した人間の社会復帰』をテーマに連載を持つつもりだったらしい。就職する上での苦労だとか、バイト先の人間の冷たい視線についてだとか、根掘り葉掘り訊《き》かれたよ」

「ほへー」

「この社会が罪を犯した人間に対していかに狭量であるか、そういう話を引き出したいようだった。意図を察しながらも、話を聞いてもらって『ああ、この社会は冷たいんだ。就職できないのはなにも自分だけの落ち度ではないのだ』と救われたような気分になったものだね」

「ふーん」

「けれども……記者が最後に、妹の話をしたんだ」

「あ、ヤッさん、本当に妹いるんだ」

どおりでお兄ちゃんぽいわけだ、と歩道橋を進みながら振り返る女に、ヤスヒサは苦いものを覚える。歩みが遅くなってしまう。女は一応、ヤスヒサを見つめたまま後ろ歩きをして、歩調を合わせてくれるようだった。

「……決していい兄妹《きょうだい》ではなかった。俺は傲慢《ごうまん》にも妹のことを馬鹿だと思っていたし、妹もそんな俺を嫌っていた。事件後、妹は一度も面会に来ることはなかった」

「冷たいっスねー」

歩道橋の下には線路が連なり、ホームに停止したままの電車がよく見渡せた。いくら待っても動き出すことのない車体。

「それも当然のことだとわかるまで、ずいぶんと時間がかかってしまった」

事件以降、家族とは完全に縁を切って消息不明となっていた妹は、何年も前に、犯罪加害者の家族をテーマにした本の中で取材に応じていた。新聞記者はその本について軽く触れ、「妹さんもずいぶんと苦労されていたようで……これも由々しき社会問題ですね」とだけ残して去っていった。

記者と別れた後、本に書かれていることが気になってヤスヒサはすぐに書店で買い求めた。妹は匿名であったが、なるほど、少し詳しい人間であれば、どの事件の関係者であるかはすぐにわかるようになっていた。詳細に身の上を打ち明けていたらしく、それなりのページ数が割かれている。

幼い頃から両親は兄を甘やかして育て、妹である自分は肩身の狭い思いをしていた。食事を終えた後に食器を下げるだとか、そういう基本的なことについて、自分はしつこく言われてきたが、兄はなにもしなくてよかった。祖父母すらも、兄と妹とであからさまに待遇に差をつけた。そんな教育のせいもあり、兄は他人を思いやる心に欠け、なんでも与えられて当たり前の人間となったのだろう。兄のようにはなるまいと、学生時代からバイトに明け暮れ、家を出て希望の職種に就いた。その矢先、事件が起きた。自分のところにまで取材陣が押しかけた。異常な家族と取沙汰されて、自分が加害者の妹であることは早々に周囲にばれ、働き場所や恋人を失ってしまった──

「妹の章は、その本の中で『加害者家族の置かれる状況と根本的病理』という位置づけだった。正直なところ読んだ直後は、マスコミが様々な媒体で事件を面白おかしく取り扱わなければ、妹はこんな目に遭わなかったのではと思ってしまったよ。週刊誌の記者が妹のマンションの部屋のドアを連日叩き続けたりしなければ、管理人から暗に退去を求められることもなかっただろうに、と」

いくつかのベストセラーノンフィクションを手がけている著者は、インタビュー中に妹を思いやるような素振りをしきりに見せているが、お前の本を出版している会社も事件のことを扇情的に味つけした記事を出したのではないか。他人事《ひとごと》だからこそ、社会は加害者の家族を追い詰めるべきではないなどと綺麗事《きれいごと》をぬかせるのではないか。そう思った。

けれども。苛立《いらだ》ちながらも内容が引っかかり、何度も読み返すうち──誰よりも他人事のように批評している自分の姿に思い至った。

気づいた瞬間、脳裏をよぎった。

自分は、どの面下げて生きているのだろう?

「服役して課された作業をこなして、社会に出てきて正社員として働くことが困難で、どうにかバイトにはありついて――それで、一丁前に苦労を背負っているつもりになっていた。『なんで自分がこんな目に』という驕りすら、心のどこかにあったんだ。けれども、他人事でもなんでもなくて、自分は――俺は、人を一人殺したんだ」

その意味について、本を読んでから、ようやく本当の意味で考え始めた。そうするうちに仏間の押し入れにしまい込まれている雑誌類に気づいて、自分を迎え入れてくれた両親の苦労を知った。それまでは知ろうともしていなかった自分を知った。

「服役を終えたところで事件は終わっていないんだ。償いをしなければならない、ようやくそのことに気づいた」

「んでも、アレでしょ。前にテレビでやってたっスけど、被害者遺族にものすごい額の賠償金とか支払う感じなんでしょ。踏み倒す奴も結構いるって聞きますし、真面目にお金払えばそれで上出来じゃないスか」

「……彼女の両親は、元々高齢で体も弱かったせいか、裁判が終わってからまもなく二人とも亡くなってしまったよ」

そのことについては、服役中に刑務官から聞かされていた。もちろん、「自分が殺したようなものだ」と真剣に考えるようになったのは最近のことだ。「はあー。んじゃ、もう、償うべき人もいないじゃないスか」と女はちゃかした風に言うが、当時の自分もまたそのように甘い考えを持っていたことは否めない。

「償うべき人がいなくなっても罪は消えない。遺族がいなくなったら無罪放免だなんて、そんな馬鹿な話はない。ずっとここに、罪はある。俺の中に」

鶯谷駅の南口を越え、高い石塀が続く通りに出る。地図によると、塀の向こうは霊園だ。死者が眠る場所。

女はいつの間にかヤスヒサの方を向くのをやめていて、だらだらと、モスグリーンのコートを揺らしながら前進していた。石塀は気にも留めていない様子だ。キャスケット帽を載せた頭は上を向いている。呑気なまでに晴れ渡っている空。

「なんか、ヤッさんって物知りでお兄ちゃんみたいで面白いっスけど、あの人と同じで超ー面倒くさいっスね。償おうが償わなかろうが、なにも変わらないのに」

†

上野公園にある東京文化会館の周辺には大量の黒い塊が落ちていたが、動いている人間はいなかった。少しだけ建物内部を探り、大声で呼びかけたりもしたが、応答はなかった。上野駅の周りでも同様のことをしたが、成果はなし。途中、線路上で複数の電車が横転し絡み合っているのが目に入った。アメ横を通って御徒町方面へ向かおうとするも、女が「こっちはもう見たから、反対側の通りを歩きたいです」と駄々をこねるので、仕方なくアメ横とは反対側の高架沿いを歩くことになる。アメ横ほどではないだろうが、こちらの通りにも様々な商店や飲食店が軒を連ね、それなりの数の黒い塊が転がっていた。

高架下のとある焼肉店を通り過ぎようとした時、唐突に女が「焼肉食いたくないっスか？」とヤスヒサを振り返る。

「朝ご飯食べずにヤッさん家《ち》を出たから、正直もう限界なんスよ。なんか美味しいもん食いたいです」

「食うと言っても、店員はいないだろう」

「肉なら、自分で焼けるでしょ」

言うなり女はヤスヒサのリュックから懐中電灯を取り出し、自動ドアをこじ開けて店の内部に入り込んだ。「店ん中は暗いから、屋外で焼肉とシャレこみましょう」などと口にしながら、七輪と椅子を運び出してくる。手際よく皿やグラス、箸、タレや各種の肉も持ち出して、ホルモンを焼き始める。

「冷蔵庫止まってたけど、まあ、一日くらいならよく焼けば大丈夫でしょ」

椅子に座って背中を曲げて、もくもくと煙を上げる七輪に向き合う女。ヤスヒサの分の椅子まで用意されていたが、着席する気には到底なれず、立ったまま呆れ声を上げた。

「……この状況で、よく焼肉なんてできるね」

ほんの数メートル先では、黒い塊が数個跳ねている。下に落ちている衣服の雰囲気からして、外国人観光客のものだろうか。

「普段はろくに贅沢《ぜいたく》もできないっスからねー。うちのお兄ちゃん……あの人、本とかにばっかお金かけて、食費ケチりまくってて。むしろ、今こそチャンスですよ」

そう言って、グラスにビールまで注《つ》ぎ出す。「うっわ、ちょっとぬるくなってる」という言葉とは裏腹の楽しげな声を上げる女。風向きの関係で、ホルモンから出る煙がヤスヒサを直撃した。こんな状況でなければ食欲をそそるのであろう匂いを鼻に感じる。

焦げ目がつくくらいに焼いてから、女は肉を口に運ぶ。コメントがなくとも、幸せを噛《か》み締めている様がその顔にありありと浮かんでいた。

「ヤッさんも食べましょうよ。それともアレっスか、償いのためには肉食はいけないとかそういうのですか」

「肉食が駄目というよりは、彼女がもう美味しいものを選んで食べることもできないことを考えると、焼肉など頬張るのは気が引けるね」

「んなこと言うなら、普段の食生活どうしてたんスか」

「勤めているコンビニの、廃棄寸前の弁当やおにぎりを選んで買うようにしていたよ。廃棄になるくらいなら、口に入れた方がまだいいだろうと言い訳しながら」

「なら、このお肉だって今食べちゃわないと腐るじゃないスか。食べ物を粗末にしないのが償いだってんなら、食べましょうよ」

女に箸で指されても、ヤスヒサは頑として立ったままでいた。女は誘うことに興味を失ったのか、ロースやタン塩など、次々と店から肉を持ち出しては焼いていく。順調にビールも干していく。

「つーか、ヤッさんの思う償いってなんなんスか。贅沢とかセックスとかしないことなんですか」

七輪から目を離さず、肉の油でてかった唇で女はつぶやいた。

焼けていく薄切りの牛タンから目を逸《そ》らして、ヤスヒサは路上に視線をやった。天気のおかげか、舗装された道はすっかり乾いている。跳ね回る黒い塊、濃い影をつくる落ちた衣服。さほど役に立たないと思いつつも律儀にしてきた時計を見ると、針は昼飯時には少し早い時刻——昨日、人類がぐずぐずになったくらいの時刻を指していた。

「……第一歩として、なにかをする前に『彼女はもうできないことなのだ』と自分を戒めるようにした。それから、他人を第一に考えるようになった。困っていたら手伝う、そういう人として当たり前のことを積み重ねて、驕りを徹底的に排除しようとした……けれども、その上でなにをするべきなのか、未だにわからないんだ」

自分本位を捨てて毎日を真摯に生きる、そんなのは人殺しじゃなくてもするべきことだ。自分は人を殺してしまっている。取り返しのつかないことをしたのだ。そんな自分が彼女に償うためには——もっとなにか、しなければならないことがあるだろう。

「なんか、償いに目覚めたのが何ヶ月か前のことでしたっけ？　その間に結論出なかったんスか」

「……恥ずかしいことだが、正社員としての仕事を探すのとコンビニのバイトとで、いっぱいいっぱいになっていた部分もある」

悔い改めることを考え始めてから、本を漁ったり内省を深めたりする時間をできるだけつくるようにはなったが、服役している時とさほど変わらない自分に歯噛みしていた。

彼女のためになにかをすべきだということはわかる。けれども、そのなにかを熟考できず、道が見えない。

生きていると、生きていくことで手一杯になってしまう。

毎日それなりにやることがあって、気を抜くと自らの罪を忘れそうになっている自分がいた。

「……だからある意味で、この状況は償いについて考えるにはうってつけなのではないかと思うよ。水や食料の確保くらいしか、ほかにすべきことがないからね」

「なんかすげー倒錯してますね」

きめの細かいサシの入ったカルビ肉を焼きながら、女はのんびりと言った。

倒錯、という言葉に少しどきりとする。自分は、この状況を喜んでいるのだろうか。この世界に残されたことこそが罰である、などと考えようとしながら。

「そういえば、前に彼氏が、なんか悪人だけが成仏できるとかなんとか言ってましたよ。その話からすると、やっぱこの世界ってご褒美なんじゃないスか？」

「……おそらく彼氏さんは、悪人正機説《あくにんしょうきせつ》のことを言いたかったのだろう」

「悪人ショーキ説？」

「善人なおもて往生を遂ぐ、いわんや悪人をや――善人が往生できるのであれば、悪人はなおさら救われる、という意味の言葉だが、ここでいう悪人とは犯罪者などのことではない。自分は、自分一人の力では浄土に行くことなどできない、そう自覚している凡夫のことだよ」

高校の時に教わったその言葉は、不思議と心によく残っていた。善人と悪人が逆なのではないか、と最初にフックがあったことが大きいのだろう。

さらには、仏間を漁っている最中に、祖母の形見である本――悪人正機説を唱えた親鸞《しんらん》に関しての本を発見したこともある。そこでヤスヒサは一つ理解した。

祖母は亡くなる前に「やっちゃんは悪くない。縁が悪かった」という言葉を残していたらしい。その意味について、以前は単純に両親の言う「うちの子は悪くない」と同じ程度のものだと思っていたが、どうやらそういうことではなかったのだ。

親鸞は、弟子の唯円《ゆいえん》に対して「業《ごう》や縁が備わっていなければ人の一人も殺すことはできない。逆に言えば、人を殺さない人間というのは自らの理性でそうしているのではなく、縁がないからなのだ」という意味のことを説教していた。それになぞらえて、祖母はヤスヒサには殺しの業がついて生まれたから、こうなった――つまりは完全な自由意志で殺したのではない、と言いたかったのだろう。

殺しの宿縁《しゆくえん》。生まれもった運命。祖母には悪いが、仮にそんなものがあったとして、「だから自分は悪くない」とうなずくことはヤスヒサにはできない。

自分の意志で償いをなすことこそが、救いへの道なのだ。宗教の教えに縋ろうとしたことはあるが、それはあくまで自力でなにかをする足がかりとしてだ。

「よくわかんないっスけど、じゃあ殺人犯は、おーじょーできないんスか？　なら、ここで頑張っても意味ないってことになるんじゃ？」

「……俺が知っている範囲では、『悪人とは犯罪者のことではない』とはどの本でも言い訳されているが、『犯罪者は浄土へ行けない』とは明言されていない……ように思う」

綺麗に焼けたカルビを女は口に放る。「脂の匂いだけで、腹が膨れたよ」とヤスヒサはうそぶいた。

†

だいぶビールを飲んでいたが女はしっかりとした足取りで歩き、ヤスヒサもまた二、三歩後ろを一定のペースでついていった。

高架沿いに御徒町から秋葉原へ。アメ横付近から遠ざかっていくにつれ、路上に散らばる黒い塊の数は減っていった。

収穫がないまま秋葉原に入り、ヨドバシカメラの前の大きな通りに出た時、横断歩道に散らばる無数の黒いぐずぐずの中に、それよりもサイズの大きい塊を発見する。

道路は女が言っていたようにめちゃくちゃもいいところで、あちこちで軽自動車からトラックまでが衝突・大破していた。炎上したらしき車体もある。そんな中で、車の動線上にあったのであろう黒い塊は元気に跳ね回り――衣服の類はタイヤ痕で汚れたり、あるいは燃えかすになったりしている、その中で――車に撥《は》ね飛ばされたと思しき人間の体がぽつんと取り残されていた。

駆け寄ろうとするが、その頭が大きく欠損しているのを見てとり、ヤスヒサは足を止める。女は面白げに近づいていき、「あらま、車に轢《ひ》かれちゃったんスねー。服装的に、金持ってなさそう」などと死体を観察してみせた。

一瞬にして人間が黒いぐずぐずとなり、走行中の車は制御を失った。大型車に追突されて横断歩道まで押し出された軽自動車などもあったことだろう。そんな突然の事態に、普通に歩いていた人間はろくに身動きをとることもできない。確かにそうだ、十分にあり得る事態だ。しかし。

「これ、生き残ってた人も、車とか火事とかに巻き込まれて相当数死んじゃってるんじゃないスかね？」

こともなげに女は言う。

ヤスヒサは頬を叩いて前を向き、「とにかく、人の多そうな駅構内を探索しよう」と、どうにか口にした。女は「昨日は誰もいなかったっスよ」と肩を竦めながら、彼の先を歩いていく。そして誰も見つからず、黒い塊の大合唱を背にしながら、次の駅を目指すことになった。

高架沿いには、御徒町付近と同様に飲食店などが立ち並んでいた。飲み屋のような店が多く、午前中の人通りは少ないのだろう、路上に散らばるものは少なく、静まり返った様子だった。

「ところでヤッさん、ここらへんって来たことあります？」

「……神保町方面にはたまに行ったが、神田《かんだ》駅というと降りたこともないかな」

「ですよねー。あー、この辺の店も魅力的ですわー。こっちでご飯食べてもよかったかも」

腹をさすってみせながら、女はさしたる後悔も感じられない調子で笑う。

秋葉原駅から十分程度で、高架の下の神田駅入口が見えてくる。入口前の道路で運転手を失ったのであろう車が、ガードパイプに突っ込んで静かにひしゃげていた。交通量はさほど多くなく、通行人の数も秋葉原と比すまでもなく控えめだったのだろう。黒い塊の数は少なく、人間の形をしたものも見当たらない。駅前に置かれた、兄妹を模したと思しき銅像が鈍く光る。

引き続き高架下を歩いていく。神田駅の次の駅は、当初の最終目的である東京駅だ。相変わらず飲食店が立ち並ぶ通りを見渡しながら、目指す地へと歩を進めていく。

途中、コンビニが見えてきたので、ヤスヒサは女に断ってから薄暗い店内に入り、おにぎりの棚から適当な一個をとってむさぼった。それからガラスケース内のペットボトルを拝借する。蓋を開けたところで、リュックの中に飲み物を準備していたことを思い出した。横から女が現れて、フレーバー付きのミネラルウォーターを一本とっていく。

「なんかヤッさん、ムシャクシャしてません？」

「……そうだろうか」

適当に選んだ緑茶を喉に流し込む。女も隣でミネラルウォーターに口をつける。焼肉の残り香が、かすかに鼻に届いた。いや、これは自分の服から漂うものだろうか。

「ヤッさん的に、ドロボーはオッケーなんスか？」

「……この場合は、やむを得ないんじゃないかな」

「だったら、殺さなきゃ自分が殺《や》られる的な状況で人を殺した人はどうなるんスかね？　正当防衛みたいな？　それでも、人でなし扱いなんスかねー」

「わからないが……おそらく、正当防衛が成立するケースは、さほど多くはないのではないかな。映画やドラマで見かけるよりは」

「そういうもんスかねー」

ペットボトルを傾けながら、コンビニを出て昼の道を行く。天気のわりに、通りには暗い空気が漂っているように思われる。コンビニのような店の看板から明かりが消えているせいだろうか。女は飲みさしのペットボトルを道に放った。

「やむを得ない殺人といえばー、あたしの友達に、子供育てらんないからって堕《お》ろしちゃった子がいるんスけど、あの子も生きてんのかな？」

「……中絶は、難しい問題だね。宗教的な扱いも」

大学時代の宗教学の授業で習ったことをおぼろげに思い出す。原理主義的なキリスト教団体により、中絶手術を行っていた医師が殺害された事件。その団体の主張は「これから生まれてくる多くの命を救うことに繋がるのだから、一人の医者を殺すことは正義である」というようなものだった。一殺《いっさつ》多生《たしょう》……は仏教系の用語だったか。

「まーでも、堕ろした子も生き残ってんなら、もっとそこらで女と出会ってますよね。なんか中絶する人ってめっちゃ多いんでしょ？　彼氏が、日本人の死因に含めるならすごい上位になるーとか騒いでましたもん。あの人がなに言ってんだって感じスけど」

「どうだろう……」

人殺しは、人でなし。女はそう簡単にまとめていたが、すべての人殺しは人でなしなのだろうか。そもそも、どこまでが人なのか？

今、この世界で生きている人間は、なにをしてきた者で、なにをなすべき者なのだろうか。

女がぺちゃくちゃと与太話をするのにどうにか相槌《あいづち》を打ちながら、ヤスヒサは考えに沈んでいた。ちゃぷちゃぷと、手元のペットボトルの中で緑茶が揺れる。そうするうちに、建物の関係でいったん高架から離れることになる。少し歩いた先でまた高架が姿を現し、薄暗いガード下が見えてきた。

複数の路線が合流する地点であり、東京駅はもう目と鼻の先なのであるが、とてもそうとは思えないほど沈み込み、じめじめとした空間が広がっていた。右手にはちらほらと飲食店が並んでいるものの、どこもシャッターが下ろされていて、高架を支える柱には落書きがなされている。左手に見える車道までもが高架下に含まれているためか、陽の光はわずかに届くばかりである。懐中電灯はかろうじていらないレベルであったが、女が「うお、一気に肝試しじみてきましたね」と叫ぶのには大いに賛同できた。

柱の下に横長の段ボール箱が置かれている。その中から、ふしゅーふしゅーと、苦しげな息のような音が漏れ聞こえてきた。ヤスヒサは段ボールを覗《のぞ》き込む。中には毛布が敷き詰められており、その下にはぼろぼろのダウンジャケットとズボン、そして黒い塊があった。掻き分ける中で、黒い表面に手が触れる。ぬめった感触と、仄温《ほのあたた》かい温度が伝わってきて、思わず手を引っ込めた。

ガード下を通っていく中で、そういった段ボールや黒い塊をいくつか視界に捉えた。

「東京駅、魔窟っスねー」

女は短く述べる。段ボールがホームレスの住処《すみか》であったことは誰の目にも明らかだ。

「……魔窟、という言い方はどうかな」

「いやー、なんか東京駅って、駅舎がすげー有名じゃないスか？　その近くにフツーにホームレスとかいるのって、すごい世界っスよねー」

華々しい駅があと少しのところに薄暗い空間があり、そこで、社会から見捨てられた人々がかろうじて息をしている。

この人々は、住む場所を失って頼る人もいなくなって、それでもなお誰かを殺めたりすることなく、細々と生きてきたのだろうか。だとしたら自分なんかよりもよほど立派な存在だ。その魂は浄土に行くにふさわしく、ここに残っているのは抜け殻であるはず。きっと心は、今、幸せな世界で安らかに過ごしている。それが、考えられる限りで最も正しい推測、正しい世界の形であるはずだ。

でも、しかし――こんな陽の当たらぬ場所で、毛布に埋もれて、窒息しているかのような黒い塊。温度をもって、跳ね続けている。

温かく、生きているような。

永遠に、暗い世界に取り残されているような。

ヤスヒサは、自らの背筋が、ぶるりと震えるのを感じる。段ボールを漁った際に緑茶のペットボトルを放り出していたことはすっかり忘れていた。


東京駅の入口が見えてきた。女は「あれ、なんかあの赤レンガっぽい建物じゃないんスね？」と首を傾げる。「それは、向こう側の入口だよ」と一応は解説してやった。

駅構内は広く、ぽつぽつと天井のライトが灯《とも》っていた。女は不思議がってみせるが、おそらくは非常用電源が作動して、最低限歩ける程度には照らしてくれるようになっているのだろう。

「ヤッさんて、東京駅、来たことあるんスか？」

「そういう君は、その口ぶりだとないのかい？」

「だってー、二十三区内で遊びに行くとしたら渋谷とかっスもん。東京駅とか、あんま用事ないっスよ」

「まあ、俺も乗り換え程度にしか利用したことはないかな」

どうでもいい会話を交わしながら、どこまでも続く構内の通路を歩いていく。足元には途切れることなく黒い塊と衣類が散らばっていた。スーツケースなども目立った。女は平気で黒い塊を蹴り飛ばしていく。

土産物屋や飲食店街、デパートの入口などを横目にしていく。さすがに店内の様子まで探れる明るさではないが、そんなところに生き残りがいることもないだろう、とヤスヒサは軽く考えた——しかし考えたところで初めて、「そもそも、避難場所として駅を利用するだろうか？　駅にずっととどまっている生き残りがいるか？」という閃《ひらめ》きが訪れる。

確かに、利用者数は桁《けた》違いに多い。黒い塊がびちびちと跳ねる音が鼓膜に痛いくらいだ。けれども、いや、なればこそ、捜索するとしたらもっと黒い塊から逃れた場所で、人間が寝泊まりできそうな建物を当たるべきだったのではないか。

なぜもっと早く気づかなかったのか、と今日に入って二度目の後悔を抱き、舌打ちしたくなる。それを抑え、女に対して提案をし直さねば、そう思ったところで、新幹線の改札口が見えてくる。そして、最低限の灯りの中、黒い塊に埋もれている——いや、黒い塊に覆いかぶさるようにしている巨大な白い影が目に入った。

先に気づいたのは、前を歩く女だった。しかし、反応速度はヤスヒサの方が上だった。

「大丈夫か！」

黒い塊や衣服を踏まずに済ませることなどかなわず、彼は白い影に向けて一直線に駆けていった。白っぽいスーツを身にまとった、まるまると太った背中。自動改札機の前に倒れている、男だ、人間だ。

助け起こそうと手を伸ばし、その体を仰向《あおむ》けにした瞬間、ヤスヒサは息を詰めた。

「あっちゃー、やっぱ死体っスよね？」

薄暗い中では男の顔色までは定かでない。しかし、開いたままの目が生気を宿していないことくらいはすぐにわかる。

その頬は、首は、手は、冷え切っている。もはや体温を有していない体。つい先ほどというレベルでなく、息絶えてから時間の経っている肉体。

「ぐずぐずに滑って転んだとかですかね？」

のほほんと喋りながらヤスヒサの隣にしゃがみ込む女は、なんのつもりか銃を握っていた。そのことに文句を言ったり疑問を抱いたりすることすらなく、呆けた口調でヤスヒサは漏らす。

「……頭部に血はついていない。おそらくは、心臓かなにかに持病を抱えていて……」

新幹線から降りた瞬間に周囲の人間がぐずぐずになった。そのことにより動転して、発作を起こしてしまった。助けを呼ぶ声は黒い塊の跳ねる音に掻き消され、床に倒れ込み、胸の痛みにもがきながら、なす術なく一人で冷たくなっていった——そんな想像図を、自分でも驚くほど簡単に描くことができた。

「ふーん。さっきの人といい、世界がこうなってすぐ死んじゃうなんて、かわいそうっスね」

どうでもよさそうな言い方に、ヤスヒサの心は反発を覚える。しかし、腕に抱えた男の体は冷たく、自分の手が伝えてくる温度に胸の奥が締めつけられて、言葉を発することはできなかった。睨みつけようとする目にすら、力がこもっていないのが感じられる。

頭を抱えたくなった。けれども震える指先を動かして、ヤスヒサは男の目を閉じてやろうとする。だが、どうにも目蓋は動かなかった。

†

東京駅を出たところで女はヤスヒサのリュックから地図帳を取り出し、「あ、そっか、東京駅って銀座近いスもんね。ザギン行きましょうよザギン」と、親にねだる子供のように言った。ヤスヒサが反応しきれずにいると、「どうしたんスか？　お疲れっスか？」と顔を覗き込んできつつも、「うおっ、これ、帝国《ていこく》ホテル徒歩圏内ですよね？　せっかくだから高級ホテルで休みましょう。帝国ホテル、行きましょ行きましょ！」と一人で興奮した声を上げ始める。

どの方角を向いても黒い塊が視界に入る中、銀座の街を進んだ。女はたびたび、凝ったデザインの商業ビルを見上げて立ち止まったりする。途中、壁に蔦《つた》が張り巡らされた小学校が目に入った。校門の前に散らばる、ランドセルとサイズの小さい制服、靴。

二十分ほどで、複数の建物が集合したような、巨大なホテルが見えてくる。「うっひゃあー、これが帝国ホテルかー」と、女がしきりに喚く。各国の国旗が立ててあるのを横目に流しながら、正面玄関へと向かった。入口の自動ドアには、客の荷物を搬入する途中だったのであろう、大型カートが挟まっており、なんなく入ることができた。カートの横には、上品なデザインの制服と黒い塊。ドアを抜けると、同じく制服と黒い塊が複数転がっている。

帝国ホテル内は仄明るかった。おそらくここでも非常用電源が作動しているのだろう。エントランス付近では窓からの自然光も感じられる。

目の前で輝く豪奢《ごうしゃ》なシャンデリアと、クリスマスシーズンにちなんだ赤い花をドーム状に盛りつけた大きな飾り。見上げるサイズの、きらびやかなツリーも横にある。「そういや、もうすぐクリスマスですもんねー」とあどけない声を出す女。装花の向こうにはクラシカルな絨毯《じゅうたん》の敷き詰められた、中二階へと続く階段が見える。

入口の右手には受付。カウンターの向こうには従業員だったものが落ちているのだろうか。左手を向くと、広々としたロビーのソファの上で、いくつかの黒い塊が跳ねていた。「こいつら、宿泊客だったのかなー。こんなとこに泊まれるとか、いいっスよねー」と漏らしながら、なぜかコートのポケットから銃を取り出す女。ソファの向こうには、これまた広々としたラウンジが見えた。優雅にお茶を飲んでいたのであろう人々。

赤い花を眺めながら階段を上る。中二階に着いてすぐのところにあるエレベーターは停止しており、女は「これ、階段で行くしかないってこと？」とつぶやいた。上質な絨毯を踏みしめながら、上に行く手段を探し歩く。黒い塊は通路上にたまに落ちていたが、絨毯に吸収されているのか跳ね音はほとんどしなかった。止まったエスカレーターが見えてきたので、そこを上っていくことになる。上の階は宴会場となっているらしい。上りきったところには「〇〇祝賀会　会場」という看板が設置されており、会場に続く広い通路が見通せた。

エスカレーターは三階で途切れてしまった。「え、ちょ、客室まで行けないの？」と言いながら、女は銃を構えつつ落ち着いた色の絨毯をうろうろする。静寂に包まれた通路を歩き回るも、階段なども見当たらなかった。女が「マジかー、エレベーターないと行けないとかどんだけですか。帝国ホテルの一番いい部屋に泊まってやりたかったのに」と大げさに天を仰いでみせるのに、ヤスヒサは「非常階段がどこかに……いや、宿泊客でない人間が入れるようなところにはないか」と思った。思うだけで、口は開かなかった。

客室に辿り着けないというのなら、別の休憩場所を探してまた歩き回るのだろうか。ヤスヒサがぼんやりとこれからの動きを頭に浮かべ始めたところで、女は「もう客室でなくてもいいや、一階のロビーとかに泊まっちゃいましょう」などと、やけっぱちに言い出した。確かにソファなどはあったが、そこまでして帝国ホテルに泊まりたいのか。呆れ声を出すのすら面倒だった。

再び一階に下り、赤い花のドームを通り過ぎてロビーへと向かう。女はラウンジの奥の方にバーカウンターを見つけてはしゃいだ。「あの人……彼氏、カクテルの蘊蓄《うんちく》とかめっちゃ話したがる人だったんですよねー。あのカクテルとか、作れるかな。帝国ホテルなら、いい酒あるっスよね」と、客室に入れないことへの不満は早くも消し飛んでいるようだった。

部屋での宿泊はかなわずとも、なんとか高級ホテルを満喫しようとする。人々が消えたことで世界に不便が生じても、妙な知恵を働かせて楽しもうとしてみせる。

誰を殺したのかは知らない。どんな罪を犯してきたのか、すべて知らない。それでも、この女がなんら罰を受けていないことだけはわかる。罰を知らず、償いなど少しも考えはせず、この世界を気ままに歩き回っている。

ヤスヒサはなにも言わずに、クリスマスツリーが視界に入るソファに腰掛けた。先客である黒い塊やコート、スーツを丁寧に下ろしていき、背負っていたリュックも下に置いてから横になる。

「あれー、ヤッさん、もう寝るんスか？　カクテル作ってくださいよー。ヤッさん、バーテンとか似合いそう」

すでに目を閉じてしまったので、近づいてきた女の表情をうかがうことはできない。これまた肌触りのいい革の上で仰向けになりながら、ヤスヒサはすぐにでも意識を落としてしまいたかった。

「ヤッさーん？」

女の声に、小さく「うるさい」と返す。


なにか夢を見ていた気がする。だから目が覚めた時、脳に膜がかかったように視界はぼんやりとしていたし、腹の上の不思議な重みがなんなのかもよくわからず、また、重みを感じていることすらも認識するのに時間がかかった。

目の前の光景がはっきりしてくる。女が両の口の端を曲げてこちらを眺めている。ソファに近寄って覗き込んでいるのではない。ヤスヒサの腰のあたりに跨《また》がって、にやにやとしているのだ。帽子はそのままであるがコートは脱いでおり、白いセーターが仄明るい中で浮き上がっていた。

「……重いのだが」

「えー、羽のように軽いでしょ?」

まだ体がぼんやりとしていて、身じろぎして女を振り落とすことはかなわない。ずいぶんと呆けた口調だな、と自分で思いながら、言葉を発する。

「どいてくれると嬉《うれ》しい」

「うふふー、やーです」

意識も未だ靄《もや》がかかったようだった。相変わらず身を起こすこともできず、仰向けのまま女を眺め返す。

女の顔がほんのりと紅潮していることに、しばらく見つめ合ってから気づいた。頭を動かして視線を向けることはできず、脳裏でバーカウンターを思い描く。昼間のビールはなんともなかったようだが、強い酒でも飲んだのだろうか。

酔っ払って、ふざけているのだろうか。

「……どいてくれ」

「別にいいじゃないスか。償いとか、どうでも」

女はそのたおやかな手を、ヤスヒサの頬に這《は》わせた。

ぞくり、と、喉の奥が、胃の腑《ふ》が震える。

その手が冷たかったから、ではない。酒のおかげか、元々体温が高いのか——ほのかに湿り気を帯びて、温かかったからだ。

「ヤッさん、お肌ガッサガサっスね。やっぱりちゃんと食べないと駄目ですよー」

「頼むから、下りてくれないか」

「ねえ、どうしたんスか？　ちょっと元気なかったじゃないですか」アキバあたりから、ちょっと元気なかったじゃないですか」

細い指が、顎のラインを撫《な》でる。

ヤスヒサはようやく身じろぎをする。しかし、腕を伸ばして女を無理矢理引き剝がすまではできない。女はヤスヒサの上に座ったままで、その手や指を動かすのをやめることはない。

「なんかまた、どうでもいいことで悩んでるんスか？」

「……どうでもよくない」

「いやいや、全部、どうでもいいじゃないですか」

女の指先が、ヤスヒサの頰をつねる。

「悩んだところでなにも変わらないんだから、好き勝手に生きればいいのに」

彼を見下ろす顔が、少しだけヤスヒサの顔までの距離を縮める。目の前に迫る唇は、あっけらかんとした笑みを形作っている。

ヤスヒサは頭を振って、その手を、近づく顔を、払おうとする。

「──好き勝手に生きていいはずがないんだ」

「そんなの、誰が決めたんスか？」

「誰かが決めたんじゃない。人として、おかしいんだよ。償いもせず飄々《ひょうひょう》と生きていくのは。どうしておかしいと思えないんだ？　人殺しは、償いをして、赦《ゆる》されなければならないんだ」

ヤスヒサは捲し立てた。思いの丈を、まとめることなくありのまま、女にぶちまける。

この身にまとわりつく罪を祓《はら》わねば、普通に生きていくことなどできるはずがない。人を殺した。父や母、妹、彼女の両親、近隣住民。挙げていけばきりがないほどの人間を巻き込んだ。自分は、多くの人の人生を捻《ね》じ曲げてしまった。

なにより。彼女をもう、なにもできない、感じられない、望むこともできない体にしてしまった。以前は漠然と、このところでは明確に「時間が巻き戻れば」と願っている。罪を背負わない身に戻れればいいのに。けれどもそんなことはできない。時間は戻らないし過去は変えられない。ならば、どうすればいいのか。別の方法を考えねばならないだろう。

「でも、話聞いてる感じだとヤッさんの親も悪いんでしょ？　家に落ちてたの、ヤッさんの親ですよね？　ヤッさんの親は償わなくていいんですか？」

「やったのは俺だよ。この手に血がついているのは俺であって、両親ではない」

「いや、血なんかついてませんよ」

「両親も妹も、彼女の両親も——彼女も、浄土に行っているはずなんだ。そうでなければ、おかしいんだ」

両親は黒いぐずぐずとなった。どこにいるかもわからない妹も、昨日の午前に捻れ、圧縮され、不気味にぬめる真っ黒な塊となったのかもしれない。そんな風に、世界中で人殺しでない人々が一斉に鳥の死骸のようなぐずぐずと化したのだとしたら。

それは救いでなければおかしい。だって、人を殺していないのに、なんの罰を受けるというのだ。人を殺す以外の罪は数えきれないほど存在するだろう。けれども、人間として、人殺し以上の罪はないはずだ。人殺しだけが救われて、それ以外が罰を受けるなど、そんなことがあっていいはずがない。

なのに、黒い塊は熱を持っているのだ。跳ね続け、息をする。

人間が、姿を変えられただけであるような。

そこに魂があって、延々と苦しみ続けているような。

「だから言ったじゃないスか、あんな姿になるのがご褒美なんて、あり得ないって」

ヤスヒサは女に激しく首を振る。腕を動かして、自らの顔を手で覆う。

でも、でも、だったら。人殺しはどうして姿を変えない。おかしいだろう。異形の姿に変えられるのは、人殺しであるべきだ。

この体が残されているのなら、試されているはずなのだ。この身で、なすべきことがあるはずなのだ。

なのに。

なにをなす暇《いとま》もなく、世界が変わった瞬間に死体となった人々がいる。

車に轢かれた。火災に遭った。発作で倒れた。映画で観たことがある、人間がいなくなれば、工場からはガスが漏れて大爆発が起きる。飛行機は墜落する。今もなお、世界のどこかで罪人が、なにをする間もなく死んでいるのかもしれない。

「あと、人間同士の殺し合いも定番っスよねー。だいたい、モンスターそっちのけで仲間割れするじゃないスか。あのでぶっちょも、あたしのこと殺そうとしたしなー」

「……仲違いしたという？　君のことを殺そうとした？」

そこからどうやって生き残ったのか？　訊くまでもなく、銃を構える女の姿が思い浮かんだ。

「あ、やべ、口滑っちゃった。一応秘密にしとこうと思ってたのに」

「なんで、そんなことを……」

「別にいいじゃないスか。生き残ってる奴が多過ぎると、雰囲気ぶち壊しですよ。なんなら、あたしだけでいい。ヤッさんは、あの人と似ててちょっと面白いから、いてもいい」

そんな身勝手な理由で、殺したというのか。償いをする時間すらも与えず、あっけなく。あまつさえ、こちらの生殺与奪の権を握ろうとしているのか。

そんなことが許されているというのか。

こんなところで殺されることすらもあり得るというのか。まだなにもしていないのに。なにかをなすまで待っててすらくれないというのか。

だったら、自分たちはなんのために生かされたのだ。

償いさえも求められていないのなら、今、ここに、この肉体がある意味はなんだ。

「だから、そんな知んねーっスよ。理由なんかどうでもいい。実際、こうなってんだから」

女は優しくヤスヒサの手を下ろして、代わりに、自分の指で彼の唇をなぞった。

ぬくもった指。下唇の右端から左端を撫ぜる。

この女は悪魔なのだろうか？　人間の命を弄ぶ、人ならざるもの——いや。どうしたって違う。腰の上に跨る太ももから体温を感じる。なによりその手は温かい。生きている。生きている人間だ。ただの、人を殺した人間だ。

人差し指が、唇の左端から右端へ、先ほどよりもゆっくりと移動していき、最後に軽く弾《はじ》いてみせる。

それから、身を屈《かが》めた女の唇が、ヤスヒサのものに触れた。

「うふふ、唇もガッサガサ」

ゆっくりと身を離しながら、女は笑う。酒の香をまとった、甘ったるい息がヤスヒサの目にかかる。

甘ったるくて、温かい。生きた人間の吐息だ。

目の表面に涙が滲《にじ》んでいくのを感じる。

「……どうして」

「どの『どうして』ですか？」

どうして自分は、人を殺してしまったのだろうか。

償いをすれば罪から解放されると思っていた。赦されて生きていけると思っていた。でもその方法がわからず、自分なりにもがいている最中のつもりだった。

けれども、たった今、気づかされてしまった。いくら探したところで、方法など見つかるはずもなかったのだ。

罪に罰などない。罰に見えるのだとしたら、それは、たまたまそう見えているだけだ。罰に見えるそれは、罪とは関係なく、ただ降りかかっただけのものに過ぎない。

なにをしたところで、償いになどならない。だって、彼女が生き返ることはないのだから。

なにをしようと、殺した過去は変えられない。変わらない過去の先に、ただ人生が続いているだけ。

ならば死をもって償うべきなのか？　それすらも償いにはならない。ただ死ぬだけだ。彼女とは関係なく。罪を犯した体が、罪を犯したままに滅びるだけ。この体が罪を犯した過去が消えることはない。

生きていようが死んでみせようが同じ。

「ふふっ、お兄ーちゃん」

――この期に及んで、自分には価値があると思っていたようだ。

なすべきなにかを課されていると。償うために生かされていると。

なぜそんな傲慢な思いを抱いていたのだろう。

意味などない。現象があって、行為があって、肉があるだけ。

どういうわけかは知らないが、なんらかの理由が存在して人々がぐずぐずになったのだと思っていた。思おうとしていた。

けれども違う。どういうわけもないのだ。ただ人間がぐずぐずになって、人殺しは取り残された。

それだけなのだ。

世界がどうなろうと、ここにあるのは、赦されることのない肉体。

赦されない肉体を、同じく赦されない女の舌が這っていく。この行為の先になんらかの結果があったとしても、それは、ただ在るだけ。

理由などない。ただ在るだけだ。

†

「あ、東京《とうきょう》タワー！　東京タワー！」

ソファに寝そべって地図帳を広げながら、女は頓狂な声を上げた。

ソファに背をもたせながら絨毯の上に座っているヤスヒサは、首を曲げて女の方を見ながら、ふっと笑いを漏らす。

「行ったところで、展望台に繋がるエレベーターは止まっているだろう」

「知らないんスか？　東京タワーって、展望デッキまで上れる階段があるんスよ。前にテレビで芸人さんが上ってました」

朝飯には、帝国ホテルの厨房《ちゅうぼう》にあったハムなどの保存のききそうなものを片っ端から食べた。「高そうな肉とか焼いてみたかったんスけどー」と言う女に、「昨日も肉だったろう」と嫌味を言ってみたりもした。

食後にのんびりしてから、今後の方針を決めることになった。帝国ホテル近辺でだらだらするのもいいかと思えたが、女は都内を歩き回りたがる。結果、次の目的地は東京タワーとなった。地図を見る限りでは、三、四十分程度、比較的まっすぐ道を行けば着くようだ。東京というのは本当に狭いものなのだなと、初めて実感したような気がする。

さっそくホテルを出る。モスグリーンのモッズコートをはためかせて先を行く女は、名残惜しさの一つも感じさせなかった。その背に続く。リュックの中には懐中電灯、地図帳、一応は缶詰。古いペットボトルは置いてきた。喉が渇いたら、どこかで適当に調達すればいいだろう。

「東京タワーには行ったことがなかったのかい？」

「いや、何回かあるっスよ。階段で上ったことはないっスけど」

そういうヤスヒサは行ったことがあるのかと問われる。軽く「ないよ」と返した。「東京住みなのに、行ったことないなんて！」と振り返って驚いてみせる女に、「東京住みだからこそ、わざわざ行こうと思わないんだよ」と肩を竦める。実際、東京に住んでいる人間で東京タワーに上らない人間というのはどのくらいいたのだろうか。頭の中でつぶやいてみるも、深く考えるつもりはなかった。

女はスカイツリーにも一回だけ行ったことがあるという。こちらも、ヤスヒサはわざわざ行ったことがなかった。

「高いところ、好きなんスよねー。ほら、馬鹿とナントカは高いところが好きって言うじゃないですか」

「伏せる部分、間違ってないか」

普通は「ナントカと煙は〜」と言って馬鹿の部分を隠すものだろう、と。

ヤスヒサが苦笑すると、女はぴたりと立ち止まった。どうしたのか、と首を傾げると、女は少しばかり不満げな顔をしてみせる。

「それ、彼氏にもまったく同じこと言われたっス。ものっっすごい、蔑んだ目で」

「馬鹿にするつもりはなかったのだが」

「思い出して、とても嫌な気分になりました」

表情こそ常時の笑い顔ではないものの、女の口調には緊張感というものがおおよそなかった。嫌な気分になろうが、心の底ではどうでもいいような。

女はヤスヒサの背後に、とととっ、と回って地図帳を取り出す。しばらくその場で眺めた後、「よし」と一人でうなずいた。

「どうしたんだい」

「東京タワーの次には、図書館に行きましょう。それも、この国で一番でっかいところ、国会図書館！」

「……なぜ？」

「彼氏、いっぱい本読んでる自分は偉いんだぜーって、なにかと、いばる野郎だったんスよねー。『読書量こそが人間の質を決める』だとかなんだとか。同じ環境で育ったくせに、そうやってあたしのことをいちいち見下して。何度、あの人に馬鹿にされて、本棚ごと燃やしてやろうと思ったことか。あー、あの時、目の前で一番大事な本でも燃やしてやればよかった」

「……それで？」

「あの人の本燃やすのはもう無理っスからねー。代わりに、図書館の本でも燃やせばスッキリするかなって。どうせ燃やすなら、大きいところがいいでしょ？」

それは甚だ迷惑な八つ当たりだった。どういう思考回路でその結論が出たのかは理解不能であるし、意味があるとも思えない。

意味がない、か。ヤスヒサは小さくつぶやく。女から地図を受け取りながら、道のりを確認していく。

「……昔観た映画で、図書館の本を燃やして暖をとるシーンがあったな」

「え、それ、なんて映画スか？　めっちゃ観たい。今の気分にぴったりじゃないスか」

「いや、言うほど派手なシーンではなかったよ。暖炉に少しずつくべる程度で、そんな弱い火で暖をとれるのかと疑うくらいだった。極寒状態で死ぬところだというのに、本を燃やすことに強固に反対する人間すらいたよ」

「なーんだ。どうせ燃やすなら、やぐら組んでキャンプファイヤーくらいやってやりたいっスよねー」

女はけたけたと笑って歩き始める。まっすぐの道を、のんびりと進んでいく。

「地図で見たところ、ここからなら東京タワーよりも国会図書館の方が早いが」

「いや、初志貫徹しましょう。それに、遠回りになってもいいじゃないですか」

時間はたっぷりあるのだから、と。

確かにその通りだ。今この世界では、とりたててやることがない。考えることもない。時間だけがあり余って、のどかなまでに、ただ広がっている。

人生は死ぬまでの暇潰しであると、誰かが言っていた。

この人生は意味のない暇潰しだ。

「東京タワー行ってー、国会図書館行ってー、次はどうしましょうね？　やっぱ渋谷とか原宿も行きたいっスよねー」

「好きなところに行けばいい」

好きなところに行って、好き勝手に振る舞って、そうやって生き延びていくことには、なんの価値もない。女は「地球最後の女とか、めっちゃロマンチックじゃないスか」などと述べていたが、ロマンもなにも、あってなきものだ。

この世界は空っぽで、自分たちの存在は空虚。

「東京以外も行きたいっスよねー。あ、あたし、死ぬ時は、いつくしま？　がいいです」

「なぜ、嚴島《いつくしま》？」

「前にテレビでやってたんスけど、なんかお墓が一個もないんですって」

「ああ、あの場所には一切の穢《けが》れを持ち込んではならないのだったか」

「谷中霊園みたいな由緒あるところもいいっスけどー、お墓がまったくないところで死んだ唯一の人間になれたら、めっちゃすごくないスか？」

「少しも理解できないな」

「でも、いつくしま？　って絶対遠いっスよねー。徒歩じゃ厳しいかー」

「車がない時代の人間でもどうにか行けたのだから、なんとかなるんじゃないのか？」

左手にはオフィスビルが立ち並び、何車線もある広い道路を挟んだ向こう側も似たような光景だ。

歩道には黒い塊と衣類、靴、鞄などが点々と散らばり、車道は車がもつれ合う大渋滞となっている。

空は昨日に引き続き静かな色を湛《たた》え、ジャケットが暑苦しいくらいに、あたりは陽光に包まれている。

光の灯らない信号機を無視して、女は歩く。ヤスヒサも、その後ろをついていく。この道の先で、きっと自分たちは意味もなく死ぬのだろう。

足元で黒い塊がびたびたとアスファルトを打ちつけるのを、すっかり貼りついた乾いた笑みで、ヤスヒサは見下ろした。

8　約束　You are here. 3

それが起こった時、その地ではまだ夜が明けるまで数時間はあった。

少年はジャングルの中の比較的開けた場所で、敵の影がないことを確認した上で休眠をとることを許可され、仲間とともに粗末なベースキャンプをつくって横になっていた。少年も、周囲の子供たちも、銃を構えて子供らのテントの入口を監視する大人——といっても、まだ二十歳そこそこの青年だが——も、なにも気づかず体を休めていた。

少年はテントから逃げ出す機会をうかがっていたが、何度も大人と目が合いそうになり、かなうことはなかった。うつらうつらとする中で、母親の姿がちらつく。叫び出しそうになる口元を押さえねばならなかった。空が白み始めたところで、いっせいに叩《たた》き起こされ、ジャングルの行進を再開する。少年は長い銃身を構えて先頭を歩かされた。背には他の子供と同じように重い荷物を背負わされていた。

暦の上では先月から雨季に入っているはずなのだが、十一月の末になっても一帯は乾いたままだった。まばらな雨の降る日が数日だけあるような状態で、ジャングルの木の肌も落ち葉もかさかさと萎《しな》びている。今日もまた、樹木の向こうに見える曇り空から雨粒が落ちてくる気配はなかった。眠りや行進を妨げるものはなかったが、水の入手が常時より困難となり、大人たちはぴりぴりとした様子だった。少年の後ろを歩く、同じ村から連れてこられた二歳年下——十一歳——の子供が、行進途中に転んで水筒の中身を零《こぼ》してしまった。彼はさんざんにリンチされた上に、片耳を失うことになる。部隊のリーダーの指示により鉈《なた》で彼の耳を叩き落としたのは、少年だった。ためらっていると、少年もまた銃身で頭を殴られた。銃弾を分解して出てくる粉を無理矢理口に詰め込まれるうち、気がつけば少年は彼に向けて鉈を振り下ろしていた。意識がふわふわとして、耳でとどまらずに肩に深い切り込みを入れてしまった。ジャングルを抜ける頃には粉の作用は消え、後ろから漂ってくる血の臭いが鼻についた。ずきずきと頭が痛んだ。

少年はまだ、この部隊がなんなのか、よくわかっていない。「誇り高き反政府軍」と大人が口にする以上の情報が与えられることはなかった。今月の頭に引き入れられてから、ジャングル内で木の棒を銃に見立てた粗末な訓練をみっちりと施され、それからは重い荷物を背負ってただ歩かされている。一度、木々の奥から数人の「敵」が現れて撃ち合いになった。その時に先頭を歩かされていた、少年よりも一つ年上の子供が悲鳴を上げる間もなく頭を撃たれて以来、弾除《たまよ》けの役割は、運よく敵に銃弾を当てて生き延びた少年が課せられることになった。

反政府軍の残党である部隊は、かつては敵である政府軍と激しい交戦を繰り広げ、「正義のため」と唱えながら戦士を増やす目的でたびたび村を襲撃していた。この頃では政府軍との戦いはおまけ程度のもので、採掘場を占拠して希少な鉱石をブローカーに流す活動が主流となっている。子供たちは採掘の人手の足しとして、水と食料のついでに村から連れ去られてくるのだった。そんな中、リーダーのお気に入りだった女の子――少年と同じ年頃だった――が海外の保護団体により救助されてしまう。夜には必ず自分のテントに招いていた女の子がいなくなり、リーダーは欲求不満を募らせていた。少年の村に部隊が来たのは、新しい女子を引き入れることが主目的だった。そんなことを、少年は知らずにいる。

密林を抜けると乾いた草原が広がっていた。その向こう、同じく乾いたキビの葉が連なる先に、集落が見えてくる。目指す採掘場はもう少し行ったところであったが、戻る前に、水と食料の調達を行うこととなった。村を襲う手順を大人から叩きこまれながら、少年は考える。

どうにかして、ここから抜け出さねばならない。

弟が家で待っている。ほんの数週間前の光景が目蓋《まぶた》の裏に蘇《よみがえ》る。

少年が暮らしていた小さな村に、突如、この部隊が現れた。石と土でできた家々、その軒先に吊《つ》るされた洗濯物を蹴散らしながら、部隊は子供たちを抱え上げつつ、村の大人たちを銃で脅して拘束した。言うことを聞かなければ銃身や鉈の腹で痛めつけ、場合によってはさっさと撃ち殺した。それから、捕まえた子供たちに銃を握らせ、親や兄弟、親友を殺すよう要求する。自宅に着いたところで目隠しをされ、銃把を握らされた子供もいた。彼はとにかく人差し指を動かすよう迫られる。引き金を引いたその瞬間に指から全身へと伝わる反動と、聞いたこともないような大きな音に身を竦《すく》ませたところで、目隠しを外される。すると、まだ幼い彼の弟——おそらくは、部隊から戦力にならないと判断されたのだろう——の亡骸《なきがら》が転がっていた。「弟を殺すような奴《やつ》は、もう二度とこの家には帰ってこられないな。さあついてこい」と、部隊の大人は彼の背を叩く。家の中で拘束されていた彼の両親は泣き叫んでいたが、まもなく、その声は断ち切られた。少年はそんな光景を見せられた後、背中に銃を突きつけられながら、自分の家へと向かわされた。

自宅の戸を開けた少年は、今まさに部隊の男に顔を殴られている母親を目の当たりにする。「今度はお前がやる番だ」と、少年の背を銃身でつついていた男が告げる。小銃を握らされる。すでに家にいた男が鉈をちらつかせる。「お前がやらないなら、これで母親を可愛《かわい》がってやろうか」二人の男の吊り上がった口元に息を呑《の》む。

母親は少年に、弱々しい声で「やりなさい」と言った。かたかたと震えるその背後には、洗濯物が乱雑に積まれて山ができている。その瞬間に、少年は理解した。

この下には弟がいる。母親が、男に家に押し入られる寸前に、小さな弟を隠したのだ。

銃口で背中を押される。少年はびくりと肩を震わす。「おい、早くしろ」背後の男が低い声で笑う。「それとも、こっちがいいのか?」鉈を持った男が、わざとらしく、その峰で自らの肩を叩いてみせる。

早くしなければ、洗濯物の下で身じろぎした弟が、この男たちに気《け》どられてしまうかもしれない。さっき見せつけられた、幼い子供の亡骸。早くしなければ。銃で撃たなければ。

銃を構えながら、いつだったかの光景が蘇る。異国の地の人々が大きな車でやって来て、その内部を簡易な映画館にしてくれたことがあった。そこで村の子供たちと観《み》た映画。敵と交渉しているさなかに狙われた白人俳優をかばおうとして、恋人の白人女性が撃たれるシーン。胸から溢《あふ》れる血。まもなく事切れる女性。

これで撃てば、あっけなく母は死ぬ。鉈だと、血がたくさん出る。きっとものすごく痛い。長く苦しむことになる。

それくらいなら——でも。

母親を殺すなんて、そんなこと、できるはずがない。

「やりなさい——お兄ちゃんが、守って」

——その時、母が鼻血を拭いながら、微笑《ほほえ》んだのだ。

少年は目をつぶって引き金を引こうとし、しかし、次の瞬間には目を開けて、人差し指を曲げていた。よく見なければ、後ろの洗濯物の山に当たってしまうかもしれないから。そうして、自らが放った弾丸が母親の胸に当たるところを見届けた。

村人はほぼ皆殺しにされた。村から連れてこられた子供は十人程度。男子はおおよそ十歳以上が選ばれていたが、女子の中には、まだ八歳の子――少年の隣の家の女の子だった――が交じっていた。その子も銃を握らされ、夜になればリーダーのテントに呼ばれた。

村の子らは粗末な靴を「プレゼントだ」と渡されてジャングルを歩き、すでに部隊の中にいた他の子らと一緒になって敵に銃弾を放った。帰る場所はもはやない。両親、あるいは兄弟、親友をこの手で殺してしまったのだから、この部隊の中で生きるほかない。そう自分に言い聞かせていた彼ら彼女らの数人が、敵をすべて撃ち殺した時には息絶えていた。少年は生き残れたが、抜け出す機会を失ったまま時間が経《た》ってしまった。

他の子らと違い、少年には帰る場所があった。いや、帰らねばならない場所が。早く、弟のもとに向かわねば。

ほんの五歳の弟。大人しくて、隣の家の女の子に泣かされていたような弟。いつも母親か、少年の足元にまとわりついては、へらへらと笑っていた弟。

きっと母親に「出てきていいと言うまで大人しくしていなさい」と言われ、いつ洗濯物の山から抜け出ていいかわからずにお腹《なか》を空《す》かせているだろう。あるいは、山の中から出てきたところで母親の亡骸を目の前にして泣き叫んでいるかもしれない。途方に暮れながら、また洗濯物の中に潜り込む弟を想像する。

弟を守らねば。母との最期の約束だ。

異変に気づいたのは、辿《たど》り着いた村で部隊が襲撃を開始しようとした時だった。

粗末な板張りの家々には、誰の姿もなかった。家の隣のニワトリ小屋、キビ畑、井戸の前、そこら中に脱ぎ捨てられた衣服は散らばっているものの、ぐるりと村を回ってみても、大人も子供も一人の姿もない。その代わりのように、なにか鳥のような黒いものが跳ねている。

リーダーが黒いものを手に取る。ぬるりと、滑って手から落ちていった。「なんだこれは」と悪態をつきながら、ひとまず水の確保と食料の奪取を命じる。よくわからないが、村の人間はどこかへ行っているらしい。「服だけずいぶんと散らばっているし、裸で川にでも行ったんじゃないか」そんなことを誰かが呑気《のんき》に言う。

しかしさすがに、少し行ったところにある別の村も同じ状況になっているのを確認した時、部隊の大人たちはざわついた。

なにか、呪術でも行われたのか？　口々にそんなことを漏らす。びちびちと跳ねる黒いものは、なるほど、呪いをまとっていそうな雰囲気を持っていた。誰かが鉈を黒いものに振り下ろすのを少年は眺める。奇妙な光沢を放つ黒いものにくっきりと鉈の跡がつき、しかし、血が噴き出すようなことはなかった。別の誰かが「やめろ。呪われるかもしれないぞ」と口にする。

村の人間が消えて、黒い塊《かたまり》が跳ねている。村の人間が呪いをかけられたのだろうか？　もしそうだとしたら、先ほどの村から収奪した水や食料を口にして大丈夫だろうか？　大人たちは気味悪げに話し合う。

リーダーは「馬鹿馬鹿しい」と言いながらスマートフォンを取り出して電話をかけた。国外のブローカーが、なにか噂《うわさ》を摑《つか》んでいるかもしれない。ブローカーは疫病の情報なども教えてくれる存在だった。しかし、何度コールしても繫《つな》がらない。相手は出ない。

スマートフォンに向かって苛立《いらだ》つリーダー。黒いものを眺めて、触れていいものか戸惑う大人たち。そんな大人たちをうかがって、視線をさまよわせる子供たち。

——チャンスだ。

少年は心の中でつぶやいた。

重たい荷物をそっと地面に下ろす。誰もこちらに注目していない隙を見計らって、板張りの家陰に身を隠す。家の陰、家の周りに生えた木の陰、少しずつ少しずつ身を潜ませながら、静かに村を離れていく。ベルトで背負わされた長銃と、腰に掲げた水筒、それだけを身に着けて、雨が降らずに砂埃《すなぼこり》の舞う道を走っていく。

先ほどの村を通り過ぎ、草原を抜け、元いたジャングルへと足を踏み入れる。全力で駆けたため、水はすぐに底をついてしまった。村で補給をすればよかった、そんなことすら考える暇もなく、少年は密林の中を走り続ける。背中でがしゃがしゃと銃が鳴る。

敵とすれ違うのではないかと警戒している時間すらも惜しかった。少年は勘を頼りにジャングルを行く。木の根に足をとられ、何度も転びそうになった。そのたびに上体を立て直して、少しも休むことなく走り続ける。喉の渇きが限界に達した時は、木の幹を切りつけて樹液をすすった。くらくらとしたが、頰を叩いて走り続けた。

何日も行進させられたジャングルを、一人行く。一歩先すらも見通せない夜の密林に恐怖を覚えることもなかった。闇の中、心は生まれ故郷を思い描いている。その強い意志に運が引き寄せられたのだろうか、少年は奇跡的に最短ルートでジャングルを抜け出すことができ、まもなく、懐かしい村が見えてきた。

静かに佇《たたず》む、土と石で造られた家々。ぐちゃぐちゃにされ、地面になすりつけられた洗濯物の数々。どこかの家のニワトリの鳴き声。部隊によりいたずらに頭をはねられた、腐敗が進んでいるメンドリの死骸を、生きている茶色のオンドリがくちばしでつついている。銃や鉈で殺された住人たち。出ていった時そのままだ。死体には無数のハエがたかっている。

自分の家へと、一目散に駆けていく。粗末な板扉を開けて、まず目に入ったのは母親の死体だった。胸の傷にウジ虫がたかっているところを見てしまう。少年は目を逸《そ》らす。母親だったものを見ないようにしながら、後ろの洗濯物に近づいていく。

服の山を掻《か》き分ける。その下には、なにもなかった。

少年は家を駆け出ていく。焦りながらも、頭は冷静だった。洗濯物の下にいないのならば、村の中か、あるいはその近くでふらふらしているに違いない。村人の死体を前にして、きっと怖くてたまらないだろう。早く見つけて、抱き締めてやらねば。

少年は他の家の中や、軒先をくまなく探していく。地面の上の洗濯物をめくってまで確かめた。死体だらけの村に、ニワトリの鳴き声が響く。

井戸の前に、部隊が訪れた村にあったのと同じ、黒いものが落ちていた。少年はそちらへと足を運ぶ。もしも、井戸に弟が落ちていたら――さほど真剣にその可能性を考えていたわけではなかったので、足どりは落ち着いたものだった。弟には、井戸を覗《のぞ》き込んだりしないようにと、きつく言いつけてきたのだ。弟は、少年の言うことをよく聞いた。

井戸の中を見下ろす。真っ暗でよくわからなかったが、人の気配はないように思われた。ふと、足元の黒いものに目をやる。その下には、小さな布きれ――子供の服が落ちている。

拾い上げる。白地に、アニメのキャラクターが描かれたタンクトップ。

そのキャラクターが出てくるアニメを少年は観たことがない。弟も、視聴する機会などあろうはずもなかった。テレビなど家にはないし、そもそもアニメというものがなんなのかすら知らない。しかし、都市部からやってきた商人が安く売りつけてきたその服を、弟はずいぶんと気に入っていた。

それは、弟のお気に入りのタンクトップだった。

黒いものの下に、弟の服が落ちている。その意味を、少年は理解することができない。部隊の大人が口にした「呪われてこの姿となった」という言葉が脳裏を掠《かす》めることはなかった。

弟は、服を脱いでどこかへ行ってしまったのだろうか？

あるいは——裸にされて、なにか別の組織に連れ去られてしまったのだろうか。

サッと血の気が引く。

その場で口元を押さえる。タンクトップを取り落とす。それを慌てて拾い上げ、少年は再び足を動かした。

小さな村を何周もして、弟が絶対にいないと確信すると、村の外へと駆け出していく。近隣の村に足を踏み入れる。石壁の陰、古ぼけたバイクの陰、砂が当たって薄汚れた洗濯物の陰、どこにも小さな子供の姿はない。それどころか、誰の姿もないことに、少年は気づいていない。黒い塊が跳ね回る音すらも耳に入っていない。

日が沈む頃になっても、少年はまた別の村を目指して走り続けていた。乾いた草原を裸足《はだし》で踏む。靴をどこでなくしたのか、少年は覚えていない。その目は、ただ弟を探し出すためだけに忙《せわ》しなく動いている。その頭には、弟の顔しか思い描いていない。

母親の言葉だけが少年の心を占めている。

『お兄ちゃんが、守って』

——今、行くから。

兄ちゃんが、助けてやるから。

少年は約束を果たすためだけに、足を動かし続ける。近隣の村にもいないのであれば、その先を探そう。密林で粗末な訓練を受けさせられているのかもしれない。タンクトップを握り締める。

弟が死んでいる可能性など考えない。だって、母親と約束したのだ。弟を守ると。誰かにさらわれたのなら、絶対に奪い返してみせる。背中の銃を意識する。

きっとどこかに弟はいる。怯《おび》えて、兄を待っている。

大丈夫だから。絶対に、兄ちゃんが守るから。

この世界のどこかに存在しているはずの弟に向けて呼びかけながら、少年は暗いジャングルへと足を踏み入れた。

9　空　your life

私の人生って、なんなんだろう。

それは幼い頃からたびたび、サチヨの中で頭をもたげる疑問だった。

最初にそれを思ったのは、妹が生まれた時だった。とはいっても、その当時のサチヨにはまだ自我といえるようなものはなく、漠然と胸の中に靄《もや》を抱いたに過ぎない。

妹が生まれる時、母親は里帰り出産を希望して田舎の村に帰郷していた。父親とサチヨは自宅で待機しており、その場に立ち会っていなかった。妹は、村の助産師が取り上げた。その助産師は、母親の胎内から出てきたばかりの妹を見て驚いたという。普通は肌を真っ赤にして生まれてくるはずの赤ちゃんが、真っ白く、綺麗《きれい》な状態で現れて、そのまま産声を上げたのだ。

「この子は、血の穢《けが》れを持たずして生まれてきたのだ――神の子だ」

そんな助産師の言葉を、帰ってきた母は笑いながら話した。「でも、こんなに綺麗な赤ちゃんがいるんだなって、びっくりした」と、タオルに包《くる》まれた妹をあやしながら語る横顔は、どこか誇らしげだった。

妹が五歳の時に、その村を家族全員で訪れた。帰省するなり、母の実家の隣家に招かれる。隣の家のおじいさんが末期の病気で、余命二ヶ月ほどなのだという。薄情な孫が寄りつかなくなってしまったおじいさんのために、せめて元気な子供の姿を見せてあげたい、おじいさんの妻である隣人はそう話した。サチヨと妹は挨拶するよう促される。ベッドで寝たきりのおじいさんの頭を、妹はふにゃふにゃと撫《な》でた。「いたいのいたいの、とんでけー」と、覚えたばかりの呪文を口にしてみせる。

妹にそうされた翌日から、おじいさんの容体は劇的に良くなったという。ベッドから起き上がることすらできるようになる。結局二年後に亡くなってしまったものの、それは告げられた余命からはずっと先のことだった。

その話を聞きつけ、助産師がサチヨの家に電話をかけてきた。「間違いない。あんたの家の子は神の子だ。神の子として、間違いのないよう育てなければ——」

これは後になって理解したことであるが、その時、サチヨの父親は仕事に行き詰まっていた。職場で上手《うま》くいかず、来期には閑散とした部署に異動させられると前もって上司から告げられていた。疲れ果て、「この会社、ひいてはこの社会で働いて生きていくことに、なにか意味があるのだろうか」というようなことを考え始めていた。そういった事情が重なり、両親は助産師に言われるがまま、村への移住を決意した。神の子の一家として優しく迎えてくれるであろう、その村へ。

助産師の語る世界のビジョンを信じる人間は、初めはそう多くなかったようだ。それが、妹が移り住むようになってから急速に増えていった。妹がさすることでお腹《なか》の不調がなくなった、妹の声を聴くだけで頭痛が治まった。そんな人々がどんどん増えていき、村全体が信仰をもった一つのまとまりとなっていった。

助産師は語る。今この物質主義の社会は限界を迎えている。自然破壊を繰り返す人類に神は呆《あき》れており、このままでは崩壊へと一直線であろう。神からの庇護《ひご》を取り戻すためには、人類は狩猟や農耕で生きながらえていた時代に立ち戻らなければならない。必要な分の農作物を作り、それを皆で共有する。欲を捨て、人間が作り出した小賢《こざか》しい知恵には頼らず、自然とともに歩むのだ。

そして、一部の反省する人間の姿を見てくださったのであろう、神は自らの子を現世に遣わした。

神の子は現代文明の病から人々を浄化する力を持っている。その子を信じよ。我々はいずれ来る文明崩壊の日まで神の子を守りきり、終末の世界での道標《みちしるべ》にするのだ。物質主義に走った人間どもが死していく中で、神の子の指し示す道をついていけば、我々は真の楽園へと至れるであろう。

小さな村とはいえ、コミュニティを維持するためには農業のみでは苦しかった。若い世代は、外に働きに出ることを求められた。それは悪《あ》しき文明に触れる行為に他ならなかったが、外で稼いだものを神の子に寄進すれば罪は免れるのだという。

そうやって支えられ、サチヨ一家は村の中で不自由なく暮らしていた。信者の寄進する食べ物や服で生活のすべては賄える。まだ生きていた祖父母は畑に出ていたが、両親はなにもしなくなった。妹がにこにこと稲田を眺めていれば、それだけで村の人々からは赦《ゆる》された。

助産師の教えからすると、妹を学校に通わせるなどもってのほかだった。しかし、現代の行政はそれを許さない。妹も、もちろんサチヨも、村に学校がないからでは済まされず、少し離れた隣町の小学校に通うこととなった。サチヨは助産師から強く言われた。「神の子を、悪しき現代人の手から守りなさい。万が一、悪しき子らが神の子を打とうなどとするなら、あなたが盾になりなさい――」

助産師の言葉も空《むな》しく、妹は、そしてサチヨ自身も、学校では手酷《てひど》くいじめられた。クラスの中で一人だけ給食を食べず、持参の弁当を食べているのだ。両親が学校側に強く求めたために給食を免除されたのだが、その姿は否応《いやおう》なしに他の子供からは浮き上がった。きっかけはそんなことであり、子供たちの親に村の評判が広まったことも大きかった。また、村では妹に媚《こ》びへつらうことを求められる子供が、学校という外の世界を得て妹への鬱憤を晴らしている場面もたびたび見られた。

それでもサチヨには気にかけてくれる友達が一人、二人はできた。教えのせいで、家で勉強することがまったくできなかったにもかかわらず、成績がよかったのだ。それで一目置いてくれる子がいた。

しかし妹はそうはいかなかった。勉強ができず、体育の授業でも「わたしはケガしたらダメなの」と適当な振る舞いをする。そのくせ村にいる時と同じような態度をとるものだから、子供はおろか、担任教師でさえも妹を邪険にしていたらしい。

　妹を守れ、と言われても、教室も違うのだからできることは少ない。他の子供に弁当をめちゃくちゃにされ、なにも食べられず帰ってきた妹を見て、母親はまずサチヨに詰め寄った。この役立たず、神の子をこんな目に遭わせて、神様がお怒りになったらどうするのだ。妹が学校でのことを話すたび、サチヨは父や母に殴られた。サチヨに血を流させることで、神に謝罪の意を示しているのだという。祖父母はおろおろとしていたが、口を出すことはなかった。

　血を流した鼻に絆創膏《ばんそうこう》を貼って登校すると、友達に「なんだかあの村はおかしいよ」とよく言われたものだった。「あなたの家族はおかしいよ」とも。

　おかしい、と言われてもピンとこないでいた。ただ、子供心に「なんで私だけ殴られるのだろう」とは思っていた。


　状況が変わってきたのは、妹が中学に上がった頃。外の世界での出稼ぎを行っている世代が、仕事用のパソコンや携帯電話を持つようになった。ネットに触れることにより、外の世界で薄々は感じていた村の異常性が顕在化する。検索をかけていく中で、「カルト宗教」という言葉に何度も行き着くのだ。自分たちは、とてもおかしなことをしているのではないか。プリントアウトした資料を見せながら、親世代を説得する者が現れた。最初は「悪しき文明が自分たちに都合のいい情報を流しているだけだ」などと取り合わない村人たちだったが、若い世代は寄進を拒否するようになる。それに対して憤った助産師は親世代による自発的寄進を強く求めたのだが、どんどんエスカレートしていく要求に、親世代の間にも不信感が芽生えてくる。自分の畑で作ったものを、なぜ、なにもしていない一家に喜んで差し出さなければならないのか。

信者はどんどん離れていった。それにつれ、村人のサチヨ一家への風当たりは強くなっていった。「殺してやる」と家の戸に紙が貼られたこともあった。「このままでは神の子の安全が危うい」と恐れを抱いた助産師は、遠くの町——いずれは布教の拠点にしようと用意していた、文明汚染の進んだ地域の一軒家に、一家四人を避難させることにした。祖父母は迫害されながらも、残ることを選んだ。助産師は少なくなった信者にサチヨ一家への送金を強制したものの、さすがに六人分の生活を賄うのは厳しかったという事情もあったのだ。祖父母を除いた四人、誰も干渉してこない町で暮らす中、「終末の日まで身を潜めて耐え、神の子を守りきれ」と、幾度となく助産師からの手紙が送られてきた。

住む場所を与えられて最初の方こそ十分な寄進がなされていたが、そのうちに金額は目減りしていき、家族四人の生活は厳しくなっていった。しかし、両親は働くことを拒否した。「こんな穢れた土地で、さらに悪しき文明に触れるなど、救済の拒否に他ならない」との言い分だ。妹はまだまともに働ける年齢でなく、それ以前に神の子を物質社会の仕事に従事させるなどもってのほかだった。高校を卒業する年齢であるサチヨが、働きに出されることになった。

私には救済の拒否をさせるの？　と思った。両親に向け涙を流したことすらあった。けれども、両親は「必要な犠牲だ」と首を横に振った。

サチヨが外の世界の穢れを一身に受けることで妹が救われるのだから、きっと神も目をかけてくれるだろう、と。

だったら両親が働きに出ても同じじゃないか、と考える程度にはサチヨも外の世界に触れてきていた。

ねえ、お父さんお母さん。あなたたちは、救済にかこつけて楽をしたいだけなんじゃないの？　もしそうでないなら——神の子である妹は大事で、ただの人間としてあなたたちのもとに生まれてきた子である私はどうでもいい存在だということ？

採用してくれた会社はいいところだった。優しく指導してくれる上司に恵まれ、仕事面でも評価された。しかし、退勤後に飲み会に行くようなことは許されなかったし、給料のほぼ全額を家の口座に振り込まなければならなかった。両親は文明に触れることを拒否しているにもかかわらず、退屈に耐えられなかったのだろうか、サチヨのボーナスでテレビを買った。

数年経《た》ったところで、同じ部署の先輩に告白された。その人のことはサチヨも慕っており、告白には舞い上がった——けれども、レストランに誘ってきた先輩に「会社の近くの喫茶店でお願いします」と断って向き合っていた席で、サチヨは交際を拒否した。理由を問われ、迷った末に家のことを話す。自分が家族を支えねばならない。色恋にうつつを抜かしている暇はない。

先輩は話を聞いて憤った。今すぐお前の両親をぶん殴ってやる、と息巻いた。席を立とうとする先輩を泣きながら押しとどめると、「家を出て、一緒に暮らそう」と手を握られた。

こんなチャンスは、自分の人生には二度と訪れないだろう。直感がそう言っていた。

けれども、どうしても首を縦に振ることができなかった。

先輩は共依存だとかなんだとか言い残して、それから会社でもサチヨに話しかけてくることはなくなった。

共依存。ネットで調べれば、すぐに理解できる言葉だった。けれども、サチヨはその言葉に苦笑を漏らさざるを得ない。

先輩には隠していたことがある。サチヨが逃げ出すことに同意できなかった、本当の理由。幼い頃から理不尽を迫られてなお、助産師に、そして両親に従ってきた一つの原因。

村に引っ越してきた頃、サチヨは原因不明の体調不良に襲われていた。村人が振る舞ってくれる栄養たっぷりの有機野菜料理を口にすることもできず、にもかかわらず連日嘔吐《おうと》してしまう。町の医者にかかっても症状が改善することはなく、幼心に「なにか大変な病気で、死んでしまうのではないか」と思った。

そんな時、妹が病床に駆け寄ってきて、「いたいのいたいの、とんでけー」をした。翌日、きゅると穏やかにお腹が鳴った。母が作ってくれたおかゆを食べても、もどさなかった。

単に、環境の変化によるストレスだったのではないか。中学の段階でそのくらいは考えた。けれども。あの時、死を思った自分を、妹はいとも簡単に救ってくれて。

妹は生まれた時からずっと綺麗で、その瞳は深い色をしていて——

もしも、本当に妹が神の子だったら。外の世界に触れて、疑いを抱きながらも、その考えを完全に捨て去ることはできなかった。

これまで理不尽に耐えてきて、仮にここでやめてしまって、それで助産師の言うことがすべて本当だったとしたら。

それこそ、自分の人生の意味がなくなってしまう。

踏み切れなかった。優しい人々に囲まれて、文明の利器に触れて、それでも、サチヨは逃げ出す選択肢をとれなかった。

そんなサチヨを、そして家族を嘲笑《あざわら》うように、妹は村を出て以降わかりやすく荒れていった。

高校には進学しなかった——義務教育は終わり、もはや国から人間の小賢しい知恵を学ぶことを強制されない。なにより、そんな費用はなかった——妹は、初めのうちは両親の言う通りに家にこもって大人しくしていた。しかしもはや、ちやほやしてくれる村人はおらず、両親のみと話す日々が続く。それに不満を抱いて、外へ飛び出してしまった。

綺麗でものを知らない女の子が街に出れば、よからぬ輩《やから》に目をつけられもするだろう。地元の不良グループとあっという間に仲良くなり、連日、妹は夜遅くまで遊び歩いた。両親は注意こそすれ、サチヨに対するのと違って手を出すこともできず、妹を止めることができない。遊ぶ金欲しさに、妹が見知らぬ人間とホテルに行った時にさえ、涙を流すことしかできなかった。

こんな状態では、神に呆れられてしまうのではないか？

助産師に手紙を送って両親は相談する。すると「試練の時だ」という返信があった。

救世主とて、若い時分は享楽にふける欲求には抗《あらが》いがたい。しかし、いずれは人類の愚かしさに気づき、その愚かな人類と同じことをしている自分に疑問を抱くであろう。今は、見守っていなさい。

両親はその言葉に簡単に縋《すが》ってみせたが、サチヨは「なんて都合のいい解釈なのだろう」と思った。

妹は毎日のようにサチヨに「金」と手を差し出した。かつては病床の自分の額に当ててくれたその手には、けばけばしい色のマニキュアが塗られている。拒否すると、両親が飛んできてサチヨを殴った。

救済の可能性を捨てきれずにいてもなお、妹の暴挙は目に余った。日に日にストレスでサチヨの腹痛は悪化していき、眠りが浅くなっていく。その不満は、サチヨが三十路《みそじ》に差しかかる頃、妹の妊娠が発覚した日にピークを迎えた。

誰の子かはよくわからない。育てる金はないし、なにより、子供なんていらない。そう言って簡単に堕胎手術に臨む妹。当たり前のように費用はサチヨ持ちだ。

遊び歩いて、両親には守ってもらって、簡単に授かった命を捨てて。

サチヨの中で、なにかが切れた。

妹に対して。両親に対して。

こいつらは、なんなのだろう。私のことを、なんだと思っているのだろう。

ねえ。私は好きな人と逃げ出すことすらできなかったのに、あなたは孕《はら》んだのが誰の子かわからないくらいに色んな男と関係を持っているの？　そんな人間が、神の子？　だったら、あなたが堕《お》ろした子供は神の子の子じゃないの？　ねえお父さんお母さん、神の子が簡単に子供をつくっていいの。殺していいの。

ねえ。いつまで、こんな日々が続くの。

いつまで耐えればいいの。

いつ終末の日は来るの。


なにかが切れてなお、サチヨは家を離れることができなかった。単純に、疲れ切っていてなにもすることができなかったのだ。家を出て一人で生きていくビジョンを描くことすらできない。

眠れない夜の中で、スマートフォン――悪しき文明の集大成のような機器！――をいじる。指は自然と「妹　天罰」というワードを検索していた。

その中で、「家族が嫌いな人、集合」というコミュニティを発見する。そこには、アルコール依存症で働かない父親、なにをしても認めてくれない母親、そして姉を小馬鹿にして甘やかされる妹など、家族に関する様々な愚痴が溢《あふ》れているらしかった。

ログインしていない人間には、すべての内容を見ることができない。すぐさま登録をして、コミュニティに参加した。身元がばれる危険性については理解していたので、脚色を交えてこれまでの人生を語っていく。すると、「春」と名乗る参加者がサチヨとの個人的な交流を求めてきた。自分とは全然違う境遇であるが、あなたの人生に引き込まれ、非常に共感を抱いた――春はそんな風に話す。

春の話を聞いた。母親に悩まされている。家族全員で気を遣う日々に疲弊している。弱った母に対して強く当たることはできないから、その皺寄《しわよ》せのように自分があれこれと制限され、喜びを奪われている。なるほど、経緯は違えど、サチヨが強く共感できる内容だった。コミュニティ外でのやりとりが増えていく。毎日のように、愚痴を言い合う。

ある日、春は『母親が死ぬことを毎日願っています』と言った。『あなたも……家族の死を願っていますよね？』と、不安げな文章が続く。

その言葉を見るなり、反射的にサチヨは書き込んでいた。

『そうですね。春さん、私、殺したいです』

仮に神様がいるとして、終末の日に妹に従えば理想郷に辿《たど》り着けるのだとして。

なぜそんな回りくどいことをするのだろう。神の子なんか遣わさずに、悪しき文明に抗う人々を今すぐ救済すればいいじゃないか。

神の子を傷つけてしまったら、血を流すことで赦しを請う？　神の子が享楽にふけってめちゃくちゃなことをするのも試練？　文明が滅びるのがいつなのか教えてくれないのも？

神様だからって、人間を試すような真似《まね》ばかりして。

人間を、馬鹿にしているんじゃないのか。

――そんな神様は、死ねばいいと思う。

先の救済なんていらない。今、楽園に連れて行ってほしい。今すぐ願いを叶《かな》えてくれないのなら、あんたの子供なんか殺してやる。

春に向けて言葉を綴《つづ》ることで、サチヨの願いは形をなした。


打ち合わせをして地元の駅で会った時、サチヨは違和感を覚えた。なんだか、自分が思い描いていた「春」のイメージとはずいぶん違う子が来た。思い詰めて暗い顔をした女の子ではなく、好奇心に瞳を光らせた少女。まるで悩みなどないような、のほほんとした雰囲気すら感じる。

違和感を抱えながら家に向かった。妹を殺す。妹を殺せば両親は錯乱状態に陥り、精神を立て直せなくなるだろうから、先に両親を殺しておく。そういう計画だ。

計画。神の子を殺して、神に復讐《ふくしゅう》する計画。

少女に握られた手が汗を帯びる。

家族を殺して、パフェを食べに行く。映画にも行く。自分のための服を買う。父や母、助産師が不浄の権化などと称する東京に行く。神の子を失った世界で享楽の限りを尽くしてやる。

少女に手を引かれて歩きながら、サチヨは胃の奥に痛痒《つうよう》を覚えた。

確かに、春とは計画を練ってきた。殺人と、その後の計画。けれども、文面でやりとりしたはずのそれを、自分の頭はきちんと思い描いてはいなかった。親と妹を殺す自分、その後の世界を満喫する自分。

そんなこと、できるのか？

唾を呑《の》み込むと、吐きそうになった。そんな中で家が見えてきて、手はず通りに少女を二階の部屋に匿《かくま》う。そうして、睡眠薬を手渡された——しっかりと、握らされてしまった。

手の中に、薬がある。それを、料理の中に入れる。入れなければならない。渡されたのだから。

両親に準備が遅いと文句を言われながら、意を決して、ウーロン茶のコップに薬を入れた。

両親はご飯とおかずをすべて平らげてから飲み物に手をつける。母親は、コップの底一センチ分くらいを残して流し台に置いてしまった。全部飲み切らないと効かないだろうか？　不安が背筋を這《は》う。

結局、二人とも早い時間に睡魔に抗えなくなったらしい。大好きなテレビ番組の途中で、だらしなくソファで寝入ってしまった。

下りてきた少女がナイフを取り出して笑う。リビングの端で、サチヨは目を逸《そ》らす。

本当に、両親を殺すのだろうか。お父さんとお母さんを殺す？　その後で、東京になんか行けるのかな。私、お父さんとお母さんが死んだら、なにもできなくなるんじゃないの——

言葉にする間はなく、少女が父親の腹にナイフを突き立てた。一回、二回、何回も刺す。豆腐に刺さるみたいに、ナイフは幾度となく父親のお腹にあっさりと沈み込んでいく。サチヨは息を呑み、動くことができない。そんな中で母親がうっすらと目を覚ました。少女に爪を立てる。そんな母親を、少女は容赦なく刺していく。何回も、何回も。

血を吐く母が、一度だけ、サチヨを向いた。

「たすけて」

小さく口が動いた。本当に小さなものであり、なんと言おうとしていたのか、正確にはわからない。

ただ、サチヨには「たすけて」と言った、ように思えてならなかった。

本当に、これでいいのか？

私、助けに行かなきゃいけないんじゃないの？

そう思ったところで、リビングの入口に妹が立っていることに気づいた。

妹は間抜けな顔をしていた。短いスカートを穿《は》いて、胸元の見えそうなトップスを着て。自分だけ綺麗な新しい服で、馬鹿みたいに口を開けて、リビングの中を眺めている――

妹が見つめる先の母親に視線を戻す。腹にナイフが刺さり、どこもかしこも血塗《ちまみ》れの母親。サチヨに、助けを求めた母親。

妹が少女により転がされる。あっけなくのしかかられて、じたばたともがく。

こいつは、なんなのだろう。

神の子？　救世主？　救世主がこんな格好をしているの？　間抜け面をして、殺されようとする人間を見ているの？　お母さんを助けることすらできないで。こんな少女にろくな抵抗もできないで。

まあ、そうだよね。お前は、なにもできないものね。

薄々はわかっていた。

こいつはただの、役立たずの女だ。誰を救うこともできない、愚かな人間の一人だ。

そんな奴《やつ》に振り回され続けた私の人生って、なに？

――気づいた時には、手の中に包丁があった。なにかを叫ぼうとする妹が許せなくて、喉元にそれを突き立てた。

何回刺しただろうか。覚えてはいない。数える気などなかった。ただ、自分の中から確実になにかが零《こぼ》れ落ちたのを感じた。胃の奥の痛痒はなくなり、お腹が軽くなった。

けれどもそれは、少しも幸福な感覚ではなかった。

機械的に後始末をこなして、少しばかり横になった。

両親が殺される光景が、妹を殺す光景が、夢の中で寸分違《たが》わず再現されて飛び起きた。シャワーを浴びた体に滝のような汗が滲《にじ》んでいた。

体が震えた。両腕で抱いてなお、震えが止まらない。両脚ががたがたと床を鳴らす。

震えの中で、血の色が脳裏をよぎる。

自分にかかる血の温度が。

喉の奥から細い悲鳴が漏れた。


眠ることすらできなかったので、思考を殺そうと必死だった。

思い出すな。そう念じるたびに、手に感じた血の生ぬるさが、口の中まで飛び散った血の味が、いちいち再現される。

とんでもないことをしてしまった。

どうしよう。

どうしよう。

どうしよう。

頭の中は昨夜の光景で満たされている。他のことなど考えられないし、できない。

そんなサチヨの手を引いて、少女は東京を目指す。

そうして東京に着いて、少ししたところで――もっとも、サチヨはまともに時間を感じることすらできなくなっていたが――世界がおかしくなった。

暗闇の中で膝を抱えていた。

人間たちが捻《ねじ》れて、おかしな姿にされてしまった。サチヨが妹を殺した次の日に。東京で遊ぼうとする、その直前に。

ああ、神様が怒ったんだ。絶対に、そうだ。それ以外にあり得ない。

どうしよう。

神の子を殺した自分には、これから特大の罰が当たるに違いない。

なんで。どうして。こんなことに。

少女は「春」ではなく、悪魔だったのではないか？　闇を睨《にら》みながら、ふと思った。だって。少女が駅に現れなければ、サチヨは、妹を殺すことなんてなかった。たぶん、春とやりとりをして適当に発散して、それでもなお日常に摩耗されて、そんな風にしてずるずると生きていったはずなのだ。

少女が睡眠薬を渡さなければ。両親を殺さなければ。

「妹を刺したのは、あんたでしょ！」

――ああそうか、これも神が与えた試練だったのだ。妹を、神を、信じられるかという。神は悪魔がサチヨを誘惑するのを眺めて、試したのだ。

サチヨは、誘惑に乗ってしまった。

神を、裏切ってしまった。

もはや神による救済の希望は完全に閉ざされた。ならば、誰に縋って生きればいい？　もはや教えはないのだろうか。罰を恐れ、縮こまりながら死ねということだろうか。

朝《あさ》の光の中で、少女がサチヨの手を引いた。

悪魔が、自分をどこまでも連れ回していく。

悪魔の手は温かかった。

神なき今、縋ることができるのは、この手だけだった。

†

辿り着いた場所が国会図書館であることを、サチヨはいまいち理解していなかった。少女は懐中電灯で照らしながら館内を探り、書庫まで辿り着くも、やがて、その中から一冊を取り出すことは無理だというようなことを漏らす。棚を蹴って、びくともしないのに舌打ちしてから外へ出た。次はどこへ行こう、そんなつぶやきがサチヨの耳に届く。

悪魔に従い、どこまでも。終末の世も、悪魔といれば生きながらえることができるのではないかと思っていた。

思った、直後だった。

図書館を出てすぐのところで、「ああ！」と神様でも発見したみたいな声が響く。漠然と見つめていた少女の手から、前方へと視線を移す。

人間？

嘘《うそ》だ、人間がいる。

粛清されずに生き残っている者が、二人も。本当に人間だろうか？　この二人も悪魔か？　サチヨを導いてくれる新たななにかだろうか。

二人のうち、背の高い方――男の方が、サチヨのもとに駆け寄ろうとする。しかしその前に、聞いたこともないような音が弾《はじ》けた。

サチヨの太ももに、鋭い熱が走る。たらりと、薄く血が垂れる。

二人のうちの、帽子をかぶっている方――女の方が、手に持ったなにかをサチヨに向けていた。真っ暗な穴から、煙が漏れている。

女の持っているなにかにより発せられたなにかが、サチヨの太ももを掠《かす》った、らしい。

男が振り返り、女に詰め寄る。「なにをしているんだ！」「だってー、地球最後の女とか名乗っちゃったのに、他に女、いるし」……音は聞こえるけれども、中身を噛《か》み砕くことはできない。

そんなサチヨの手を引いて、少女は二人の横を駆け抜けていった。血を流した太ももが悲鳴を上げる。「もっとちゃんと走って！」と少女は叫ぶ。

少女の言葉に従い、サチヨは懸命についていった。そして、図書館前の細長い道に、タクシーが停《と》まっているのを少女が発見する。その扉が開いている――ドア横に制服と黒い塊が落ちているが、それには構わなかった――ことに気づいた少女は、「運転して！」とサチヨに命じた。悪魔に命令されたとあっては、従わねばならない。運転免許は一応持っている。妹を安全に移送する手助けをしろと言われ、さしたる貯金もない中で大枚をはたいてとらされたのだ。結局、妹を乗せて運転する機会はなかったけれども。運転席に飛び乗って、シートベルトを締めてエンジンキーを回す。そうする間に少女が助手席に乗る。「やばいよ、なんなのあの女！」と騒ぐ。騒ぎながら、腰を浮かせてサチヨを急《せ》かす。「早く、逃げないと！」――でも車を動かすのはあまりに久しぶりで、操作に混乱してしまう。ヒールのついた靴ではアクセルを踏むのにも一苦労する。

バックミラーに女の姿が映った。「やばい、早く早く早く！」

少女に肩を叩《たた》かれた瞬間に、車が発進した。猛スピードで、後ろに向かって。

バックした車は迫ってくる途中の女に当たった。ミラーに、撥《は》ね飛ばされた女の影が映る。人を撥ねてしまった手応えは、サチヨの混乱に拍車をかけた。レバーをでたらめに動かして、アクセルとブレーキをめちゃくちゃに踏んで、車を大きく蛇行させてしまう。無軌道な経路を辿った末に見えてきたのは、先ほど撥ねてしまった女だった。道路に転がる女。いけない、ブレーキを踏まないと――思った瞬間に、ヒールの踵《かかと》を踏み外してアクセルを強く踏み込んでしまう。車は道路に横たわる女の上を猛スピードで通過して、それから前方に停めてあった別のタクシーにぶち当たった。

激しい衝撃が加わる。一瞬にしてエアバッグが作動し、サチヨの胸を強く圧迫した。太ももの痛み、肋骨《ろっこつ》が折れるような圧力、前方の車にぶつかって割れたフロントガラスの破片。

顔がずたずたになっているのを感じた。エアバッグに体をうずめ、息苦しさを覚えながら、サチヨはどうにか前を向く。霞《かす》む視界と、間近にある前方の車。そうして――その車の横に倒れている少女。え？　と思った。ぎこちなく首を動かして、助手席を見る。少女がいない？　フロントガラスは大破している。少女が、車の外に放り出された？

悪魔に対して、なんてことを！

サチヨは詰まった喉から絶叫をひり出した。

その時、大きな音を立てて運転席のドアが外される。「大丈夫か！」と男が叫ぶ。エアバッグを抜けて、サチヨは車外へと引きずり出される。男は「逃げろ！」とすかさず叫んだ。サチヨはふらふらとしながら、指示に従う。ヒールの脱げた裸足《はだし》で車から離れていく視界の端で、男が少女に駆け寄るのが見える。そして、衝突した前方の車両からガソリンが垂れている光景も――

次の瞬間、爆発音がした、と思う間もなく、サチヨの体は国会図書館の塀まで吹き飛ばされた。

頭を打って、数分間意識を失っていた。体の各所から悲鳴が上がるのに合わせて目を開けると、先ほどの車両が火の海に包まれている。少女と男がいたあたりも、燃え盛っている。その手前で、車輪の跡を背中につけた女が横たわっている。

悲鳴を上げようとするも、全身が鋭い熱を発して、喉の奥でサチヨの声は潰《つぶ》された。指の一つも動かすことができない。どこかの骨が折れているのだろうか。胸の骨？　背中の骨？　脚が痛い。腕も痛い。頭が割れそうだ。身じろぎ一つできず、サチヨは炎を見つめる。目の端から涙が伝う。目が痛い。

首を曲げることもできない。目だけ動かして、上を見た。

空が、炎と同じ色をしていた。

視線を下にやる。指の先に黒いなにかが落ちているのに気づいた。女を撥ねた時に放り出されたのだろうか、あの、サチヨに向けられたものだ。脳が張り裂けそうな頭痛のせいで、その名称が浮かんでこない。

なんなんだろう、これ。

頭の中で言語として唱えるのでなく、ぼんやりとサチヨは思った。

なんでこんなことになるのだろう。

神様はなんでこんなことをするのだろう。

神の子を殺して怒っているというのなら、世界ごと滅ぼしてしまえばいいのに。

人間たちを変にして、それで私をこんな目に遭わせて——どうして、一瞬で終わらせてくれないのだろう。

こんなに苦しませるくらいなら、どうして、私をこの世に生み落としたのだろう。

ねえ。あなたはなんのために、私に人生を与えたのですか。


激痛に顔を歪《ゆが》めながら、サチヨは手元の黒いものを手繰り寄せた。「ふはっ」と笑いに近いような息が喉から漏れる。黒いものを握り締めて、歯を食いしばりながら腕を持ち上げる。そうして、もはや血に塗れてぐちゃぐちゃになっている自分の頭の横にまで、その先端を持っていく。

とても単純なものであるはずなのに、相変わらず名前は出てこない。けれども、女が使っているのをこの目で見たから、用途はなんとなくわかる。

血の流れる側頭部に、それを押し付ける。

苦痛に食いしばっていた歯を無理矢理に緩めて、サチヨは、最期に、自分の意志で笑ってみせた。

高らかに、空に向けて、笑い声を飛ばす。

ねえ、神様。

あなたに与えられた人生を、私は否定します。あなたが思うようになんか、終わらせてやらない。

助産師は「人の命は神により与えられたものなのだから、自分で好きにしてはならない」と言っていた。命を自分で扱うような真似をすれば、真の楽園には行けない、と。

楽園なんていらない。

神様のいる場所など、地獄と同じだ。

どのみち、この世界がこれだけ苦しみに満ちているのだから、地獄に堕《お》ちようと同じことでしょう？　ねえ——

引き金を引く瞬間、サチヨはすべての痛みから解放された。

10　白い部屋

You are here. 4

老人は、世の中には自分の力の及ばない、大きなものがあることを知っていた。時代の流れ、はねのけることのかなわぬ圧、その中にぽつんと落ちている運、あるいは運命とでも形容するほかのないなにか。死ぬ覚悟でいた自分の代わりに友人が命を落としたこともまた、運命のいたずらと呼ぶしかないなにかのせいだと思っていた。いや、そのせいでしかないと思っていた。

生きることも死ぬことも、自分の力の及ばない場所で決められてしまうことがある。もっとも、そのことについて子や孫、ひ孫たちに深く語ることは決してなかったが。

だから、「もしもの時は、延命治療は行わず自然のままに死なせてほしい」と再三にわたり伝えていたにもかかわらず、病院に一番に駆けつけた孫娘夫婦の一存で人工呼吸器が取りつけられてしまったこともまた、不本意であるがそういうものなのだと受け入れていた。喉元を切開して装着されたそれが人工呼吸器であることは、医者の声で理解していた。

老人は今の自分の姿を見ることができない。指先をわずかに曲げることすらかなわず、目蓋はどうあっても持ち上がらない。しかし、医者や家族の会話からおおよその状態を把握している。老人の耳はすべての音を拾い上げていた。人工呼吸器のことで孫娘が老人の二番目の娘——孫娘にとっては伯母にあたる——に詰《なじ》られている声も聞いていた。自分のことで揉《も》めさせてしまい申し訳ないな、と心の中で詫《わ》びた。それを伝える術《すべ》がないことをもどかしく思いながら、あたりの音に耳を澄ませていた。

しきりに呼びかける家族の声が聞こえなくなったのは、いつのことだったろうか。

目蓋の下では時間の感覚は曖昧だ。周囲の人々の立てる音、話す内容により、かろうじて時刻を割り出すことができていた。それがもう、ずいぶんと長い間なくなってしまったように感じられる。家族の声、医者の声、廊下を転がる車椅子の車輪の音、外から聞こえる電車の音――それらが聞こえなくなり、代わりに、なにかが濡《ぬ》れた音を響かせるようになったのは、どのくらい前のことなのだろうか。

なにかがおかしい、そのことしかわからなかった。音のみがたよりである老人には、病院内の他の人間、外を歩く多数の人間たちが黒いぐずぐずと化したことを知る由もない。びたびたとした音がベッドの横から聞こえたところで、それが酪農場を任せている孫――長男の息子であり、作業の合間に来てくれたのだ――が捻《ねじ》れ、圧縮された末に跳ね回る音だと想像することは難しいだろう。

遠くで凄《すさ》まじい音がしたのを老人の耳は捉えた。しかし、ガスが漏れた工場で大爆発が起こり、あたり一面が炎に包まれている光景を思い描くことまではできない。人の声がまったくしない、そのことは感じとれても、病院から数百メートルのところにある住宅街で大規模な火災が起きていることまでは知覚できない。飛行機が病院の上空で燃料切れとなり、まもなく落下を始めることも。飛行機の航空路によってはこの病院に落ちる可能性もあったことも。

老人はただ自分に感じとれる範囲の音を聞きながら考える。なにかが起きているらしい。大変な、なにか。家族はどこへ行ったのだろうか。孫は家へ帰ったのだろうか？　実家の乳牛たちは大丈夫だろうか。老人は知らない。停電し、世話をする人間もなく、乳牛たちは乳房炎を起こし、それ以上に飲み水もなく死に瀕《ひん》していることを。

大切に育ててきた乳牛がそんなことになってしまったと、もし知ることができたとして、老人はそれについてどのような感情を抱くだろうか。

老人は病で弱っていく妻を看取《みと》ったことがある。最期まで付き添うことができ、「彼女は十分に生きた」と自分を納得させることができた。けれども、子や孫、ひ孫たちが、黒いぐずぐずと化して跳ねていることを知ったら、その事実を呑《の》み込むことができるだろうか。

人間たちが鳥のような形をした黒い塊《かたまり》と化し、そうならなかった者たちもあっけなく死んでいく、その状況を前にして、「自分の力の及ばぬこと」と受け止めることができるだろうか。

なぜだ、どうしてだ、と慟哭《どうこく》するだろうか。こんなことはおかしい、と声の限りに叫ぼうとするだろうか。

子や孫やひ孫が黒いぐずぐずとなったことに憤慨するだろうか。自分がそうならなかったことに理不尽を覚えるだろうか。

力の及ばぬなにかを呪うだろうか。

あるいは、人工呼吸器を取りつけられた時のように、「これもまた定めだ」と受け入れることができるだろうか。

誰も知ることはない。

非常用電源が切れ、人工呼吸器は停止する。

ぴたぴたと跳ね回る音のみが響く病室内で、老人は一人、闇の奥に沈んでいく。

なにも知らぬまま、誰に知られることもないまま、白い部屋の中で死んでいく。

【参考文献】

『殺人者はいかに誕生したか　「十大凶悪事件」を獄中対話で読み解く』長谷川博一　新潮社
『M／世界の、憂鬱な先端』吉岡忍　文藝春秋
『反省させると犯罪者になります』岡本茂樹　新潮社
『凶悪犯罪者こそ更生します』岡本茂樹　新潮社
『いい子に育てると犯罪者になります』岡本茂樹　新潮社
『元刑務官が明かす　東京拘置所のすべて』坂本敏夫　日本文芸社
『無差別殺人の精神分析』片田珠美　新潮社
『死刑　人は人を殺せる。でも人は、人を救いたいとも思う。』森達也　朝日出版社
『診断名サイコパス　身近にひそむ異常人格者たち』ロバート・D・ヘア　訳・小林宏明　早川書房
『良心をもたない人たち』マーサ・スタウト　訳・木村博江　草思社
『サイコパス―冷淡な脳―』ジェームズ・ブレア、デレク・ミッチェル、カリナ・ブレア　訳・福井裕輝　星和書店
『サイコパス』中野信子　文藝春秋
『まんがでわかる　隣のサイコパス』監修・名越康文　カンゼン
『図解雑学　殺人犯罪学』影山任佐　ナツメ社
『死刑でいいです　孤立が生んだ二つの殺人』編著・池谷孝司　新潮社
『人を、殺してみたかった　名古屋大学女子学生・殺人事件の真相』一橋文哉　KADOKAWA
『異常快楽殺人』平山夢明　KADOKAWA
『逮捕されるまで　空白の2年7カ月の記録』市橋達也　幻冬舎

『絶歌』元少年A　太田出版

『まるごとわかる　犬種大図鑑』監修・若山正之　学研パブリッシング

『冲方丁のこち留　こちら渋谷警察署留置場』冲方丁　集英社インターナショナル

『FBI心理分析官　異常殺人者たちの素顔に迫る衝撃の手記』ロバート・K・レスラー、トム・シャットマン　訳・相原真理子　早川書房

『FBI心理分析官2　世界の異常殺人に迫る戦慄のプロファイル』ロバート・K・レスラー、トム・シャットマン　訳・田中一江　早川書房

『連続殺人犯』小野一光　文藝春秋

『人殺しの論理　凶悪殺人犯へのインタビュー』小野一光　幻冬舎

『女子刑務所へ入っていました』漫画・東條さち子　協力・今は普通の主婦　竹書房

『女子刑務所ライフ！』中野瑠美　イースト・プレス

『もしも刑務所に入ったら　「日本一刑務所に入った男」による禁断解説』河合幹雄　ワニブックス

『人を殺すとはどういうことか　長期LB級刑務所・殺人犯の告白』美達大和　新潮社

『ドキュメント長期刑務所　無期懲役囚、獄中からの最新レポート』美達大和　河出書房新社

『死刑絶対肯定論　無期懲役囚の主張』美達大和　新潮社

『加害者家族』鈴木伸元　幻冬舎

『息子が人を殺しました　加害者家族の真実』阿部恭子　幻冬舎

『日本仏教の創造者たち』ひろさちや　新潮社

『ひろさちやの「親鸞」を読む』ひろさちや　佼成出版社

『カルト宗教信じてました。』たもさん　彩図社

『よく宗教勧誘に来る人の家に生まれた子の話』いしいさや　講談社
『完全教祖マニュアル』架神恭介、辰巳一世　筑摩書房

【参考ブログ】
『犯罪予備軍のための刑務所マニュアル』https://kiritampo.blog.ss-blog.jp/
『サモエド　クローカのお気楽日記』https://kloka.exblog.jp/
『サモエド怜音のいる暮らし』http://miki35.blog53.fc2.com/

【参考映画】
『アフター・デイズ』
『魔女と呼ばれた少女』

初出　墓地　「小説宝石」二〇一九年三月号
その他の作品は書下しです。

阿川せんり（あがわ・せんり）

1988年、北海道生まれ。北海道大学文学部卒業。2015年『厭世マニュアル』で第6回野性時代フロンティア文学賞を受賞し、デビュー。著書に『アリハラせんぱいと救えないやっかいさん』『ウチらは悪くないのです。』がある。

パライゾ

2020年 4 月30日　初版 1 刷発行

著　者　阿川《あがわ》せんり
発行者　鈴木広和
発行所　株式会社 光文社
〒112-8011　東京都文京区音羽1-16-6
電話　編　集　部　03-5395-8254
書籍販売部　03-5395-8116
業　務　部　03-5395-8125
URL　光　文　社　https://www.kobunsha.com/

組　版　萩原印刷
印刷所　萩原印刷
製本所　国宝社

ISBN978-4-334-91344-1